天と地と狭間の世界
イェラティアム

Written by Haru Yayari

CONTENTS

序章 …… 003
第一章 帯剣の騎士 …… 009
第二章 災厄の日 …… 091
第三章 惨劇 …… 145
第四章 アウラ・ウェニアース …… 209
終章 …… 347
特別収録 幼馴染の心配事 …… 355

— 序章 —

七大王暦一七二五年・七月二十二日。

リヴェティア大陸王都郊外、浮遊島アーバス。

不思議なぐらい風のない日だった。夜空に煌く無数の星々が生い茂った緑たちを青白く彩っている。

触れているのかわからないほど空気は生温かく、心地良い。そこに不快なものはなかった。

ただ一つ、辺りに漂う血の臭いを除いて。


「謀りやがったな……っ！」

這いつくばる男がいた。かきあげられた髪の下、その顔は苦痛に歪んでいる。血走った眼は今も強い意志を宿したままだが、身体からはごく僅かな精力しか感じられない。

「いかに《剣聖》と呼ばれる男でも、この力を前にしては赤子も同然か」

見下ろす男がいた。

その姿は暗闇に覆われ、うっすらとした輪郭しか窺えない。しかし確かな狂気がそこには存在していた。

「ようやく私は解放される。お前という名の呪縛からな」

「お前、どうしてそこまで俺を……っ！」

「わからないというのなら、それこそがお前の罪であり私がお前を憎む理由だ」

不意に草の揺れる音がした。見下ろす男が舌打ちをする。

「邪魔が入ったか。まぁいい、ここで退くとしよう」

「待ち、やがれ……っ！」

這いつくばる男の声は響くだけに終わった。見下ろす男の影がまるで暗闇と同化するように薄くなっていき、やがて音もなくすぅと消滅した。入れ違うように荒々しい足音が近づいてくる。

「お父さんっ！」

姿を現したのは年端もいかない少年だった。空を想わせる深い青の瞳と艶やかな黒髪が特徴的だ。

少年は這いつくばる男の体を目にした途端、一気に顔を強張らせた。

「血が出てるよ……っ！　どうして!?　なにがあったの!?」

「ベル……か」

男の視点は定まっていなかったが、声を頼りに少年の顔を探り当てる。

新たな足音が聞こえた。駆け寄ってきたのは妙齢の女性だ。夜でも目立つ青みがかった銀髪を揺らしながら、彼女は切羽詰った様子で少年のそばに片膝をついた。

「ベル様、これはいったい!?」

「メルザっ！　お父さんが！　お父さんがっ！」

少年はただ叫ぶことしかできなかった。

男が咳きこんだ。血反吐が荒々しく飛び散る。男は口元を拭う力すらないのか、不恰好なまま銀髪の女を見ながら言葉を紡ぐ。

「悪ぃがメルザ……ベルを頼む」

「わかりました」

「なんでだよメルザ！　わけわかんないよ！　それじゃまるでお父さんが死んじゃうみたいじゃないか！　お父さんは世界一強いんだ！　誰よりも強いんだ！　こんなんで死ぬわけないだろ！」

「ベル様……」

少年の必死の形相を前に銀髪の女は視線をそらした。

男が傷だらけの手を宙にさまよわせる。行きついたのは少年の頬だった。

「……ベル。誰かを護ってやれる、そんな男になれ」

「そんなの無理だよ！　僕はお父さんみたいに強くなんかなれっこない！」

「今はそうでも、お前は絶対に強くなる」

苦痛に歪んでいた男の表情が和らいだ。

「なんてったって俺の息子だからな……」

男の最後の言葉だった。少年の頬に当てられていた手がぱたりと地面に落ちる。反動でかすかに揺れたのを最後に男の身体は人形のように動かなくなった。

「お父さぁあああん！」

ついに少年の目から涙が溢れた。頬、顎を伝って止め処もなく滴り落ちては男の顔を湿らせていく。

だが、男のまぶたが開かれることはもうない。

少年の慟哭が響く中、男の傍らにすぅと幾つもの燐光が現れた。それは徐々に輪郭を持っていき、美しい女性の姿を模った。言葉を発することはない。ただ静かに男を抱きかかえると、緩やかに天へと昇っていった。

人はみな、もとは地上で暮らしていた。しかし今、人が住むのは空に浮かぶ大陸。
運命に抗えぬ、滅びゆく大陸。
ここは天と地の狭間の世界――イェラティアム。

― 第一章 ― 帯剣の騎士 ―

七大王暦一七三五年・八月十八日（ティーグの日）

淡々とした抑揚のない声に眠気を誘われ、ベルリオット・トレスティングは大口を開けてあくびをした。滲んだ涙が視界をぼやけさせる。気だるさを押し殺しながらごしごしと手で目をこすると目の前の光景が鮮明に映った。

内壁を光沢のある石材で覆われ、床には木材が敷かれた箱型の広間。幾つも並べられた長机に少年少女たちが黙々と向かっている。紺色基調の衣服に身を包んだ格好だ。男子はパンツ、女子はスカートといった違いしかない。どちらの襟元にも一本の剣が描かれた徽章が縫いつけられている。

正面の壇上にて一人の男が鞭を執っていた。歳は四十代。眼鏡をかけていることや頭が禿げていること以外はこれといって特徴的なところはない。強いて言えば顔が厳しいというぐらいか。

ここはリヴェティア騎士訓練学校。騎士を養成する学校だ。訓練生の数はおよそ二千。十二歳で入学後、十六歳で卒業し、晴れて騎士となる。ちなみにベルリオットは十六歳なので一応は今年で卒業予定だ。

授業課程では戦闘訓練はもちろんのこと他にも兵学や史実、地理等など騎士として大成するにあたって必要最低限の知識を与えられる。

「――トレスティング」

そして今は知識を得るための授業中だが、如何せん眠たくて集中できなかった。おかげで教師の言葉も頭に入ってこない。ベルリオットは眠気に打ち勝てず、机に突っ伏そうとする。

「ベルリオット・トレスティング！」

教師の怒鳴り声が聞こえた。室内がしんっと静まり返る。ベルリオットは嫌々ながらに声のほうへ視線を向けると、血管を浮き立たせた教師の顔が映った。

「授業中に寝るとはどういうつもりだ」

「目を瞑ってる時が一番集中できるんです」

「仮にそうだとしても聞く態度というものがあるだろう。そんなことだからいつまでも《帯剣の騎士》と呼ばれるのだ」

教師がそう言い放つと周囲からひそめた笑い声が漏れた。同時に幾つもの侮蔑の目がこちらに向けられる。

ひどく居心地が悪かった。舌打ちをして誰もいない中空へと視線をそらす。

教師が咳払いをし、授業を再開する。

「我々が今いるリヴェティア大陸を含め、人は七つの大陸にわかれて住んでいる。それらの大陸すべてが浮いているわけだが、下降しすぎると問題が生じる。その問題とはなにか答えろ、ベルリオット・トレスティング」

誰にでもわかるような問題だ。馬鹿にされているような気がして、わざとおざなりに答える。

「地上にはシグルと呼ばれる魔物が存在しているため、大陸が地上に近づくほど、より強いシグルが襲ってくる。そんなわけでシグルは人類の恐怖の対象となっているが……さしあたって俺たち訓練生には先生の頭の方が恐怖ですね。あ～、眩しい眩しい」

「き、きさま……！　真面目に答えろ！」

「おっとこっちに頭を向けないでくれますか。目が開けられない」

先ほどの仕返しと言わんばかりに大げさに演技をした。どうやら効果はあったようだ。訓練生たちが一斉に腹を抱えていた。さらに声を漏らさないようにと必死に口を押さえている。

ベルリオットがしたり顔をすると、教師が忌々しいとばかりに舌打ちをした。

「調子に乗りおって……では続けて問題だ。大陸が浮かぶ理由を簡潔に説明しろ」

またしても簡単な問題だ。

「大陸の中心部に存在する《飛翔核》から放出された大量のアウラが大陸を浮かばせている」

大気に満ちたあらゆる生物の意思に反応する力。それがアウラである。

アウラを体内に取りこみ、放出。そうすることで人は身体能力を飛躍的に上昇させ、さらには空を飛ぶこともできる。使用したアウラは大気に戻るため、使いつづけてもなくなることはない。つまり循環するのだ。アウラは様々な動力に使われ、生活する上で切っても切り離せない存在となっている。

さらに教師から問いかけられる。

「《飛翔核》から放出されるアウラは無限ではないため、時間を経るごとに大陸は下降していく。では《飛翔核》のアウラを補充する方法として現在、確立されている方法は？」

「円状に並んだ七大陸の内周を《運命の輪》と呼ばれるものが浮遊しており、一日ごとに各大陸を順番に回っている。つまり七日に一度、それは大陸に接近する。その時《運命の輪》から勝手に《飛翔核》が大量のアウラを吸収してくれるから俺たちはなにもしなくていい」

「まあ、そうだが。しかし近年、隣のディザイドリウム大陸の平均高度が下降傾向にある。この現象についてはまだ明らかにされていないが、ベルリオット・トレスティング。きさまの見解を述べよ」

やけに簡単な問題が続くと思っていたが、どうやら伏線だったらしい。最近の話題ではあるが上手く整理して答えられそうになかった。

「どうした？　わからないのか？」

教師から勝ち誇った顔を向けられ、ベルリオットは思わず下唇を噛んだ。

「……ベル」

ふいに右隣からささやく声が聞こえてきた。そちらを見やると姿勢正しく座った女の子が目に入った。褐色肌や頭の片側で一つに結われた銀髪、かなり慎ましやかな胸が特徴的だ。

彼女の名はナトゥール・トウェイルという。数少ない友人で一緒にいることが多い。ただ彼女は授業中にあくびをするような不真面目人間とはかけはなれている。むしろ教師から気に入られている優等生だ。

そんな彼女がひそめた声とはいえ授業中に声をかけてくるとは珍しい。いったいなにごとだろうか。

ナトゥールが机をとんとん、と指で小突いた。促されるまま視線を落とすと、机の上をすべらすようにノートを差し出してくる。

そのノートに書かれた内容を目にした途端、ベルリオットは思わず不敵な笑みを浮かべてしまった。

顔を上げて自信満々に回答する。

「常循環アウラと呼ばれるものが存在する。これはアウラを取りこみ、放出するまでにかかる時間。つまりアウラが大気に触れていない間は〝無い〟ものとして扱われているという説から生まれた言葉である。アウラは大陸が浮遊するための動力でもあるのだから、この常循環アウラが増えれば増えるほど大陸の上昇は阻害される。もちろん《運命の輪》から《飛翔核》を通じて大陸に注がれるアウラの量は膨大なため、ちょっとやそっとで影響が出るほどではないが、ディザイドリウムの常循環アウラは全大陸の中でも圧倒的に多いため、目に見えてわかるほど弊害が出ている、というわけである。……どうですか？」

教師がじっと見つめてきたのち、不機嫌極まりないといった表情で鼻を鳴らした。

「ナトゥール・トゥェイルに感謝するんだな」

「ばれてましたか」

「当たり前だ。もういい、座れ。あ〜、今ベルリオット・トレスティングが言ったものが今もっとも有力視されている説だ。他にも諸説あるが――」

とりあえず一難は去ったが、頭を使ったせいかどっと疲れてしまった。睡眠をとりたいところだが、また教師に絡まれても厄介だ。

ベルリオットは子守唄にも勝る声を耳にしながら必死に寝るのを我慢した。

「ありがとうな、トゥトゥ。おかげで助かった」

ベルリオットはナトゥールとともに石敷の道を歩く。肩を並べるとわかるが彼女の身長は女性にしては高く、成人男性の平均身長とそう変わらない。

今は授業間の休憩を利用して腹ごしらえのために食堂へ向かっているところだ。左右には青々とした芝が一面に広がっていた。敷物の上で食事をしたり談笑したりする訓練生の姿が多く見られる。

ナトゥールが目の前に踊り出てきた。そのまま後ろ歩きをしながら上目遣いに顔を覗きこんでくる。

「ん、どういたしまして。でもダメだよ？　授業はちゃんと聞かなきゃ」

人差し指をたてて注意するその姿は保護者さながらだ。普段は他人に対して強く出ない彼女だが、ベルリオットにだけは遠慮がない。

「でも眠いのはどうしようもないからな」

「だからって本当に寝ようとするなんて。もう、そんなことだから──」

「《帯剣の騎士》なんて言われる、か？」

ナトゥールの言葉を遮って口にした。どうせなら自分から言ってやろうと思ったのだ。

ベルリオットは腰に携えた長剣の柄尻に手をそえた。他の訓練生は誰一人として帯剣していない。自分が《帯剣の騎士》と蔑まれる所以だ。

「ごめん」

足を止めたナトゥールが俯き、ばつが悪そうにつぶやいた。彼女に悪気がないのはわかっている。咎めるつもりはさらさらない。その気持ちを伝えるために彼女の頭を荒っぽく撫でた。

「あやまるなって。本当のことだからな」

「……ベル」

くすぐったそうに身をすくめたナトゥールが、その瞳でなにかを訴えてくる。憐れみか、同情か。どちらでもない気はするが、目を合わせられなかった。

すぐ傍を訓練生が駆け抜けていった。そのあとにも他の訓練生がまばらに続く。

「こんなでかいのは久しぶりだな！」

「おい、もっと急げよ！　もう始まっちまうぜ！」

切羽詰まっているというよりはどこか興奮した様子だ。彼らを見ながらナトゥールが首を傾げる。

「みんなどうしたんだろうね？」

「誰かが決闘でもするんじゃないのか？　あっちには闘技場しかないしな」

「でも、それだけじゃこんな騒ぎにならないと思うけど……」

ナトゥールの言うとおりだ。訓練校では決闘など日常茶飯事だった。

日々の授業をもとに訓練生には教師から序列を付けられる。そして序列は卒業後、騎士団内でどこへ配属されるかに大きく影響する。首席であれば一年目にして王城配属も夢ではないし逆に下位であれば地方配属は必至だ。

ただ、教師から付けられた序列を変える方法が一つだけある。それが決闘だ。決闘に勝利さえすれば序列はそっくりそのまま入れ替えられる。そんなおいしい話があるのだ。己の未来を輝かしいものにせんと訓練生たちが積極的に決闘を行なうのも当然だった。

「ねえ、ベル。行ってみようよ」

訓練生たちがこぞって観に行くほどの決闘だ。恐らく上位者同士によるものだろう。ならば行ってみる価値はある。

「まぁ、ちょっとぐらいなら」

そうおざなりに返すと、ナトゥールが「ほんと素直じゃないなぁ」とくすりと笑った。

校舎と隣接する訓練区は手前が芝生で覆われた平野、奥が鬱蒼とした森林地帯になっている。平野地帯は基礎訓練や団体演習などで使われるが、森林地帯は視界が悪いことから特殊な訓練でない限り使われることはない。

闘技場が建っているのは平野地帯のほうだった。塔型なうえ五階層も存在するため訓練校のどこからでもその姿を見ることができる。天井が吹き抜けになった造りだが、すべての階層に観戦席が設けられているため、様々な角度から決闘を観ることができ、熱気を逃すことはない。

「すごい人数だな……」

ベルリオットは闘技場に足を踏み入れるなり感嘆の声を漏らした。もしやと思い普段ならば空いている三階を選んだのだが、その考えは甘かったらしい。すでに訓練生でごった返しになっていた。隙間なく欄干（らんかん）は覆われ、とても観戦できそうにない。

「だね。上に行く？」

「しかなさそうだな」

そう返し、ナトゥールとともに上階へと足を運ぶ。

しかし四階の人数もあまり変わらず、結局は五階まで来るはめになってしまった。さすがに上るのが面倒な最上階ということもあり観戦者はそう多くなかった。それでもいつもより多いことには変わりはないが、観戦する分には問題ない。

空いた場所から闘技場の中央へと顔を覗かせる。

突発的な決闘にもかかわらず、ここまで注目を集める人物ともなれば限られてくる。予想通り、決闘者の一人は見慣れた訓練生だった。つんつんにはねた硬そうな髪や堂々とした立ち姿は間違えようがない。

「やっぱりイオルか」

イオル・アレイトロス。学ぶ教室こそ違うが、同年齢の訓練生だ。使う得物が大剣であることから《豪剣》と呼ばれ、世代最強と謡われるほどの実力を持っている。今回、闘技場が賑わっているのもおそらく彼の技術を盗まんと観にきている訓練生が少なくないからだろう。

方々から聞こえる黄色い声からイオルびいきの女性が多いことがいやでもわかる。男としてはうらやましい限りだが、彼が決闘する時はいつもこうなのでもう慣れてしまった。

声援を放つ女性集団を目にしながらナトゥールも苦笑している。

「さすがの人気だね。で、対戦相手はモルス、と。こんなに人が集まるのも無理ないかぁ」

イオルと対峙しているのは《怪物の盾》モルス・ドギオン。常人の倍近い太さの二の腕や太ももが特徴的だ。身長も相対するイオルよりも頭一つ分高い。イオルの身長が低いわけではなく単にモルスが大きすぎるのだ。

序列一位のイオルに対し、モルスの序列は六位と決して同格とは言えない。だが、一桁台同士の決闘が珍しいことや彼らの得意とする戦法が相反していることが、これほどまでに見物人を集めた理由だろう。

「イオル、今日で世代最強の看板は下ろしてもらうぜぇ！」

モルスのしゃがれた声が場内に響きわたった。イオルが呆れたようにため息をつく。

「負けるとわかっていて挑んでくるなど愚の骨頂だな」

「俺様が負けるだとぉ？　馬鹿言っちゃいけねぇな。俺様の盾の前ではお前の自慢の剣も棒切れ同然よぉ」

自身の力を誇示するようにモルスが二の腕に力こぶを作ると、黄色い声援がそっくりそのままどす黒い罵倒の声へと変わった。不憫なことに彼は女性から不人気だった。

イオルが鼻で笑ったあと、傍で控えていた教師に声をかける。

「先生、用意はできています。いつまでも無駄な時間は過ごしたくありません。早く始めましょう」

「あ、てんめっ！　今笑いやがったなぁ！」

教師がモルスを制し、前に出る。

「そうだな。時間もあまりない。両者、所定の位置につけ」

「く、くっそぉ。イオル、あやまっても容赦しねぇからな！」

モルスが肩を怒らせながらイオルとの距離を取った。両者が向かい合うと場内の歓声がさらに大きくなる。

「始まるね。どっちが勝つと思う？」

「言うまでもないな」

ナトゥールの問いにベルリオットは悩むことなく答えた。

おそらく勝つのはイオルだろう。それだけ彼の実力は世代の中でも頭抜けている。ただそんなことはモルスも承知のはずだ。このタイミングで勝負を挑んだとなると、なにか秘策があるのかもしれない。

イオルとモルスが身構えた。途端、空気が振動し、両者を中心に突風が巻き起こる。黄色い燐光が彼らの体に纏わりつくよう集まっていく。

あれはアウラを体内に取りこむ時に起こる現象だ。正確には体内に取りこみきれなかったアウラが〝詰まっている〟状態に起こる現象である。体内に取りこめるアウラの量には限界がある。だから体内のアウラが放出されるまで体外で準備しているのだ。そして体内にわずかでも空きができれば淀みなく取りこまれる。

間もなく彼らの背から黄金色の光がうねるように奔出する。荒々しく無造作な噴き出し方ではあるが、まさに翼と言うべき形状を象っていた。それこそが対外に放出されたアウラであり、俗に光翼と呼ばれるものだ。ただ、見た目や名前だけではなくアウラを使うことで人は実際に空を飛ぶことができる。

イオルが組み合わせた両手の中にも黄色い燐光が集まりだした。やがて輪郭を持っていき、固形化する。現れたのはイオルの身長ほどの刃渡りを持った大剣だ。全体を黄金が彩り色濃く光を放ち続けている。

一方、モルスの手にも黄色い燐光が収束していた。左手には彼を覆うほどの巨大な盾が、右手には無骨な戦斧が模られる。

結晶武器。それが、彼らが手にしたものだ。

人の心象を伝えることでアウラは思い描いた通りの形に凝固し、結晶となる。その硬度は軽く鉄を凌ぐため、また持ち運びに置いても苦労しないため、騎士が実際の武器を持ち歩くことは滅多にない。それだけでなくアウラを使う間は全身を覆う光の膜が天然の鎧となるため、多くの騎士が軽装を好んでいる。

「あれ？　モルス、いつの間にフラウムになったんだろ……ちょっと前まではウィリディエだったのに」

ナトゥールが目を瞬かせながら言った。

アウラは扱える量に個人差がある。またその量、つまりは濃度によってアウラは色を変える。色ごとで階級分けされ、最下級の《緑光階級（ウィリディエ・クラス）》から《黄光階級（フラウム・クラス）》、《紫光階級（ヴァイオラ・クラス）》の順で質が上がっていく。質が高ければ高いほど身体能力は向上し、結晶武器の硬度も同じく増加する。技量や精神的な面も必要とされるのですべてとは言えないが、決闘ではアウラの質が勝敗を決めるといっても過言ではない。

訓練生のほとんどは《緑光階級（ウィリディエ・クラス）》だが、中には《黄光階級（フラウム・クラス）》に到達する優れた者も存在する。当然、その者たちは例外なく序列上位に食いこんでいる。

「この時期に決闘を申しこむなんて変だと思ったけど、そういうことか」

「だね。モルスも《黄光階級(フラウム・クラス)》になったなら少しはマシな闘いになるかも。あっ、そろそろ始まるみたい」

立ち会いの教師が右手を掲げると場内が静まり返った。まるで自分が決闘をしているかのようにベルリオットの全身に緊張が走る。張り詰めた空気は、いつ破裂してもおかしくない。

教師がイオルとモルスの両者を窺う。どちらの準備も万全であることを確認すると、かすかにうなずいた。その後、掲げた右手を勢いよく振り下ろす。

「始めっ!!」

モルスが先に動いた。裂帛の気合を放つや鈍い足音を響かせながら駆ける。盾を前面に押し出した構えには隙が見当たらない。

遅れてイオルも駆け出した。大剣を脇に構え、剣先を後方へ向けた格好。モルスの突進にさして動じた様子はない。真っ向から勝負するようだ。

交差する瞬間、モルスの盾にイオルが逆袈裟に大剣を打ちつけた。甲高い音が響いたのと同時、まるで火花のごとく燐光が飛び散り、霧散する。両者は互いの脇を通り過ぎ、距離を置いてから振り返る。

決闘の礼儀として一合目は勝負よりも魅せることに重きを置く。本当の闘いはこれからだ。場内が一斉に沸き、熱気に包まれる。

「どうやら口だけではなさそうだな」

「お前のへなちょこな剣じゃ、俺様の最強盾は破れんぜぇ！」

イオル、モルスともども静かに身体を中空に浮かせた。途端、急激な加速を見せる。走るのとは比較にならない。一瞬にして互いに手が届く範囲にまで間合いを詰めた。勢いよく振り下ろしたイオルの大剣をモルスが盾で受け止める。

一合目の接触よりも鈍い音が場内に響く。「ふごぉっ」とモルスが戦斧を払うが、そこにイオルの姿はもう存在しない。

モルスの頭上からイオルが剣を突き刺すように落下していく。対するモルスは即座に視線を左右にさまよわせた。イオルがいないとわかるやいなや身体を前方にくるりと転がし、素早く身をひるがえす。

先ほどまでモルスが立っていた地面にイオルの大剣が深々と突き刺さった。放射状に亀裂が走る。剣が地に食いつき、イオルの動きが止まる。これを好機と見たか、モルスが戦斧を振りかざしながらイオルに飛びかかる。

「もらっとぅあっ！」

モルスの戦斧が触れる直前、イオルの硬直が解けた。彼はとっさに飛び上がり、空中へと逃げ延びる。残された大剣は霧散するように消滅した。心象を伝える手段がなくなるため、人の手から離れた結晶武器は形を維持できずに消滅してしまうのだ。

何ごともなかったかのようにイオルは再びアウラを凝縮させ、大剣を造りだした。そこへ休む間を与えんとモルスが下方から突き上げるようにして猛攻を仕掛ける。いくらイオルでも勢いに乗ったモルスの攻撃を防ぐのは容易ではないらしい。紙一重でさばいているものの段々と上空へ追いやられていく。

番狂わせな事態に場内の声援が割れていた。女性の多くはイオルの劣勢に悲鳴をあげ、男性の多くはモルスを応援している。

「ね、ねえ、ベルっ！　これって、もしかしてもしかするんじゃっ？」

ナトゥールにいたっては目を輝かせていた。イオルは一度も決闘で負けたことがない。不敗の王者が敗れる瞬間に立ち会えるとなれば期待するのも無理はないだろう。

そんなナトゥールを横目にしながらベルリオットは石塀に片肘をついて答える。

「無理だろ。見てみろよ。イオルのやつ、まったく堪えてないみたいだぜ」

今もなおモルスの攻撃を防ぎ続けるイオルの表情は、いたって平然としていた。対するモルスは見るからに険しい顔立ちで汗を飛び散らしている。

徐々に上昇した彼らが五階層まで到達すると弾かれるようにして互いの間合いを空けた。

「久しぶりにここまで楽しめたな。だが、もう終わりにさせてもらおう」

「終わりにするだぁ？　俺様の盾を破ってもいねぇのに馬鹿言ってんじゃねぇぞ！」

怒りをあらわにするモルスをよそにイオルが胸の前で大剣を掲げた。場内にこだまするほどの咆哮をあげると、それに呼応するようにアウラが集まり、大剣がさらに巨大化する。刃渡り、幅共に先ほどの倍近くある。

「壊せないなら盾ごときさまを叩きのめせばいいだけのこと！」

「ちょ、ちょっと待て！　そんな攻撃、見たことねぇぞ」

「光栄に思え。きさまが初だ」

イオルの巨大な剣を前にし、さすがにモルスも狼狽していた。大剣を上段に構えたイオルが、これまでにない加速で間合いを詰める。慌てて盾を構えたモルスの前でこれでもかというぐらい身体をしならせたのち、反動のまま大剣を振り下ろす。

轟音と同時、盾が砕け散った。ぱらぱらと空中を結晶片が舞う中、モルスが地面へと真っ逆さまに落下、勢いよく激突した。砂塵が巻き起こる中、場内が静寂に包まれる。やがて砂塵が晴れ、倒れたモルスの姿が現れると立会人の教師が声をあげた。

「そこまでっ！　勝者、イオル・アレイトロス！」

凄まじい歓声が場内を包みこんだ。「やっぱりイオルが勝った！」や「さすがイオルだ！」「イオル様素敵っ！」等、イオルを賞賛する声が方々から聞こえてくる。

イオルが勝利を誇るように大剣を掲げると、さらなる大歓声が巻き起こった。

その時ベルリオットはイオルと目が合ったような気がした。とはいえ彼が自分なんかに興味を示すはずがない。それほどまでに彼とは立っている舞台が違うのだ。

ベルリオットは帯剣する柄に掌を当てながら下唇を噛んだ。場内の空気がなんだか面白くなかった。

「どこ行くの？」

その場から立ち去ろうとしたところナトゥールに呼び止められた。

「少しぶらついてくる」

「昼食は？」

「適当にすませる」

　そう答え、彼女の呆れた声を聞き流しながら決闘場をあとにした。

　温かな風が肌を撫でていく。草の揺れる音は耳に心地良く、また花の香りは安らぎを与えてくれる。油断すればすぐにでも眠ってしまいそうだった。

　ベルリオットが訪れたのは訓練区の森林地帯を抜けた先に広がる丘陵地帯だ。直立すれば辺り一面を見渡せるほど緩やかな傾斜が色取り取りの小さな花や足首程度まで伸びきった雑草によって彩られている。

　自然が溢れた素晴らしい場所だが、あまり人が寄りつかなかった。理由はわからないが、このまま誰にも来て欲しくないと切に思う。穏やかな雰囲気が台無しになってしまうからだ。

　携帯していた剣を外し、傍らに置く。それだけでなにか重責から解放された気分だった。ベルリオットは傾斜に背を預け、紺碧（こんぺき）の空を眺める。

　その遥か向こう、天上の世界にはアムールと呼ばれる者たちが住むと言い伝えられている。ただ、実際に日々の生活を脅かしているシグルとは違い、アムールが本当に存在するのかどうか定かではない。

　もっとも、こんなことを思っているなんて他人に知られれば異端者として扱われかねない。なぜならリヴェティア国民の多くがサンティアカ教に属し、彼らはアムールの存在を神として崇めているからだ。

祈るだけでなにかが叶うって言うならいくらでも祈るんだけどな。

そう一人ごちながらベルリオットはまぶたを閉じた。青い空から暗闇へと視界が移り変わる。なにも見えないほうが風を近く感じられた。肌に触れた風を伝っていくと、すっと優しい流れに当たる。それはどこまでも続いていてずっと遠くの音まで届けてくれるような、そんな感覚にいざなってくれる。

だからか、それに気づくことができた。空気を切り裂くような音が鳴った。まぶた越しに感じていたかすかな陽射しが途切れる。どうやら静かなるこの地になんらかの異物が紛れこんだようだ。

ベルリオットはまぶたを跳ねあげた。空を背景に何者かの姿が視界に映りこむ。身に纏った純白の法衣をはためかせながら両手で握った長剣を振り上げ、今にもこちらを切り裂かんとしている。

ベルリオットはとっさに身を横へ投げた。小気味良い音が鳴った。体勢を整えながら音のほうへ目を向けると、先ほど自分が寝ていた地面に〝敵〟の剣が突き刺さっているのが映った。法衣がふわりと舞う中、敵がこちらに顔を向けてくる。頭巾を目深に被っているため顔は窺えない。体格は思いのほか小柄だ。子どもだろうか。

ベルリオットは近場に置いていた自身の剣に右足をしのばせた。わずかに中心からずらして蹴りあげると、ちょうど目の高さ辺りで剣が回転する。柄を掴み取り、勢いのまま鞘から抜き取る。

「誰だ？」

剣を突きつけながら言った。

敵からの返事はない。代わりに剣の切っ先を向けられる。

「答えられない、か。てか俺を殺したってなにも出ないぜ。人違いだと思うけどな」

「人違いじゃないわ。ベルリオット・トレスティング」

凛として透き通った声だった。いくら子どもとて男では出せない声調だ。

「お、女っ!?」

あまりに予想外でベルリオットは思わず素っ頓狂な声をあげてしまった。

シグルという明確な敵がいるせいか、人間同士で争うことなどほとんどない。ことその点に置いては平和とも言うべき世の中で暗殺などという物騒な真似をしてきた人物が、まさか女性とは思いもしなかったのだ。

しかしなぜ自分が狙われているのか。

襲われた瞬間には相手の目的など二の次だったのに女性とわかった途端、動機が気になってしまった。少なくとも女性に恨まれるようなことはしていない……と思う。そもそもイオルのように人気があるわけでもないため、昔馴染みであるナトゥール以外の女性に関わることすらほとんどないのだ。

女性とわかった途端、こちらが警戒を緩めたのが気に食わなかったのか。敵が威圧するように剣を構えた。

「女だからと言って油断していると痛い目を見るわよ」

「いや、これから痛い目見させようとしてる奴に言われても、なっ!?」

言い終える前に敵が上段に構えながら間合いを詰めてきた。

――速い。このままでは満足に踏みこめず、いくら相手が女性でも力負けする。回避するしかない。

剣が振り下ろされる瞬間、ベルリオットは地面に半円を描くように足をすべらせながら躱し、敵の右手側についた。相手は大振りの攻撃をしてから間もない。筋肉が硬直しているはずだ。ここぞとばかりに切りかかるが、しかし敵の煌く銀の刃によって弾かれてしまう。ベルリオットは追撃されないよう素早く距離を置く。

短い時間で相対してみてわかったが、敵はとても基本に忠実だ。構えや剣筋などは大げさでなく訓練校の教師よりも乱れが見られない。

相当な使い手だな……なら。

こちらが正眼よりも少し高めに剣を構えたのを機に敵がすり足で近づいてくる。

来る、と思った瞬間には敵から薙ぎの一閃が放たれていた。軌道は予想の範疇。敵の剣に、こちらの剣を添わせるようにすっと重ねた。そのまま絡ませ、巻きこむ。さして力を入れずに、くいっと手首を捻らせる。それだけで敵の剣は甲高い音とともに弾き飛ばされ、宙を舞った。とすん、と静かで鈍い音を鳴らしながら剣が近くの地面に落ちた。

「なっ――」

敵が驚嘆の声をあげ、たじろいだ。慌てるように飛び退き、こちらから距離を置いた。

さて、これで終わってくれるといいんだが。

そんなこちらの願望とは裏腹に敵の戦意に変化は見られなかった。むしろ強くなった気さえする。

それを裏付けるように敵の身体に緑の燐光が集まっていく。

色がかなり濃い。限りなく黄の光に近い緑の光だ。

敵が掲げた右手に光が収束していく。やがて集まった光が弾けるように四散すると濃緑の結晶が長剣を模って現れた。あれは紛れもなくアウラを凝縮して造られる結晶武器だ。

やっぱりそうくるよな、とベルリオットは乾いた笑みを浮かべた。

自分がここまで優勢に闘えたのは敵がアウラを使っていなかったからだ。アウラを使われれば、どうあがいても勝ち目はない。なぜなら……。

敵が咆哮をあげながら、これまでとは比較にならない速さで突撃してくる。

ベルリオットは瞬きする間に逸る心を制して決意した。持っていた剣を傍らに突き立て、両手をあげる。

降参の合図だ。

これにはさしもの敵も勢いを殺がれたか、突撃から急停止した。

賭けでしかなかったが、どうやら成功したようだ。声を聞き、剣を交わしたうえで敵が悪い人間だとは思えなかったのだ。とはいえ完全に解放とはいかなかったらしい。喉元に剣が突きつけられる。

「どういうつもり？」

「どういうつもりって言われてもな。どれだけ抗ってもアウラが使えないんじゃ勝ち目がないだろ」

世界のありとあらゆる生物にはアウラを使う力が備わっている。だが、自分だけはなぜかアウラを使えなかった。常に剣を携帯しているのもそのためだ。

「そう。アウラが使えないっていうのは本当だったのね」

どこか悲しそうな声だった。

今まで威嚇するような声調だったためにベルリオットは思わず面食らってしまう。

「だからってそれはないでしょ、それは」

それは、とは降参したことを言っているのだろう。

「いや、本気で俺を殺すつもりなら最初から全力でアウラを使うだろ。なのにあんたは使わなかった。つまり殺す気はなかったってことだ。意図まではわからないけどな」

「……そういうところ、本当にあなたのお父さんとそっくりね」

なにやらぼそりとつぶやいていたが、上手く聞き取れなかった。

戦意が殺がれたのか敵は結晶武器を放り投げて空気に霧散させた。さらにふぅと息を吐きながら目深に被っていたフードを取る。あらわになった顔は声の通り女性のものだったのだが――。

「あ、あんたは……いや、あなたは……」

肩の辺りで二つに結われた黄金色の髪はまるで織物のように細く、艶やかだ。鮮やかな碧眼、すっと通った鼻筋、薄めの唇は可憐さと妖艶さが混在し、なんともいえない絶妙な調和を生み出している。

この比類なき美貌は忘れようがない。彼女のことは大陸の誰もが知っている。

「ひ、姫様っ⁉」

太古より大陸を統治するリヴェティア王家は、ただの一度も権威を落としたことがない唯一無二の絶対王者である。

現在、王族はレヴェン国王の他に彼の娘しかいない。娘を生んですぐに王妃は亡くなられたのだ。世継ぎ争いをなくすため、リヴェティア王家は側室を取ることを善しとしていない。そのため、次代の王はすでに決定している。

リヴェティア王国王女――リズアート・ニール・リヴェティア。

高嶺の花という言葉では表せないほど遠い存在の彼女が今、目の前に立っている。

「なんで姫様がここにいる……おられるのですか」

普段通りの口調で話してしまいそうだった。まずいと思って言い直したが、どうやら彼女はそれが気に入らなかったらしい。人差し指を突きつけながら、むっとした様子で詰め寄ってくる。

「リズでいいわよ。あと敬語は使わないで」

「わ、わかりまし……わかった」

こちらとしても慣れない敬語を使わずに済むのなら、その方が助かる。よろしいとばかりにうなずいたリズアートに、ベルリオットは気になっていたことを口にする。

「それより、なんでいきなり喧嘩をふっかけてきたんだ？　いや、喧嘩ってもんじゃないな。あれは確実に殺しにきてただろ」

「あ、ばれた？」

「あ、ばれた？　じゃないっての。こっちは本気で殺されるかと思ったんだぞ……」

式典や祭典の時に王族は民の前にその顔をさらけ出す。そうした際のリズアートは粛々とした雰囲気を纏っていたのに、目の前の彼女は訓練校の女生徒とそう変わらない親しみやすさがある。

そんな彼女だからこそ、ついまた普段の荒々しい話し方で接してしまった。いくら敬語を使わないよう言われたからといって度が過ぎていたかもしれない。咎められるかと思ったが、リズアートは気に留めた様子もなく、逆に嬉しそうに口元を綻ばせた。そのまま先ほど地面に落ちた自身の剣を拾いあげる。

「でも死ななかった」

「まぁそうだけど。で、なんでなんだ？」

くるりと振り返り、リズアートが楽しそうに言う。

「訓練校にちょっと用事があったから。ついでにあなたの実力も見ておこうと思ったの」

ついでに、で斬りかかってくる王女がどこにいるだろうか。ベルリオットは思わず嘆息してしまった。そもそも、なぜ実力を試すような真似をしてきたのか。

心当たりがないわけではなかった。むしろそれしかないというぐらい確信していたが、拒絶するように頭の隅へと追いやった。

ベルリオットは顔をそらしながら嫌味をふんだんに込めて言い放つ。

「さぞかしがっかりしただろうな。アウラを使えないダメ騎士で」

「そんなことないわ。私、負けちゃったし」

「いや、俺の負けだろ」

「私がアウラを使ったから、ね。使わなかったらとてもじゃないけど敵わなかったわ。さすがライジェルの忘れ形見ね」

先ほど頭の隅に追いやった〝答え〟がリズアートの口から出された。

ライジェル・トレスティング。その家名が示す通りベルリオットの父親だ。ただ、彼が父親であるがゆえに抱えてしまう悩みというものが存在した。だから、その名を聞きたくなかったのだ。

「あら、なにか気に障るようなこと言ったかしら？」

どうやら不機嫌極まりない気分が顔に出てしまっていたらしい。上手く誤魔化そうと頭で考えはするが、心の靄が晴れてくれない。

「……別に」

結局、拗ねているとしか思えない言葉が口から出てしまった。ベルリオットはばつが悪くて目をそらすが、リズアートは逃してくれなかった。う～んと唸りながら顔を覗きこんでくる。

ひどく居心地が悪い。なんのつもりかと問い詰めようとした、その時。「あぁ、そういうこと！」と彼女はなにか閃いたように声をあげた。にやにやと意地の悪い笑みを浮かべながら言ってくる。

「ライジェルと比べられるのがいやなのね」

「なっ、ちが――っ！」

ベルリオットのことをよく知っている訓練校の人間ならば容易にその答えに行きつくだろう。だが、会って間もない人間にこれほどあっさり言い当てられるとは思ってもみなかった。ベルリオットは反射的に否定しようとするが、それすらも彼女は理解しているようだ。気にも留めずに話を続ける。

「まぁ父親があの《剣聖》じゃ、かなりの重圧でしょうね。知る人ぞ知る最強の騎士だもの」

リズアートの言うとおり、ライジェルはその名を七大陸に轟かせていた。

《飛翔核》が《運命の輪》からアウラを補充してから七日目――《災厄日》は大陸がもっとも下降し、外縁部に大量のシグルが発生する。それでも通常ならば一般騎士でも対応できるほどのシグルしか現れないのだが、ある時モノセロスと呼ばれるシグルが現れた。

モノセロスは強大な力を持って多くの騎士を葬り、外縁部に設けられた防衛線を突破。王都へ侵攻しはじめた。多くの手練がそれを食い止めんと挑んだが誰一人として傷をつけることができなかった。そんな中、ライジェルがたった一人でモノセロスを撃退してしまったのだ。

この出来事を境にライジェルは《剣聖》と謳われるようになり、また後にも先にも彼の右に出る者はいない、と多くの者に言わしめた。誰もが認める最強の騎士だ。

そんな優秀な騎士を父に持ちながら、ベルリオットはアウラを使えなかった。理由はいまだにわからないが、ライジェルの息子という周囲の期待を結果的に裏切ってしまった。もちろん背負いたくて背負った期待ではないため、いっそ清々しいとさえ思う。だが、周囲の目にさらされるたびに胸中の霧は濃くなる一方だった。自分の感情であってもままならないものだと日々思わせられている。

どうして剣聖が父親なのだろう、と。

「実際はどこにでもいるおじさんって感じなのにね」

リズアートが懐かしむように空を見上げながら言った。それは噂を聞いただけでなく、実際に会ったことがあるような口ぶりだ。

「親父を知ってるのか？」

「ええ。いっとき私を護衛してくれていたことがあるの。うんと幼い頃だけどね」

初耳だった。とはいえ、ライジェルは任務内容を逐一話してくれるようなまめな性格ではない。きっとほかにも知らないことはたくさんあるだろう。

「でも、彼が亡くなるなんて思いもしなかったわ」

リズアートがもっと遠くを見るように眼を細めた。

今から十年ほど前にライジェルは死んだ。あの時のことは目を閉じれば鮮明に情景を思い出せるほど脳裏に焼きついていた。死んだ父親のことを引きずっているわけではなかったが、ベルリオットは雰囲気に釣られて思わず目を閉じてしまいそうになる。

「ごめんなさい。私ったら、つい」

「いや、別に」

いまさら親父のことなんて、と胸中で思ったのと同時、足元の草花に影が落ちた。見上げると、紫の光を纏いながら下降してくる女性の姿が視界に映った。

白基調に青線で彩られた騎士服に身を包んでいる。肘から指先までを覆う長めのグローブ、膝上までのブーツ、といった装い。動きやすさを重視してか肩や大腿部に布が少ない。おかげで透き通るような白い肌があらわになっていて目のやり場に困った。

年齢は二十歳前後といったところか。切れ長の目、高めの鼻、薄い唇と顔立ちからは怜悧（れいり）な印象を抱かせられる。その顔を縁取る淡い金髪は癖なく腰まで流れ、ひどくなめらかだ。体つきにいたっては出るところがしっかりと出ており、大人の色香をふんだんに醸しだしている。

騎士服の左胸元に紋様が刻まれていた。交差した二つの剣を翼が包みこんでいる。それはまぎれもなく王城配属の騎士である証拠だ。

「姫様、こんなところにおられたのですか」

女性騎士が地に足をつけるなり、リズアートのそばに向かう。

「あら、ずいぶんと遅かったじゃない」

「これでも急いだのですが……申し訳ありません。それにしても、なぜこのようなところに？」

「ちょっと彼に用事があったのよ」

言って、リズアートがこちらをちらりと見やった。その視線を追った女性騎士が訝るように訊いてくる。

「失礼ですが、あなたは？」

「ベルリオットだ。ベルリオット・トレスティング」

「トレスティング……あぁ、あの」

一瞬、侮蔑するような目を向けられた。どういう覚え方をされていたのか、それだけでわかってしまった。大方、父親と違って出来損ないの騎士だ、と記憶されているのだろう。事実だが、ベルリオットは思わずむっと顔をしかめてしまう。

「紹介するわ。彼女は私の護衛を務めてくれているエリアス・ログナートよ。と言っても、知ってるわよね」

女性騎士——エリアス・ログナートのことを知っていて当然、とリズアートは言いたげだった。

もちろん知っていた。女性でありながら若くして王城騎士の序列三位にまで食いこんでいるのだ。

リヴェティアの騎士や訓練生であれば知らないわけがない。それにログナートの家系は優秀な騎士を多く輩出しているため、彼女は幼少の頃から注目を浴びていた。

その点も知名度に大きく影響していると言っていいだろう。

しかし先ほど侮蔑の目を向けられたこともあり、ベルリオットは彼女のことを知っていると答えるのが癪だった。ふんと鼻を鳴らし、そっぽを向く。

「あいにくと俺は騎士様事情には疎くてね。グラトリオ団長ぐらいしか覚えてないな」

「……そのような態度、ライジェル様の子息として恥ずかしく思わないのですか」

「親父は関係ないだろ」

今にも殴りかかりそうなエリアスを見かねてか、リズアートが仲裁に入ってくる。

「もうっ、二人とも喧嘩しないの。……それでエリアス、急いでいたみたいだけどなにか私に伝えることがあるんじゃないの？」

「そうでした」

エリアスがリズアートに向き直る。

「と、その前に……用事と言っていましたがそれはもうよろしいので？」

「ええ。ひとまずはね」

「でしたら校長がお待ちしていますので、そろそろ参りましょう」

「そうね。わかったわ」

リズアートは用事があって訓練校に来ていると言っていた。その用事がなにかはわからないが、アウラも使えない出来損ないの騎士訓練生には関係のないことだろう。

リズアートがエリアスとともに光翼を出した。ふわりと宙に浮く。

「そういうことだから。またあとでね、ベルリオット」

「あ、ああ」

ベルリオットが返事をすると、彼女たちは校舎方面へと急いで飛び去っていく。

短い間しか話さかったが、リズアートの印象は抱いていたお姫様像とはひどくかけ離れていた。強いてなにかに例えるならば激しい気流のような、そんな感じの女の子だ。

それにしても、またあとで……？

ベルリオットは首を傾げながらリズアートの背中を見送った。


「おい、トゥトゥ。俺の居場所、教えただろ」

「うっ」

教室に戻ったベルリオットは席につくなりナトゥールを問い詰めた。

ナトゥールが乾いた笑みを浮かべる。

「あはは……ば、ばれた？」

「ばれたもなにも、俺があそこにいるって知ってるのお前しかいないだろ」

「……ごめん。でも、相手が姫様だったら答えないわけにはいかないでしょ？」

「まあ、それはそうだが」

とはいえ、あの丘陵地帯を訪れている時は一人になりたい時だ。誰であろうと邪魔されるのは良い気分ではない。それをナトゥールもわかっているからこそ丘陵地帯には近寄らないのだ。

「もうびっくりしたよ。いきなり姫様から声をかけられるんだもん。って、そうだ。どうして姫様がベルを捜してたの？　見た感じ、おしのびで来ていたみたいだけど」

「さぁ？」

「さぁって。会えたんだよね？」

「ああ、会ったよ。会って、いきなり殺されかけた」

「え……えぇぇえ!?」

あまりの大声に教室中の視線がナトゥールに集まった。彼女は口を両手で塞ぎ、ひそめた声で訊いてくる。

「ベル、なにか姫様の恨みを買うようなことしたの？」

「するわけないだろ。そもそも会ったのだって初めてだ」

「じゃあ、どうして？」

「試したかったんだと。俺の実力を」

「ベルの？　あ～……」

ナトゥールは聡い。ライジェル繋がりであることにすぐさま行きついたのだろう。

癪だ、と思ってしまった。だが、その感情を否定したくて、わざとおどけてみせる。

「結果は聞くなよ」

ベルリオットがアウラを使えないのは周知の事実だ。さらに言えば、そんな人間などほかに聞いたことがない。

ナトゥールがなにかを思案するようにあごに人差し指を当てる。

「うん、それはわかるんだけど……」

「はいはい、俺はどうせ帯剣の騎士だよ」

「もうっ……いじけないで」

「いじけてねえよ。それで、なにが気になってるんだ？」

「姫様がベルの実力を試すためだけに来たとはどうしても思えないの。公務じゃないと姫様がここに来るのって難しいんじゃない？」

「あー、なんか訓練校に用事があって、そのついでだって言ってたな」

「姫様が訓練校に？　なにしに？」

「王族のすることなんて俺にはわからねえよ」

そう答えると同時、教室の扉が開けられた。

禿頭の教師が入ってくる。その足取りは柄にもなくがちがちだ。見てわかるほどの冷や汗までかいている。様子がおかしい。

その理由をベルリオットはすぐに理解した。厳しい顔つきの女性騎士を護衛に伴いながら教室に入ってきた者こそが原因である、と。

教師が震える声で話しはじめる。

「あ、ああ〜……本日から、きみたちとともに訓練を受けてもらうことになったリズアート・ニール・リヴェティア様だ」

「私のことはリズって呼んでくれると嬉しいわ。みんな、これからよろしく」

言って、リズアートがにっこりと満面の笑みを浮かべた。

絶句した。

ベルリオットだけでなく、教室中の訓練生が絶句した。


教師の声が面白いぐらい頭に入ってこなかった。姿勢を正すという慣れないことをしているからか背骨が痛い。さらに居心地もひどく悪い。すべては左隣に座る女生徒のせいだ。

リズアート・ニール・リヴェティア。つい先ほど教室に現れたかと思えば、これから訓練生として一緒に学ぶという。いったいなんの冗談かと思ったが、どうやら真実のようだった。

彼女曰く、初めは国王も強く反対していたが、護衛にエリアスを伴うことで許しをもらえたらしい。ちなみにそのエリアスはリズアートの背後に控え、訓練生たちに睨みを利かせている。おかげで室内は無駄に涼しかった。

今まで一度も話したことがない、というより近づくことさえ許されなかった存在が手を伸ばせば届く距離にいる。それがどれほどの重圧を周囲に与えるのか、この王女殿下は果たして自覚しているのだろうか。

横目に隣を見やると、口の端をわずかに吊りあげたリズアートが映った。これは確実に自覚している。そのうえで楽しんでいる顔だ。

そもそも彼女は授業をまともに聞いてすらいないのではないか。というのも、なぜか先ほどからこちらにばかり視線を向けているのだ。

どの席にリズアートが座るか、という問題になった時もそうだ。彼女は自ら進んでベルリオットの隣の席を指定した。今にして思えば、こうして観察するために隣の席を選んだのかもしれない。

「ベル、やっぱりなにかしたんじゃないの?」

リズアートとは反対側に座るナトゥールが小さな声で訊いてきた。

「んなこと言われても……」

やはりライジェルの息子だから、という理由しか思い浮かばない。ただ、その興味もおそらく丘陵地帯で決闘した際に失われただろう。なにしろアウラが使えないのだ。失望されていてもおかしくない。

もしかするとリズアートはまだ満足していないかもしれないが、こちらとしては早々に解放して欲しいと願うばかりだ。

ふと鐘の音が遠くから聞こえてきた。授業の終わりを知らせる合図だ。

「よし、これまで。次は訓練区で演習だ。遅れないようにな」

言って、教師が退室した。普段ならすぐにでも教室が喧騒に包まれるところだが、誰一人として声をあげるどころか席すら立たなかった。原因は言うまでもなくリズアートの存在だ。全員が彼女の様子を窺っている。ただ、誰も話しかけようとはしない。

「やっぱり王女って身分を隠していたほうがよかったのかしら」

「いや、顔でわかるだろ」

「はぁ～、ほんと王女って面倒」

机に頬杖をつきながら愚痴をこぼすその姿からは、とても王女の風格は感じられない。エリアスが慌ててリズアートをたしなめる。

「ひ、姫様。そのようなっ」

「エリアス、訓練校にいる時ぐらいは私の好きなようにさせて欲しいわ」

「で、ですが私も国王様から姫様を任されている身なので……」

「もうっ、そのお堅い性格、なんとかならない？　そんなんじゃ男に好かれないわよ？」

「なっ!?　わ、私は別に男などっ！」

顔を真っ赤に染めたエリアスをリズアートがくすくすと笑う。しんっとした室内に彼女たちのやり取りはよく響いた。

ナトゥールが恐る恐るといった感じではあるが、リズアートに声をかける。

「あ、あのっ！」

「あら、あなたは……さっきはベルリオットの居場所を教えてくれてありがとう」

先刻、ベルリオットが丘陵地帯にいることをリズアートに教えたのはナトゥールだ。すでに二人は面識がある。

「えっと、名前は？」

「ナトゥール・トウェイルです。トゥトゥとお呼びください、姫様」

「じゃあ、トゥトゥ。私、リズって呼んでってお願いしたはずだけど？」

「あっ、ごめんなさい。じゃあ、リズ……様」

「うーん、様もどうにかならない？　それと、できれば敬語もやめて欲しいわ」

「で、ですが……」

ナトゥールが困惑していた。リヴェティア国民にとって王族は神に近しい存在だ。いきなり一般人と同様に扱えと言われたところで抵抗があってもおかしくない。

ベルリオットは周囲を見渡す。他の訓練生はいまだ遠巻きに見ているだけだ。ただ、好奇心には勝てないらしく、近づく機会を窺っているように見える。

ベルリオットはため息をついたのち、口を開く。

「ナトゥールはこういう奴なんだ。ここはそれで許してやってくれ」

「う〜ん……まあ、仕方ないか」

「というか、あんたは自分の存在がどれだけすごいのかを自覚するべきだな」

「そうです。誰もがこの男と同じように無礼極まりない行動ができるわけではないのです。というよりできるほうがどうかしています」

こちらを見下ろしながらエリアスが言った。たしかにそうかもしれないが……。

いちいち棘があるな、こいつは。なにか俺に恨みでもあるのか。

ベルリオットは心の中でそう悪態をつくが、あとが怖いので決して口には出さなかった。

「わかってるわよそれぐらい。でも、やっぱり同年代の友達っていうのは憧れるものなのよ。まあ、いいわ。今はそれで折れてあげる。でも、いつかは、ね？」

「はいっ」

リズアートの微笑みにナトゥールの緊張も解けたようだ。笑顔で迎えていた。

これまでのやり取りを目にし、リズアートの親しみやすさを感じ取ったのだろう。様子を窺っていた訓練生たちがこぞって彼女の周りに集まった。リズアートの姿が一瞬にして見えなくなる。

ベルリオットは席を外した。がやがやと騒がしい教室をあとにする。

群れる、という行為があまり得意ではなかった。加えて、このあとに行われる演習のことを考えるとすぐにでも訓練生から離れたかったのだ。

「どこに行くつもりなのかしら？」

校舎を出てから間もなく、後ろ手から声がかかった。透き通り、それでいて凛としたこの声は聞き覚えがある。振り返ると、リズアートが胸を張って立っていた。腰に手を当てた格好で、なにやらご立腹の様子だ。

「なんであんたがここに」

「あなたがどこかへ行こうとしていたから。みんなから聞いたわよ、ベルリオット、あなた授業に出ないつもりでしょう？　あ、今一瞬だけど目を下に向けたわね。動揺した証拠だわ」

ベルリオットは思わず舌打ちした。なんとも目ざとい王女様だ。

とはいえ、いまさら誤魔化しても仕方ない。肩をすくめたのち、おざなりに答える。

「あいつら余計なことを……ああ、そうだよ。今から昼寝でもするつもりですよっと。でも、仕方ないだろ？　演習はアウラを使った訓練だ。そして俺はアウラを使えない」

「だからと言って授業に出なくてもいい理由にはならないわ」

「じゃあ指をくわえて見てろとでも言うのか？　はっ、ごめんだね。大体、これは俺の問題だ。あんたにとやかく言われる筋合いはない」

「ええ、ないわね」

「なら――」

「ただ私が許せないだけよ。それにたとえアウラを使えなくても、いつかきっと学んだことが力になるはずだわ」

そう答えたかと思うと、リズアートの姿がふっと消えた。いや、消えたように見えただけだ。彼女は間近で屈みこんでいた。ベルリオットは反射的に飛び退こうとするが、がしっと両足を掴まれたために逃れられなかった。体勢を後ろに崩し、地面に背中を打ちつけてしまう。

「いってぇ……お、おい！　いきなりなにすんだよっ！」

「なにって、わがままな子どもを訓練区に連れて行くのよ」

「誰が子どもだ！　って――」

リズアートの身体を緑色の燐光が包みこんだ。背中から溢れ出るアウラが翼を象ると、ふわりと彼女の身体が宙に浮く。当然、彼女に掴まれているベルリオットも地面から離れた。

リズアートが一気に加速し、空高くへと舞い上がる。

「うぉぁあああああああ――ッ!!」

足を持たれているため、頭を下に吊るされた格好だった。いつも見ていた景色が反転している。無駄な経路を進んでいるとしか思えない動きでリズアートが空を飛び回る。おかげで切りつけるような風が顔面に直撃していく。試しに振り子のように頭を動かしてもがいてみたが、相手はアウラを使っているため、まったくぐらつかなかった。

「お、おい放せっ!」

「あら、放してもいいかしら。落ちたら死ぬんじゃない？」

「や、やっぱり放さないでくれっ！」

ふふふ、と楽しそうに笑うリズアートを見て、ベルリオットはついに抵抗を諦めた。どうやらとんだお姫様に目をつけられてしまったようだ。

――これもきっと親父のせいだ。そうに違いない。

今日この時ほど、ライジェルに恨みを向けたことはなかった。


青々とした芝で一面を覆われた訓練区。その上空で幾人もの訓練生が入り乱れている。

全員、教師から課された演習を行なっているところだ。内容については結晶武器を使わずに他人の額や背中を触るというもの。触られた者は脱落し、最後まで残っていた者が勝利となる。ごくごく簡単な内容と言える。ただ、アウラを使えない者に配慮された内容ではない。

ベルリオットは訓練区の外周を走らされていた。とはいえ、教師の注目はこちらに向いていないいため、適度に力を抜いている。おかげで疲れはほとんどない。

ふと空を見上げると、目の前をなにかが通り過ぎた。突然のことに思わず素っ頓狂な声をあげてしまった。さらに遅れて襲ってきた風圧に押され、不覚にも尻餅をついてしまう。

「ってぇ……なんだってんだ」

「私が勝つとこ、ちゃんと見てなさいよー！」

なにか、の正体はリズアートだった。

無邪気な笑い声を残し、それこそ風のように彼女は一瞬で離れた。そのまま勢いを殺さずに激しい争いを繰り広げる訓練生の集団へと突っ込んでいく。

いくらなんでも無茶だ。

そんなこちらの予想とは反対に、リズアートがしなやかな身のこなしや緩急をつけた飛行で訓練生たちの額や背中を次々と触っていく。その光景にベルリオットは思わず呆気に取られてしまう。

「ったく、とんだお転婆姫だな……」

リズアートとは丘陵地帯で手合わせをしたが、剣の実力は相当なものだった。あれだけの腕を持っているのだからアウラを使ってもそれなりにやるだろう、とは予想していたが、まさかこれほどまでとは思わなかった。

ベルリオットは立ち上がり、走るのを再開する。その間にも空を飛びまわる訓練生の数がみるみるうちに減っていく。ベルリオットが課せられた分を走り終える頃には残る訓練生が三人だけになっていた。

リズアートとモルス、そしてナトゥールだ。

脱落した訓練生は観戦に回っていた。声援はもっぱらリズアートへのものばかりだ。

モルスが下卑た笑みを浮かべながらリズアートへと近づいていく。

「姫様、これは訓練です。背中に触っても問題はありませんよねぇ？」

「ええ、もちろん。遠慮なしでお願いするわ。といっても、そんなことにはならないと思うけれど。

あら？　あなた、ここに剃り残しがあるわよ？」

言って、リズアートが自分の顎を指差した。

「ん、ここ……？　って、しまっ――」

「もーらいっ！」

リズアートはモルスの頭上を通り越し、くるりと宙返り。彼の背中にそっと触れた。

「し、しまった！　俺様としたことがーっ！　……で、でも姫様に触ってもらえたし、まったく問題ねぇ。むしろ最高のご褒美だぜ、ぐへへ」

モルスの下品な発言に女子から罵声があがった。

彼の不人気はやはり自業自得としか言いようがない。

ベルリオットが他の訓練生から少し離れた場所で足を止めると、エリアスが近寄ってきた。

「どうですか、姫様は」

「素直にすごいと思う。予想以上上だ」

「ふふん、そうでしょう」

「なんであんたが偉そうなんだ」

「剣術からアウラの使い方に至るまで姫様に指導しているのは私だからです」

「あー、なるほど。そういうことか」

王国でも指折りの騎士に教えを乞うていたとなればリズアートの実力にも納得がいく。

「褒めてもいいのですよ」

褒めて欲しいのかよ。

そう心の中で冷たい相槌を打ちつつ、ベルリオットは上空へと視線を戻した。

得意気な表情のリズアートがナトゥールと相対している。リズアートはかなり濃い緑色。ナトゥールは薄い黄色のアウラを身に纏っている。

「へぇ。トゥトゥ、あなた結構やるのね。ちょっととろそうなんて思っていたのをあやまるわ」

「そ、そんなことを思っていたのですかっ。ひ、ひどいです……」

大人しそうな性格や雰囲気からは想像しにくいかもしれないが、ナトゥールはあれで訓練校の序列第四位の実力を持っている。

「ふふ、ごめんなさい。でも、見直したのは本当よ」

「あ、ありがとうございます」

「だからといって勝たせてはあげないけど、ねっ――！」

リズアートが先に仕掛けた。掴みかかるように手を伸ばすが、ナトゥールが素早く後方へ退いたために届かずに終わる。だが、リズアートの勢いは止まらない。連続してナトゥールを攻め立てる。

ナトゥールは後ろ向きで飛行し続けているため、思うままに速度が出せないらしい。リズアートとの距離がじりじりと詰まっていく。背中を見せれば相手に触られるため、前を向いて全力で逃げるという手段は使えないのだろう。リズアートとの距離が詰まったぎりぎりのところを見計らい、ナトゥールが弾かれたように真横へ進路を曲げ、距離を置いた。

やったわね、とでも言いたげな表情でリズアートがまたも血気盛んに襲いかかる。

その光景を目にしながら、エリアスが誇らしげに言う。

「姫様が優勢のようですね」

「まあでも、トゥトゥに勝つのは難しいだろうな」

「たしかにアウラの量では彼女に分があるようですが、それだけで勝負が決まるわけではないでしょう」

「それはそうなんだが。んー、髪に隠れてちょっと見にくいかもだけど……トゥトゥの耳、よく見てみろよ」

「耳？　わずかに尖っていますね……もしやアミカスの末裔ですか」

天上に住まうアムールには眷属が存在していた。それがアミカスだ。

外見的には尖った耳と控えめな胸。内面的にはアウラを取りこめる量がわずかにだが人間よりも多いことが特徴として挙げられる。

全大陸を合わせてもアミカスの末裔は千人にも満たない。繁殖力が低いこともあるらしいが、それ以上に貞操観念が非常に強いことが希少種たる理由だと言われている。

「ですが、それがどうしたのです？　現にアミカスの末裔としての力はアウラの色として現れているではありませんか」

「まあそうなんだけど、トゥトゥはちょっと別格なんだ」

上空では、いまだリズアートの攻勢が続いている。しかし、先ほどまで楽しげだった彼女の表情は険しい。全力で飛び続けたせいで疲労が押し寄せているのだろう。対するナトゥールはまったく表情を崩していない。

「くっ、またっ！」

ナトゥールがリズアートの手を躱した。そのまま距離をとったと同時、表情を一気に引きしめる。途端、ナトゥールが奔出していた光翼が濃黄から薄紫へと変色する。

「なっ、ヴァイオラだと⁉」

エリアスが驚きの声をあげた。対峙するリズアートも目を瞠っていた。

通常、人間が身に纏うアウラ――つまり体内に取りこむ量と、放出する量は等しくなる。取りこみ、放出。この循環こそが、人間がアウラに力を見出せる唯一の方法だ。

しかし、アミカスの末裔は違う。体内に取りこんだアウラを一時的に溜めることができるのだ。ただ、溜められる量には個体差があるらしい。

太古、アムールとともにシグルと戦っていた際のアミカスは、かなりの量を溜めていたとされているが、現代のアミカスたちは大した量のアウラを溜めることができなくなっている。だが、ごく稀に大量のアウラを溜めこめる例外が存在している。それがナトゥール・トウェイルだ。

最高位とされる《紫光階級(ヴァイオラ・クラス)》の空中での瞬発力は訓練生がついていけるレベルでは到底ない。

「ごめんなさい」

そう呟きながらナトゥールが一瞬のうちにリズアートの背後に回りこんだ。振り向いた彼女の額にちょこんと人差し指を当てる。

「あっ」

強張っていたリズアートの顔が一気に弛緩する。

「そこまで！　勝者ナトゥール・トウェイルッ！」

終了の合図を告げる教師の声が響いた。脱落した訓練生たちから善戦を称える拍手が沸き起こる。

上空で浮かび続けるリズアートが天を仰ぎ、叫ぶ。

「あぁーもうっ、負けちゃったわ。悔しーっ！」

「リズ様……ごめんなさい」

「どうしてトゥトゥが謝るの？　あ、もし私に勝たせるべきだった、なんて思ったら怒るからね。私、勝負事で手を抜かれるのがいっちばん嫌いなの。わかった？」

「は、はいっ」

「うん、よろしい！」

リズアートは満足そうにうなずくと、ずいっとナトゥールに顔を寄せた。その目はきらきらと輝いている。

「それよりもっ！　最後のってどうやったの!?　あんなの初めて見たわっ！」

まるで無邪気な子どもそのものだ。そんな様子をよろしくないと思っているのか、エリアスが頭を抱えていた。ベルリオットはちょっとした興味本位で訊いてみる。

「あいつ、いつもあんな感じなのか？」

「いえ、ご公務の時や貴族の目がある時は、あのような振る舞いはされません」

「つまり今は取り繕う場じゃないってことだな」

「しかしあのような姫様のお姿、国王陛下に見られでもしたら……考えるだけで胃が痛い」

「まあ、いいんじゃないか？　本人が楽しそうだし」

エリアスの気苦労など考えもせず、ベルリオットはそう言った。

日常を乱しさえしなければ、リズアートがなにをしようと知ったことではないのだ。


一日の訓練を終え、ベルリオットは自邸へとその足を向けた。

訓練校を出た先に待っているのは閑静な通りだ。左手にはリヴェティア王城の城壁が続く。城壁は高く、アウラを使って飛行でもしなければとても越えられない。とはいえ、王都では王族と王城騎士以外が飛行することは原則的に禁止されているため、一般人が城壁を飛び越えることはできない。

代わりに王都南方では幾つもの物体が飛行していた。距離があるため、はっきりとは見えないが、あれは飛空船と呼ばれるものだ。大陸の内外問わず移動時や輸送品を運ぶ際に使われている。詳しい造りはわからないが、ごく薄の板を何層にも重ね合わせてできた空間にアウラを通し、浮遊させているのだという。

つまり動力となるアウラを使えない自分には扱えないということだ。まったくもって世知辛い。

「今日は本当に散々だったな……」

深いため息をつきながら、本日、訓練校に入学してきたある人物を思い出した。

この国、リヴェティアの王女リズアートのことだ。王城騎士ですら易々と近づくことはできない天の上の存在が一日中そばで行動していた。それだけならまだいいが、彼女はあろうことか突然襲いかかってきたり、他人を逆さまに吊るして飛行、そのまま演習場に登場するという屈辱を味わわせてきたり、と全力で日常をぶち壊してきたのだ。

その振る舞いはとても一国の姫とは思えない。

「明日もいるんだよな……」

また、ため息が出た。

ほどなくして左手側で続いていた城壁に終わりが見えた。とはいえ、少し先からまた城壁は続いている。見上げた先、手前と奥の城壁を繋ぐようにかかったアーチが映った。大城門。王城へと続く正規の入り口だ。二十人が横一列に並んでも軽く通れてしまうほどに巨大で、くぐった先には浩々たる前庭が広がっている。

王族や王城騎士、政務官以外はなにかの祭典でしか通ることを許されない。今も門前には五人の騎士が立ちふさがり、周囲に目を光らせている。彼らは全員が王城騎士だ。その実力は折り紙つきである。

彼らの前を通り過ぎる前にベルリオットは立ち止まった。門衛の騎士たちに向き直り、直立。真横に突き出した右拳をそのまま胸に持っていく。こちらの敬礼を目にした門衛たちが軽く手を挙げ、応えてくれた。

訓練校では不真面目で通っている身だが、さすがに任務中の、それも王城騎士の前を挨拶もせずに通過できるほど図太くはない。騎士の手が下げられたのを見計らい、ベルリオットは歩みを再開する。

大城門とは反対側、つまり今まで歩いてきた道を右に曲がると二十段ほどの幅広階段に通ずる。この階段を下りていると、いやでも目に入るのが二本の時計塔だ。

左右に立てられたそれらは王都内であればどこからでも確認できるほど高い建築物だ。頂上部分には大きな鐘がつけられており、一定の時間に鐘が鳴らされる。この音を基準に訓練校の授業も時間割がされている。

階段を下りきると、大通りに出た。ここはストレニアス通りと呼ばれている。王城に近い側には騎士団本部や図書館など国の施設が多く建ち並び、それらを過ぎると様々な商店が並ぶ賑やかな通りへと変わる。

売買をするならストレニアス通り、と呼ばれるほどに活気溢れる場所だ。その雰囲気を味わうためだけにベルリオットは時折そちらへ顔を出すことも少なくない。ただ、本日は精神的に疲れたこともあって寄ろうとは思わなかった。なにより家に帰ってゆっくりと休みたい。

行く手に広場が見えてくる。

中央に鎮座する巨大な噴水が辺りにしぶきを飛ばし、清涼な空気を作り出している。ここの地下には郊外の水源から運ばれた水を貯蓄し、王都中に巡らせるという重要な役割を持った機関が存在する。

ただ、地上ではちょっとした憩いの場として人気だった。レニス広場と呼ばれ、今も子どもや妙齢の女性、老人に至るまで幅広い層の人が訪れている。

ふと一人の少年がそばに駆け寄ってきた。

「お兄ちゃん、なんで剣を持ってるの？」

「飾りだ。格好いいだろ」

呆ける少年の頭を軽く撫でたのち、ベルリオットはレニス広場を右手に折れた。

道のそばにはレニス広場の外縁から延びた川が流れている。初めのうちはレニス広場の喧騒が届いていたが、しばらく歩くうちに静かな区画に入った。

ゆったりとした間隔で建ち並ぶ屋敷。華美な装飾を施されていないものの、どれもが上質であることがわかる造りだ。この辺り一帯は屋敷ばかり建っていることから貴族居住区と呼ばれ、ストレニアス通りを挟んで反対側にある平民居住区とは対の造りになっている。

富裕層とそうでない者たちとの住み分けができてしまっているが、決して両者間に確執があるわけではない。ただ質素な平民の家々の中に立派な屋敷があっては美しくない、という理由からだ。もちろん逆も然りである。

見渡せる中、もっとも大きな煉瓦造りの屋敷が見えてきた。ベルリオットの屋敷だ。

これほどまでに豪華な屋敷を持っているのには理由がある。父親であるライジェルが騎士団長を務めていたこともあり、トレスティング家は金銭面に余裕があった。加えて彼は物欲があまりなく豪遊することもなかったため、金は貯まりに貯まり……。

使い道に困ったライジェルが「じゃあ、でけぇ家でも買うか」という思いつきのもと、これほどの立派な屋敷が建てられたというわけだ。

思い返してみると父親の行動は奇行以外の何ものでもなかったが、なかなかどうして住み心地が良く、ことこの屋敷購入という点においてはライジェルを褒めざるを得なかった。非常に癪だが。

ベルリオットは屋敷の庭先を通り、扉を開ける。

「おかえりなさいませっ！　ベル様っ！」

中から女性が飛び出してきた。いつものことだった。ベルリオットは驚くことなく、かつ冷静にするりとその女性を避けた。地面に衝突した女性が「ふぎゃっ」と悲鳴をあげる。

「いたた……もうっ、どうして避けるんですかぁっ」

言いながら、女性がふくれっ面を向けてくる。

彼女の名はメルザリッテ・リアン。トレスティング家に仕えるメイドだ。

二つに結われ、胸元に垂れた少し青みがかった艶やかな銀髪。シミ一つ見当たらない木目細やかな肌。そしてルージュをひいた瑞々しい唇は、今もなお頬を膨らます可愛らしいしぐさとは相反して蠱惑的な雰囲気を醸しだしている。

彼女が身に纏っているのは黒基調のワンピースにフリル付きのエプロンといった衣装。体の線がよくわかるぴったりとした作りだ。装飾品であるこれまたフリル付きのヘッドドレスと、首に巻かれた黒色のリボンチョーカーのおかげで彼女の扇情的な雰囲気はいくらか和らいでいる。

起き上がったメルザリッテに、ベルリオットは呆れながら言う。

「いや、来るとわかってたら避けるに決まってるだろ……」

「主たるもの、広い心で家臣の愛を受け止めるべきではないでしょうかっ」

こうして彼女はよく子どものような屁理屈を口にする。いい歳だというのに。

少なくともベルリオットが物心ついた頃から仕えているのだから、いい歳だ。とはいえ妙齢の姿から彼女は一向に衰えを見せない。なんでも器用にこなすメルザリッテのことだ。よほど若作りが上手いのだろう、とベルリオットは思っている。

ただ、彼女に年齢の話をしてはならない。もし口に出そうものならまずい食事を出され、すべて食べ終えるまで放してくれないのである。

「それに応えることで世間から変な目で見られるのは俺なんだ。勘弁してくれ」

「たしかにベル様とメルザとでは身分が天と地ほども違いますけれど、ですが、だからこそ良いのではありませんかっ。主従関係から生まれる禁断の恋……も、燃えます！」

「はいはい。恥ずかしいからとりあえず続きは中でしような」

「中なら良いのですか!?　抱擁してもっ!?」

相手をするのが面倒になった。鼻息荒いメルザリッテを置いて、ベルリオットはさっさと屋敷の中へと入る。内装には多くの木材が使われている。おかげで落ちついた香りが帰ってきたことを実感させてくれた。

ベルリオットは居間に向かった。屋敷の外観相応に広い部屋で、たとえ十人の大人が押し寄せても余裕があるほどだ。配された古めかしい調度品も過不足なくといった感じで圧迫感もまったく感じられない。

と、中央に置かれたソファに一人の男が座っていた。男は口につけていたカップを机に置くと、ふっと微笑を浮かべる。

「相変わらずだな、お前たちは」

短めの髪に角ばった顔つき。鋭い眼光を放つ瞳、筋骨隆々としたその体つきからは戦いにおいての実力者であることがいやでも窺い知れる。彼の名はグラトリオ・ウィディール。一万にも及ぶ騎士を束ねるリヴェティア騎士団の団長だ。

「だ、団長……?」

「邪魔しているぞ、ベルリオット」

なぜグラトリオがここにいるのか。いや、訪れること自体はおかしくはない。なぜなら彼はベルリオットの後見人でもあるのだ。ライジェルが亡くなって以来、定期的に様子を見に来てくれている。

ただ、普段は事前に訪問日を知らされるため、このような突然の来訪ともなれば、さすがに驚きを隠せなかった。ベルリオットが唖然としていると、後ろ手からメルザリッテの声が聞こえてくる。

「あ、ベル様。興奮してお伝えするのを忘れていましたが、グラトリオ様がいらっしゃっています」

「そういうことはもっと早くに言ってくれ」

とりあえず、いつまでも突っ立っているわけにはいかない。ベルリオットはグラトリオの正面に腰掛ける。

「どうしたんですか、急に」

「いやなに、ちょっと用事があってな」

「用事？　ですか」

「大したことではない。いや、大したことはあるか。まあ、それは直にわかる」

「はあ……」

要領を得ないグラトリオの話にベルリオットは生返事をした。

メルザリッテが目の前に茶の入ったカップを静かに置いてくれる。すでに準備していたのか、茶は湯気を立て香りも失っていない。

メルザリッテが静かに訊く。

「グラトリオ様は？」

「いや、もう充分だ。このあと用事があってな。少し話したらすぐに出る」

メルザリッテが軽く頭を下げ、離れた。それを機に、ベルリオットはグラトリオに問いかける。

「用事って騎士団のですか？」

「遠からず、というところだ。ディザイドリウムの宰相殿から騎士の編成について相談をされていてな。それで会う約束をしている」

ディザイドリウムはリヴェティアともっとも近く、もっとも友好的な大陸である。

大陸間の貿易は盛んに行われているうえ、グラトリオのように個人的な付き合いを持つ者も多い。言ってみれば、リヴェティア大陸にとってディザイドリウム大陸は信頼できる相棒のようなものだ。

グラトリオが、どこか遠くを見るように優しげな笑みを浮かべる。

「どうだ、調子は？」

この屋敷を訪れた時、彼が必ずしてくる質問だった。

「とくになにも。残念ながら相も変わらず落ちこぼれの日々です」

「そう自分を卑下するな。アウラなんてそのうち使えるようになる」

「でも、そう言われ続けてもう十年近く経ちます」

「まあしかし気休めでなく、私は本当にそう思っている。なにしろお前はあのライジェル・トレスティングの息子なんだからな」

その言葉を聞いた瞬間、どす黒いものが胸の奥底で蠢いたのを感じた。自然と眉間に力を入れてしまう。

こちらの変化を読み取ったのか、グラトリオが申し訳なさそうな顔をした。

「いや、すまない」

「いえ……」

「誰だって比べられるのは好きじゃないからな」

言って、グラトリオが苦笑する。

ベルリオットはばつが悪くて目をそらしてしまった。グラトリオも悪気があったわけではない。むしろ気にかけてくれているからこその言葉だ。それをよく理解しているため、彼のことを嫌いにはなれなかった。

「で、話は戻るが……本当になにもなかったのか？」

そう聞きなおしてくるものだから、ベルリオットは頭の中で真面目に本日のおさらいをしてみた。するとなにもないとは言えない非日常にすぐさま思い当たった。

グラトリオの言動からは、こちらの日常に変化があったことを予測していた節が見られる。ただ、予測は材料となるものを知っていなければできない。

「あいつ……王女殿下が来たこと、知ってるんですね」

「ああ」

騎士団長であるグラトリオは国政にも関わっているのだ。それに騎士団員であるエリアスはもちろんのこと、その護衛対象であるリズアートの行動を把握していないはずがない。

「今日は一日中振り回されっぱなしで、もう散々でしたよ」

「かねてよりお前にはえらく興味を持たれているようだったからな」

「親父の息子だから、ですよね」

「お前にしてみれば不本意だろうがな」

事実なのだから、グラトリオに非はないとわかっている。それでもやはり面白くない。

「それで、用事ってのは王女殿下の様子を聞くことですか？」

「まあ、それもあるが……実はな、しばらくこの家に泊めてもらいたいお方が――」

ふいに金具を打ち鳴らしたような音が玄関のほうから聞こえてきた。来客だ。

「あら、どなたでしょうか？」

メルザリッテが小首を傾げたのち、玄関へと向かう。

「ちょうどいい。来られたようだな」

そう口にするグラトリオの言葉は、まるで来客を予期していたかのようだ。

ベルリオットは先ほど彼が言いかけた言葉を思い出す。——泊めてもらいたいお方。

グラトリオが敬語を使わなくてはならない人物などかなり限られる。嫌な予感がする。

「あら、グラトリオ。来ていたのね」

今日一日で聞き慣れてしまった声だ。

ベルリオットは顔を引きつらせながら声のほうへと目を向ける。

——ああ、やっぱり。

そこにはリズアートとエリアスが立っていた。


外がすっかり暗くなった頃、トレスティング邸では夕食の時間を迎えていた。

食卓には色とりどりの料理が並べられ、部屋には柔らかく甘い香りが漂っている。

「これってシチューよね？　甘くておいしー」

「はい、そちらは黒王牛の肉をもとに煮込んだものです。そのまま食されることの多い黒王牛ですが、その肉汁には甘味がたっぷりと含まれているので、トレスティング家ではよく汁物に使っております」

「見たことのない野菜ですが……この食感、気に入りました」

「そちらはヴィリオールの花の茎ですね。フォウル山脈の濃い霧に含まれたアウラをたっぷりと取りこみ、成長を促進されたその茎は栄養も満点。お肌にもよろしいとか。王都で食している方はあまり多くないようですが、知り合いの商人からいつも頂いております」

メルザリッテお手製の料理に来客たちが舌鼓を打っている。

食卓を囲んでいるのはベルリオット、リズアート、エリアスの三人だ。全員がゆったりとした衣服に身を包んでいる。

普段はメルザリッテも一緒に食事をするのだが、本日は一国の王女が卓についていることもあり、給仕としての立場を考慮したのだろう。ベルリオットの後ろで彼女は静かに待機している。

リズアートの食事の進みが早い。エリアスも同じだ。それだけメルザリッテの料理が美味しいのだろう。そのことはベルリオットもよく知っているし、今も口に含んでいる料理は美味いとしか言いようがない。だから料理に問題はないのだが、別のことで釈然としなかった。

ベルリオットは頬杖をつきながらリズアートを睨む。

「大体、城からのほうが訓練校に近いってのに明らかにおかしいだろ」

「城から通ったら、せっかくの訓練生気分を味わえないじゃない」

「だったら寄宿舎に入ればいいだろ」

多くの訓練生が訓練校の近くに建てられた寄宿舎で暮らしている。友人を作るためという目的で入る者もいるらしいが、大半は金銭的な問題で王都に寝床を確保できないという理由からだ。王都は人が集まる場所とあって、借りられる部屋はどこも高いのである。

「き、きさまっ！　姫様にあのような牢獄へ入れと言うのですか!?」

エリアスが弾かれるようにして立ち上がった。だが、「エリアス、食事中よ。座りなさい」と、リズアートからすぐさまお叱りを受け、しゅんとなって再び腰を下ろした。

「牢獄は言いすぎだろ。そこで暮らしてる奴だっているんだぜ」

「知っています。私も少しの間、あそこで暮らしていましたから。そしてあそこは衛生上、非常によろしくありません。カビが……カビがまるで侵略するかのごとく、宿舎内に跋扈しているのです！　それは部屋だけに留まらず、風呂やトイレ、果ては調理場にも侵食し……お、思い出しただけで吐き気が……」

顔色が悪くなったエリアスを見ながら、リズアートが肩をすくめた。

「エリアスは潔癖なのよ」

「潔癖じゃなくても、その話を聞いたら誰でもいやになるな」

「とまあ、エリアスのそんな話を聞いたから、どうしよっかなーって考えて……それであなたのことを思い出したのよ。一応、屋敷はまともなほうじゃない？」

「たしかにまともかもしれないが、別にそこらの貴族んとこでもいいだろ」

「同年齢の訓練生がいたほうが、なにかと都合がいいと思って」

言って、リズアートがにっこりと微笑む。

たしかに慣れないことも多いだろうから、その通りだ。だが、重大なことがまったく考慮されていない。

「言っとくが俺は男だぞ？」

「あら、なにかできるの?」

意外とでも言いたげな態度だ。

ベルリオットははたと気づいた。リズアートにとって……いや、アウラを使える者にとって、アウラを使えない者の力など赤子も同然だ。仮に男としての欲望を満たすために襲いかかったところで返り討ちにされるのは目に見えている。

「ああもうっ、勝手にしてくれ」

「ええ、初めからそのつもりでいたけれど。とりあえず許可を得たことだし、改めてよろしくね」

その笑顔に悪意はないが、含みがある。楽しんでいる、という感じだ。

彼女を見ていると、たとえこちらが断固拒否したとしても、やはりそれは反映されなかったのではないか、とさえ思ってしまう。まったくもって面白くない。

ベルリオットはリズアートを無視して席を立った。

「ごちそうさん」

「きさま、無礼な!」

素早く立ち上がったエリアスが、瞬時に造りあげた結晶剣を突きつけてくる。だが、それよりも速く影が割って入った。メルザリッテだ。胸元に剣を突きつけられながらも、彼女は笑顔を浮かべ続ける。

「それはこちらとて同じです、エリアス様。このメルザリッテ・リアン。我が主への無礼、これ以上は許すわけにはいきません」

「なっ、姫様を侮辱されたのですよ！」

「それがどうしたというのですか。わたくしが仕えるのはベルリオット様であってリズアート様ではございません」

まったく笑みを崩さないメルザリッテを前にして、エリアスが小さく呻きをあげた。

そんな中でも、リズアートは動じていない。

「見上げた忠義ね、メルザさん。でも、エリアスを相手にするのは止めたほうがいいと思うけれど？彼女、騎士団の序列は三位よ」

リズアートの言うとおり、ただのメイドでしかないメルザリッテに勝ち目はないだろう。そもそも彼女はアウラをあまり使おうとしない。本人曰く、アウラにばかり頼りたくないらしい。

メルザリッテが微笑む。

「相手によって態度を変えていては主をお守りできません」

その答えに満足したのか、リズアートが口元を緩めた。

「エリアス、収めなさい。あなたの負けよ」

「ですがっ！」

「別に私、気にしていないもの。今日一日だけだけど、ベルリオットと一緒にいて彼が素直じゃないってことぐらい理解できたもの」

「まったくもってその通りでございます、リズアート様。ベル様ったら、いつも恥ずかしがってメルザの愛情表現を受けて下さりませんから」

「お前のは過激なんだよ」

「ほら、素直じゃないでしょう？」

「お、お前なぁ……！」

こちらのやり取りを見て毒気を抜かれたのか、エリアスが握っていた結晶剣を霧散させ、椅子にすとんと座りなおした。リズアートはというと、くすくすと笑っている。

「良い家臣を持ったわね」

「周りが見れなくなるのが悪い癖だけどな」

「ベル様？　それは愛ゆえですと何度お伝えしたら」

「はいはいわかったわかった。俺はもう寝るから。まあ、色々納得はしてないが……ゆっくりしていけよ」

言って、ベルリオットは部屋から立ち去ろうとする。

「ベル様、今夜も？」

「ああ」

メルザリッテの問いは、ベルリオットの日課についてだ。それを行なうことは恥ずかしいことと認識しているので、できれば誰にも知られたくなかった。

「はい。おやすみなさいませ」

柔らかな笑みを浮かべるメルザリッテの傍らでリズアートが首を傾げていた。

「今夜？　なにかあるの？」

「男としての性を処理なさるのですよ」

メルザリッテが嬉々として答えた。

ある意味では間違ってぃないが、誤解を生む言い方だ。すかさず訂正しようとするが、喉から出かかった言葉をぐっと呑みこんだ。ここで口出しをしようものなら、またからかわれると思ったのだ。

ベルリオットは構わずに部屋から出ようとする。

「あ、なるほどっ。お年頃だもんねー」

なにか閃いたらしいリズアートが口元をにやにやとさせていた。

あれは絶対に誤解している。間違いない。

我慢だ。我慢だ俺……。

部屋から出た直後、エリアスの驚く声が聞こえてきた。おそらくリズアートが誤った答えをエリアスに教えたのだろう。誤解を解くのは今からでも遅くない。

そう思って振り返ったところで部屋の中から会話が漏れてきた。

「で、ですがっ！　わざわざ我らが来た日にせずともっ！」

「そうねぇ……ベルリオットぐらいの歳になれば毎日しないと、かもねー」

「ええ。ベル様は毎日頑張っておられますよ」

さっさと寝よう。それがいい。

なるべく音を立てないよう、ベルリオットはそっと方向転換した。

自然と目が開いた。

ベルリオットはベッドの上で半身を起こし、窓の外を見やる。まだ暗い。掛け時計の針も商人ですら動きだすには早い時間を指し示している。

ベッドからのそのそと這い出たのち、身支度を始めた。訓練校に通う時よりもさらに粗野な格好だ。腰に剣を携え、部屋から出る。

自室は二階のため、床の軋む音が鳴りやすかった。ひっそりとした邸内には音がよく響く。眠っている者たちを起こさぬよう、より慎重になって歩を進める。

ようやく玄関まで辿りつき、外へ出られた。柔らかな風に肌を撫でられる。さすがに夜ということだけあって少しひんやりとする。

庭の隅に飛空船が置かれていた。流線形状が特徴的な速度重視型だ。円筒のように縦長で前面部分が尖った胴体。その両側面からは翼を模した薄い板が伸びている。

搭乗できるのは三列二席ずつの六人。座席の四方が硝子張りになっており、開放感を得られる造りだ。白い外装には無数に枝分かれした黄金色の線が描かれている。見た目の優美さからして王族専用品。つまりリズアートたちが乗ってきたものだ。

王城からトレスティング邸までさして遠くない。わざわざ飛空船を使ったのは、おそらく住みこみに必要な荷物を運ぶためだろう。

なんだか飛空船を見ているだけでため息が出た。

ベルリオットは屋敷の裏手に回り、レニス広場とは反対方向へ歩を進める。幾つかの屋敷を目にしたが、灯りが点いているところは一つとして存在しなかった。

石畳の道が途切れると開けた場所に出た。生い茂った芝が風に煽られ、さざめいている。

ベルリオットは広場の中心部まで進んだのち、剣を抜いた。中段に構え、ゆっくりと目を瞑る。細く長く息を吐いた。身体から余分な力が抜けていく。

地に立つ力。剣を持つ力。それだけでいい。

感覚が研ぎ澄まされていく。自身を包む空気を感じられるようになった。さらに、その先の大気に溢れるものも感じられるようになっていく。ベルリオットはただ静かに、そこに存在する空気のように佇む。

なにかを捉える。

「――ッ！」

剣を振り上げ、下ろした。感触はない。残ったのは静けさのみだ。

だめだ。もっと鋭く、もっと速く……！

空気中に満ちるアウラを捉えさえすれば、ただの剣であっても結晶武器を破壊できるのではないか。

これが、アウラを使えないベルリオットが行きついた結論だった。もちろんそれは空論でしかない。

さらにアウラによって身体能力を飛躍的に上昇させた相手に攻撃を加えられるのか、という問題も浮かびあがってくる。

しかし、だからといってなにもしないでいるなんてことはできなかった。また中段に構え直す。と、背後から手を叩く音が聞こえてきた。

「大したものね」

「なっ、お、お前……っ！」

振り返った先にリズアートが立っていた。彼女は拍手をしながら近づいてくる。

どうして彼女がここにいるのか。そんな疑問よりも、ベルリオットにとっては見られていたことのほうが問題だった。

意地の悪い笑みを浮かべながら、リズアートが顔を覗きこんでくる。

「なぁーにー？　見られたらまずいのかしら？」

「別にそんなわけじゃ――」

「昼間はあんなだらけてるのに剣術だけ立派なのはおかしいと思ったのよ。でも……へぇーなるほどねー。深夜にこっそり訓練してたってわけかー」

「お、お前には関係ないだろっ」

「そんなつれないこと言わないでよ。あなたが夜になにかするって聞いて頑張って起きてたんだから。あー、おかげでねむいぃー」

目じりに涙を溜めながら、リズアートがふぁーとあくびをした。

ベルリオットが夜になにをするのか。それを知るために彼女は眠気に耐えてまでわざわざ起きていた。なぜそこまでするのか。単なる興味本位からだとしたら、いくら王女といえど「馬鹿じゃないのか」と言いたくなる。それにしても――。

なぜ深夜に訓練をするのか、彼女は訊いてくるだろうか。そして知った時、彼女は笑うだろうか。

「大方、アウラを使えないのにあがいてるのは格好悪いから誰にも見られたくなかったってとこかしら？」

態度に出ていたのか。それとも行動から推測されたか。簡単に言い当てられてしまった。

初めて会った時もそうだ。ライジェルと比べられることに嫌気が差していたこちらの心境をすぐに感じ取ってみせた。彼女は心を読むのに長けているのかもしれない。さすがは王女、といったところか。

いまさら隠す必要もないし、意地を張るのは逆効果な気がした。

ベルリオットはため息をついて肩をすくめる。

「ああそうだよ……」

「あ、認めた」

「悪いかよ」

「ううん、逆よ逆。私嫌いじゃないわ、そういうの」

ふふっと微笑むリズアートにベルリオットは思わず見とれてしまう。しかしすぐにはっとなって意識を取り戻した。彼女に会ってからというもの心を乱されてばかりいる。正直、苦手だ。

そんなこちらの心境を知ってか知らずか、リズアートはさも楽しそうに言う。

「やっぱり、あなたのところに来て正解だったわ」

「はいはい、そうですか。言っとくけど、もう叩いたってなにも出ないぞ」

「それはどうかしら？　まだ楽しませてくれる気がするけれど」

そう何度も面白いことが出てくるほど、ベルリオットは自分が愉快な人間だと思っていない。とにかく、これ以上彼女に構っていては埒が明かない。再び訓練を始めようと剣を持つ手に力を込める。

「せっかくだから少し見ていてもいいかしら？」

「どうせ拒否しても勝手に見るんだろ」

「あら、よくわかってるじゃない」

「ったく……好きにしろ」

そう吐き捨ててから、剣を構えた。

目を瞑り、身体から力を抜く。やがて周囲の様子を感覚だけで把握していく。

リズアートの居場所が掴めた。彼女は動いていない。遠慮がちな息遣いだけが伝わってくる。一応、訓練のために気を遣ってくれているらしい。悪い気はしない。思わず気を緩めてふっと笑ってしまった。

と、その時、リズアートの後方に異変を感じた。すかさず振り返り、叫ぶ。

「危ないっ！」

「へっ？　わっ――――」

ベルリオットは剣を投げ捨て、間抜け顔のリズアートに飛びかかった。抱きかかえ、地面に激突。転がりながら移動する。

先ほどまでリズアートが立っていた場所に黒い影が飛びこんできた。鈍い音と同時に芝が抉れ、湿り気のある土が飛び散った。

黒い影が唸り声をあげる。それは全身から薄黒い靄を発していた。短い四本の足で、まるで地に這うかのごとく身を低くし、こちらを射ち殺さんとばかりに深い紫色の瞳を光らせている。

ベルリオットはすぐさま立ち上がった。同じく体勢を整えたリズアートが素早くアウラを纏うと、生成した剣を両手で持ち、構える。闇の中、彼女を取り巻く深緑の光はひどく目立っていた。

「なんでこんなところにシグルがいるのよっ！」

人間を脅かす地上の魔物——シグル。

今目の前にいるのは、その中でも下位に位置するガリオンと呼ばれる四足の獣型だ。

シグルの目的はわからない。明確なのは人間と敵対しているということだけだ。

奴らは大陸の外縁部から現れる。普段は強さも現れる数も大したほどではない。だが《災厄日》が近づくに連れて、そのどちらも大幅に増す。しかし対処できないわけではなく、《災厄日》に至っては騎士の大半が外縁部に赴き、迎撃に当たる。それで敵を漏らさずに殲滅しているはず……なのだが。

「ここまで気づかれずに来たっていうのか？」

「それにしたって、今の今まで気づかなかったなんて考えられないわ。第一、《災厄日》までまだ二日もあるのよ！　それなのに、こんな数……」

そう、目の前のガリオンの後方には、さらに十体ものガリオンが控えていた。

ガリオン程度であれば訓練生でも打ち勝つことはできる。だが、それは一対一であればの話だ。一度に十体が相手ともなれば、おそらく王城騎士でも辛うじて勝てるといったところだ。明らかに分が悪い。

ベルリオットは視線をガリオンに向けたまま、先ほど放り投げた剣にすり足で近づき、手に取った。すぐさま構える。

リズアートが声を荒げる。

「あなたは下がってて！」

「いくらなんでもお前一人じゃ無理だろ！　俺も――」

「アウラが使えなかったらシグルに傷すら負わせられないでしょ！」

シグルもアウラを使う。いや、使うというよりはアウラそのもので構成された生命体というべきか。自然体のまま、その身にアウラを纏っているため、同じアウラで造られた結晶武器でしか攻撃が徹らない。

「大丈夫。あなたは絶対に私が護るから」

リズアートの頬をひと筋の汗が流れていく。

今がどれほど厳しい状況なのかを彼女も理解しているのだ。戦って勝つのが難しいのはもちろん、逃げられないことが最大の問題だろう。いや、リズアートだけなら逃げられた。だが、今はアウラを使えない者がそばにいる。

ガリオンは瞬発力に優れているうえ、かなりの高度まで跳躍できる。ベルリオットを抱えて逃げようものなら背後から致命傷を与えられかねない。

くそっ！　こんな状況で俺は護られるしかないのか。じっとしているしかないってのかよっ……！

ベルリオットは下唇を思いきり噛んだ。甘さのない鉄の味が口の中に広がっていく。

最初に攻撃を仕掛けたシグルが口先を天に向け、吠えた。

「来るっ――――！」

身構えたリズアートに真正面からガリオンたちが飛びかかる。あまりの速さにベルリオットにはその動きが点ではなく線に見えた。幾条もの黒い闇がリズアートに向かって伸びる。

石と石がぶつかり合い、削れたような音が幾度も響く。リズアートは防御に徹していた。それだけガリオンの攻撃が絶え間なく繰り出されているのだ。弾かれれば後方へ下がり、体勢を整えてからまた突撃という一連の行動を何度も繰り返している。一直線に向かう時もあれば、時には弧を描きながら飛びかかる、など工夫も凝らされている。

「こいつら明らかに連携してるわ！」

「そんなわけないだろ！　シグルには知性がないはずだ！」

「でも現に連携がとれてる！　それに集団で潜んでいたのがなによりの証拠よ！」

一般的にシグルには知性がないと言われている。訓練校の授業の一環で実際に外縁部での戦闘を何度も見学したが、やはりシグルたちの動きはばらばらで雑だった。そこに知性があったとは到底思えない。

だが、目の前のガリオンたちはどうか。集団移動、連携攻撃、複数の攻撃手段。にわかには信じがたいが、知性を持っていなければ説明がつかない。

絶え間ないガリオンの攻撃が続く。そこに疲れなどいっさい見られなかった。

「次から次へと……ったく、うっとうしいわね！」

リズアートの表情が苦悶に満ちる。ガリオンたちが巻き上げた土のせいか、その衣服や肌は黒く汚れていた。剣を持つ手には、すでに多くのすり傷がつけられている。

攻勢に出られない。このままではじり貧だ。死しか待っていないことは嫌でもわかる。わかっているのに、ベルリオットにはどうすることもできない。

いや、なにもできないが決断させることはできる。

「もう俺のことはいい！　お前がそうするのをよしとしないのはわかってるつもりだ！　俺を置いていっても恨みはしないし、誰もお前を責めたりはしない！」

自分のために誰かの命が犠牲になるのは御免だ。

それがリヴェティアの王女ともなれば国民に申し訳が立たない。

ガリオンの攻撃を受け続けるリズアートの表情が一気に険しくなった。

「恨まれたり……責められるのが怖くて留まってるわけじゃ……ないっ！」

その声とともに放たれた一閃がガリオンを強く弾き返す。生まれた一瞬の間。だが、まるで休む暇を与えないとばかりに後続のガリオンが即座に飛びかかる。

「俺とお前とじゃ命の重みが違いすぎるんだよ！　お前は王女だろ！　いつか国を背負って立つんだろ！　自覚しろよ！　こんなところでくたばっていい身じゃないんだよっ！」

「ふざけんじゃ……ないわよっ！　すぐそばにいる国民一人すら護れなくてなにが王女よ。それなに、私とあなたじゃ命の重みが違う？　ええ、そうね。私やお父様が死んだ時の影響は、今のあなたとは比べ物にならないでしょうから。過去だけど、ライジェルの死も多くの国民に衝撃を与えたわ」

ガリオンの攻撃を受けながら、訥々と、しかしそれでいて力強く彼女は語り続ける。

「でもね、亡くなった命を惜しむ気持ち、比べられる？　あなたが死んだらどれだけメルザさんが悲しむと思ってるの？　メルザさんだけじゃない。ライジェルもきっと悲しむわ。だから、そういう意味では命の価値は等しくあると私は思う。いいえ、そもそも比べられるものじゃないのよ！」

リズアートは華奢な体つきだ。それなのにベルリオットには彼女の背中が大きく見えた。ガリオンの猛攻にさらされながらいまだ倒れない。圧倒的不利な状況でありながら弱音を吐かない、その精神力。

国民であるベルリオットを護るため、彼女は王女としてそこに立っているのだ。

「わかったら、しょうもないこと言わないでちょうだい！　こっちは必死なんだからっ」

言い終えるや、リズアートが小さな呻き声を漏らした。ついに限界がきたのか、片膝を地面につけてしまう。地に剣を突き立ててこらえているものの、今にもくずおれそうだ。

絶対的な危機。

この時を待っていたといわんばかりに横合いから一体のガリオンが飛び出した。リズアート目掛けて飛びかかっていく。このままでは敵の攻撃をまともに受けてしまう。一撃ぐらいなら耐えられるかもしれない。だが、相手は複数だ。一度でも体勢を崩してしまえば一気に押し切られる。

勝敗なんて言葉では片付かない。相手は獰猛な獣そのものだ。明確な敵意を持って襲ってきている。待っているのは死。

いいのか、それで。彼女を死なせてしまってもいいのか。……いや、いいわけがない。

なにか……俺にだってなにかできるはずだっ！

ベルリオットは剣の柄を強く握りしめる。

アウラを扱えないことを自覚してからというもの、その事実に抗うように、また一矢報いるためにと幼い頃から数え切れないほどの素振りを続けてきた。いつか自分の一振りがアウラという名の最強の鎧を断ち切ることができると信じて、ずっと剣を振り続けてきた。

たとえこの剣が徹ったとしても、その場凌ぎかもしれないことはわかっている。だが、どうしても彼女を死なせたくないと思った。

やってやる……っ！

いつものように悠長に構えている暇などない。

これまで培ってきた技術、経験した感覚を、この腕、この手に宿せ――。

やれるかもしれない、じゃない。

やれる。

やる。

やるんだ。

自分を信じろ。

――俺の剣は、あいつを斬れるッ！

裂帛の気合とともにベルリオットは力の限り地を踏み切った。リズアートが怒鳴っていたが、なにを言っているのか聞こえなかった。意識はもうガリオンしか捉えていない。

リズアートに襲いかかる一条の黒い闇。そこに自らの身を光のない線へと変え、重ねる。不気味に光を放つその眼。まさにリズアートを食い殺さんとする鋭い牙。ガリオンの頭部を見据える。奴の口へ、ベルリオットは差し出すように剣をそっと添えた。わずかなぶれも許されない。踏みこみ足から重心を腰に移動させる。この身を風のように。なによりも疾く。ただ素直に剣を薙いだ。

斬った、という感触はなかった。

だが、ベルリオットは見た。視界の端で両断され、背と足が離れ離れになったガリオンの姿を――。

リズアートへと到達する前にガリオンの身体は硝子が割れたような音を残し、砕け散った。黒いアウラの靄が霧散し、夜の闇に溶けていく。

「うそ……ただの剣でシグルを斬るなんて」

リズアートが驚愕に目を見開いていた。

「やった、のか?」

人間を脅かしてきたシグルを自らの手で倒した。生まれて初めての経験だ。ベルリオットは自分の手と、それに握られた剣をまじまじと見つめる。やがて、嬉しさがこみ上げてきた、その時。

「ベルリオット、逃げてっ!」

黒い影が動いていた。数は二。すでに眼前にまで迫っている。逃げられない。構える時間もない。近づくガリオンに視界が覆われた。

――やられる。

そう、思った瞬間だった。

耳をつんざくような音が響いた。ガリオンの断末魔だ。視界に飛びこんできた二体のガリオンがいつの間にか地に倒れていた。というより地に縫いつけられていた。縫いつけているのは刃の形をしたアウラの結晶と思われるものだ。思われるもの、とした理由は、その結晶が見たこともない——燃え盛る火のような赤色をしていたからだ。

結晶化されたアウラは、それを生成した者が扱うアウラの色と同一となる。つまり緑、黄、紫色以外はありえない。ありえないはずなのに、そこに存在している。

ただ、それよりも今は、いったい誰がガリオンを倒したのかということが気になった。

その疑問に行きついた時、強い風が吹きつけてきた。ベルリオットは呆然としていたため、思わず尻餅をついてしまう。

眼を剥いた。

いつからそこにいたのか、目の前に人が立っていた。フード付きの白外套（しろがいとう）に身を包んでいるため、またこちらに背を向けているため、どのような容姿なのかは窺えない。

こちらを庇うように白外套の人はガリオンに向かっている。

状況から推測するに先ほど二体のガリオンを一瞬にして倒したのはこの人だ、とベルリオットは思った。

「誰、なんだ?」

問うが、白外套の人は答えない。

代わりに耳に入ってきたのはガリオンの唸り声だった。

ベルリオットが倒した一体、先ほど白外套の人によって二体が倒されたとはいえ、まだ八体ものガリオンが残っているのだ。危険な状況は変わらない。

本能的に脅威を感じ取ったのか、シグルの注意が完全に白外套の人へ向いていた。奴らに感情があるのかはわからない。だが、恐怖に押し負けて動き出したように見えた。

三体のガリオンが先手を打って飛びかかる。白外套の人の周りに赤の燐光が集まると、背から奔出したアウラが翼を象った。しかしその翼は、ただアウラを放出しただけの無骨な形ではなく、羽根の一本に至るまでが窺える。まるで本物の翼のようだった。

同時に両手には洗練された形状の、赤の剣が一本ずつ現れる。双剣。ただただ単純な形であるのに、あそこまで綺麗な結晶武器は見たことがない。本物のような翼と相まって、神々しいとさえ感じてしまうほど美しかった。

両腕を胸の前で交差させるや、白外套の人は襲いくるガリオンに向かって足を踏み出した。彼、あるいは彼女を中心に風が渦巻く。

ベルリオットはしかと目を見開いていた。だが、気づいた時には白外套の人はガリオンを挟んだ向こう、遠く離れた先に立っていた。三体のガリオンは切り口は違えど、どれもが綺麗に両断されていた。間もなく、それらは形を維持できなくなり空中で霧散する。

動きが疾すぎる。

今度は白外套の人から動いた。残りのガリオンに襲いかかる。やはりその姿を視認することはできない。ただ、通ったあとにはさざめく芝生、斬られたガリオンが残るため、進行方向だけは掴めた。

圧倒的だ。しかし、そこに荒々しさは感じられない。

その戦いぶりにベルリオットは思わず見とれてしまった。きっとリズアートも同じだったのだろう。

だから、気づけなかった。

ガリオンの低い唸り声が背後から聞こえた。集団からはぐれていたのか。それともこちらが無防備になるまで息をひそめていたのか。そんな疑問を抱くよりも早く、ガリオンが地を踏み切った。瞬間、地から突き出た赤色結晶の刃に腹を突き刺され、その動きを止めた。突き出た赤色結晶とともにガリオンが砕け散る。

いまだかつて見たことのない赤色結晶を白外套の人は扱っている。ベルリオットが持っている情報からでは、目の前でシグルを貫いた結晶を出したのは白外套の人という答えにしか行きつかない。

リズアートともどもベルリオットは驚愕した。

目にしたことが信じられなくて、恐る恐る口に出して確認する。

「な、なあ。アウラで造られた結晶って人の手から離れたら形を維持できずに消滅するはずだよな」

「え、ええ。ましてや離れた場所にアウラを結晶化させるなんて、あんなの見たことも聞いたこともないわ。あの人、いったい何者なの……」

思い返してみれば、白外套の人が現れた時もそうだ。同時に二体のガリオンを倒したあの攻撃――人の手を放れた刃がガリオンの身体を貫いていた。おそらく投擲(とうてき)したのだと思われるが、そんな攻撃方法はやはり今までに見たことがない。

ベルリオットは白外套の人に視線を戻した。

周辺には様々な角度から両断されたガリオンが斃れている。それらは白外套の人がアウラを収めたのと同時に乾いた破裂音を鳴らして跡形もなく散った。

「助けて……もらったのよね」

「そうなるだろうな」

「なら、お礼を言わないとね」

言うや、リズアートが立ち上がった。服についた汚れを簡単に払ってから、白外套の人に駆け寄っていく。

「ま、待てよ！」

ベルリオットもあとに続いた。

「ありがとう。本当に助かったわ」

リズアートがごく素直に感謝の意を述べる。だが、白外套の人は返答をするでもなく顔をそらした。

やはりと言うべきか。全身を覆い隠すその様相から察するに、正体を知られるわけにはいかないなんらかの理由があるのかもしれない。

そんなことはきっとリズアートもわかっているはずだが、彼女の探求心は止まらない。

「あとでちゃんとお礼がしたいし、よければ名前を教えてくれないかしら」

もっとも、正体を知りたいのはベルリオットも同じだった。生唾を飲みこみながら返答を待つ。

白外套の人がこちらを一瞥した、その時だった。

「姫様――――ッ！」

背後、住宅街のほうから声が聞こえてきた。振り向くと、紫色の燐光を撒き散らしながら、物凄い速度で向かってくるエリアスの姿が映る。

ふと視界の端で赤い燐光がちらついた。ふわっとした優しい風に全身が撫でられる。

ベルリオットは先ほど白外套の人が立っていた場所に慌てて視線を戻した。

そこにはもう誰もいなかった。

「逃げられちゃったわね」

「あ、ああ」

「ほんと、いったい何者だったのかしら」

さあな、とベルリオットは返した。

白外套の人が立ち去る時、風に乗せられて〝匂い〟がした。それはなんだか懐かしいような、温かく包みこんでくるような優しい匂いだった。

第二章

災厄の日

八月二十日（シェトの日）

暖かな陽の光が窓から射しこんでいた。ベルリオットは急激な眠気に襲われ、思わずあくびを漏らす。目尻に涙を溜めながら室内を見回した。しんっと静まり返った中、生徒たちがカンバスに向かっている。

「自分の絵を描きなさい。最低限、自分の全身と武器。そして翼を描くように」

という課題を冒頭に告げられ、絵画授業が始まったのはつい先ほどだ。

想像すること。それはアウラを使うにあたってもっとも重要なことだ。なぜなら上手く想像できなければ、アウラを結晶化させようとしても武器の形を模れないのである。想像力が高い人間は武器の造形が綺麗だし、結晶の密度も高い。なにより切れ味が鋭い。

そうした理由から想像力を豊かにするため、絵画授業は重んじられている。

適当に絵筆を滑らせながら、ベルリオットはつい先日のことを思い出していた。

ガリオンの襲撃から一日が経った。同件については、すでにエリアスに詳細を報告している。彼女は初め、にわかには信じられないといった様子だったが、ほかならぬリズアートが傷を負っていたのだ。それだけでエリアスが信じるには充分すぎる理由だった。

さしあたって王都の巡回を強化しつつ、今後の対応を協議していくことで騎士団の方針は決定したらしい。

もちろん白外套の人についても伝えた。どちらかと言えば、こちらのほうがエリアスにはとっては受け入れがたいことだったようだ。リヴェティア騎士団の中では序列第三位の実力を持つ彼女のことだ。強さ、という点に関して思うところがあったのだろう。

とにもかくにも、白外套の人が見せた赤のアウラや技能については不確定要素が多い。そのため公にはせず、騎士団団長であるグラトリオに相談するだけに留めるという。

エリアスは現在、諸々の件の処理に追われているそうで、リズアートの護衛から一日だけ外れていた。代わりに別の二人の王城騎士が護衛を務めており、彼らは今も教室の後ろで待機中だ。

ガリオンの襲撃。白外套の人が見せた未知の力。どちらも世間を騒がせるには充分な話題だが、それよりもベルリオットの頭の中は違うことが支配していた。

あの日、ガリオンを斬った。それも不可能だと言われていた、ただの剣で。

感覚はこの手にたしかに残っている。だが——。

錯覚だったのではないか。

夢だったのではないか。

もちろん間違いなく実際にあったことなのだが、そうした疑念がつきまとった。だから、昨晩はガリオンを斬った感覚を忘れまいと一心不乱になって剣を振り続けた。結果、疑念を払えたかといえば、正直、微妙なところである。

やはり今夜もまた剣を振り続けるしかない。

「へー。絵、上手なのね」

言いながら、リズアートがカンバスを覗きこんできた。

この時、ベルリオットは初めて自分が描いたものを絵として認識した。考え事をしていたせいで、ほとんど無意識に描いているに等しかったのだ。

一面に咲きほこる黄色の花の上、一人の少年がこちらに背を向けて空を飛んでいる。脳が課題を意識していたとすれば、これは自分自身ということになる。

少年の背からは、人一人など簡単に包みこんでしまいそうなほど巨大で、まるで生きているかのような躍動感を持つ翼が生えている。その色は背景の青空よりもほんの少しだけ淡い。

「ちょっと意外」

「意外ってなんだ、意外って」

「だって、ベルリオットってアウラを使えないじゃない？　だからあなたの性格なら、この授業どうでもいいとか思ってそうだな、って」

どうでもいい、と思っていたのは間違いない。

「でも、この翼……」

「ベルが描く光翼っていつも青色なんですよ」

そう口を挟んできたのはナトゥールだ。リズアートの傍らで、彼女はなぜかくすくすと笑っている。

リズアートが訊いてくる。

「ふーん。どうして青色なの？」

「……なんとなく」

「なんとなくって」

はぁっ、とあからさまに息をつきながらリズアートが呆れていた。

なぜ光翼の色を青にしたのか、理由があるようで、ない。

本来、アウラを使えない立場からしてみれば、使えるようになった時のことを想定し、最下位の緑色を選ぶのが妥当な判断だろう。しかし、〝最下位〟という言葉の響きが癪だったので却下した。

アウラを使えもしないのに一丁前に誇りが阻んだのだ。

ならば訓練生にとって上位の証である黄色ではどうか、ということになるが、これを選ぼうものなら周囲から「アウラも使えないのに」と蔑まれてしまうだろう。同じ理由でさらに上位の紫色も却下だ。

では何色を選べばいいのか。その問いに改めて行きついた時、本当に自然と選んだのが青色だった。だから〝なんとなく〟という答えも存外嘘というわけではなかった。とはいえ、こんな負の感情が多く込められた理由を話すわけにもいかない。

「別にいいだろ。文句あるのか？」

「ないわよ。でも、まっ……」

リズアートは目を細めながら、ベルリオットが描いた絵を見つめた。

瑞々しい唇が続きの言葉を紡ぐ。

「こんな綺麗な翼で空を飛べたら、さぞかし気持ち良いんでしょうね」

その姿を頭の中で想像しているのか。心地良さそうに顔を緩めた。

ベルリオットは彼女の横顔に思わず見とれてしまった。自分でもはっきりとはわからない。少なくとも顔が綺麗だからという理由だけではないと思った。

授業の終了を知らせる鐘が鳴った。それを機にベルリオットは意識を取り戻し、慌てて視線をそらした。

「よし、そこまで。各自、他の者が描いた作品も見ておくように」

教師の指示を受け、訓練生たちが席を立つなり室内をうろつきはじめる。

室内が喧騒に包まれる中、教師がリズアートの前に立った。

「リズアート様。あの件について団長から許可が出ました。後ほど騎士団本部に来て下さいとのことです」

「わかりました、先生。わざわざありがとうございます」

言って、リズアートはにっこりと微笑んだ。

いったいなんの話だろうか。少しだけ気になったが、王族であるリズアートのことだ。訓練校の中でも最底辺に位置する自分には関係のない話だろう、とベルリオットは好奇心を断ち切った、その時だった。

「よーしっ！　ベルリオット、トゥトゥ。行くわよ」

「は？」

リズアートが意気揚々と放った言葉に、ベルリオットは思わず間抜け声で聞き返してしまった。ナトゥールも目を見開き、唖然としている。

教師が渋面を作る。

「あー……トレスティング。くれぐれも足を引っ張ることがないようにな」

「いや、足を引っ張るもなにも状況がまったく掴めないんですが」

「とにかく一緒に来ればわかるわよ」

言うや、リズアートが軽い足取りで教室の外へ向かっていく。

ベルリオットはナトゥールと顔を見合わせ、そろって小首を傾げた。

「どうするの、ベル？」

「どうするもなにも行くしかないだろ……」

王女殿下を前にしては、こちらに拒否権などなかった。


ベルリオットが騎士団本部を訪れるのは下級生の時以来だった。当時は授業の一環として見学するという名目だったため、またほかにも訓練生がいたため、まったく緊張などしなかった。だが、今回は違う。なにしろ自分のほかにリズアートとナトゥールの二人しかいないのだ。まるで敵地に赴くような気分である。

石造りなためか、騎士団本部の中はひんやりとしていた。入るとすぐに広間——王城騎士専用の待機場所に出た。左右に机が配され、人が通りやすいよう中央が空けられている。

二十人ほどの王城騎士が談笑したり、なにか打ち合わせをしたりしていた。

ストレニアス通りほどではないが少し騒がしい。

「お、おい。あのお方って……」

「馬鹿お前っ、姫様じゃねえか！」

待機場所に足を踏み入れるや、注目を集めた。この国の王女であるリズアートが同行しているのだから当然といえば当然だが、ひどく居心地が悪い。

騎士たちが即座に立ち上がり、整列する。

「王女殿下に敬礼ッ!!」

左右から真摯な視線が突き刺さる。敬礼をしているのは上位の騎士ばかりだ。自分に向けられているわけではないのに、ベルリオットはなんだか申し訳ない気分になる。ナトゥールにいたっては怯えながらへこへこと頭を下げていた。

リズアートは片手を軽く挙げて騎士たちに応える。そうした態度はやはり王女と言うべきか、威厳を持って平然としていた。

広間の中央を歩いて奥へ向かった。受付に立つ騎士にリズアートが尋ねる。

「グラトリオは？」

「そちらの階段を上った先、執務室でお待ちしております」

「そう、ありがとう」

受付の騎士が指し示したのは広間の右奥にある階段だ。そこから上階へ向かうと重厚な木製の扉が待っていた。躊躇（ためら）いもなくリズアートが扉を開け、中に入る。ベルリオットとナトゥールも後に続く。

さして広くはないが、開放感のある部屋だった。床には赤絨毯が敷かれ、壁には騎士団の紋章やシグルとの戦いを想わせる絵が描かれた織物が飾られている。

部屋の脇に予想外の人物が立っていた。訓練校最強の名を欲しいままにする、イオル・アレイトロスだ。

どうしてイオルがここに……？

ベルリオットはそんな疑問を抱くが、聞こえてきた低い声に思考を中断させられる。

「お待ちしておりました、殿下」

執務机の向こう側でグラトリオが敬礼していた。傍らでエリアスも倣っている。

ベルリオットはナトゥールとともにグラトリオに対して敬礼する。

「あんまり堅苦しいのは嫌いだから、みんな楽にしてちょうだい」

そう言って苦笑したリズアートに応じて全員が姿勢を崩した。

グラトリオが口を開く。

「このたびはお呼びだてする形になってしまい、誠に申し訳ありません」

「いいわよ。もともと私から言い出したんだもの。それに騎士団長がわざわざ訓練校の教室に出向いてたら格好がつかないでしょう」

「お相手が姫様ですから、それは――」

「とりあえずその話は置いておきましょう。それより、あの話よっ」

このようなリズアートのからっとした気性をベルリオットは気に入っている。文句があるとすれば、なにかにつけて人を巻きこんでくるところだろうか。今回も巻きこまれる予感がひしひしとしている。

リズアートが興奮した様子で話を継ぐ。

「許可をくれたって本当?」

「我々の本心としては、できれば安全な場所にいて頂きたいのですが」

「そのうち嫌でも城に篭らされるんだから、それまでに一度ぐらい体験しておきたいのよ」

ここを訪れた理由をまだ知らされていないため、ベルリオットは会話の内容がよく掴めなかった。

だが、《災厄日》まであと一日ということやグラトリオの発言から、なんとなく予想はできる。

勘違いではないことを確認するためにも、リズアートに訊いてみることにした。

「な、なあ。まさか大陸の外縁部に行くとか言わないよな?」

「ん? そうだけど?」

「正気かよ」

予想通りだった。

しかも、なにか問題があるの? とでも言いたげな表情を返された。

つい先日、ガリオンの襲撃を受けたばかりだというのに、このお姫様はどうかしている。しかし、それがリズアートらしいと思えてしまうほど短い付き合いながらに自分は彼女を理解してしまっていた。

グラトリオが事情を説明する。

「明日の《災厄日》の外縁部遠征を経験したいと姫様が申されてな。急遽、小隊を組むことになった。

隊員は姫様のほか、イオル・アレイトロス、ナトゥール・トウェイル。そしてベルリオット、お前だ」

「お、俺もですか!?」「私が!?」

ベルリオットはナトゥールとともに思わず驚きの声をあげてしまう。しかし考えてみれば、なにもないのに連れてこられたりはしない。そしてやはりベルリオットに拒否権はない。

訓練生の身で《災厄日》に外縁部へ赴くことはほとんどないと言っていい。成績上位者であるナトゥールが驚いているのも、そのためだ。イオルが平然としているのは、おそらく事前に話を聞かされていたからだろう。

とにもかくにも、もっとも危険とされる《災厄日》の外縁部に訓練校きっての落ちこぼれである自分が行くことになるとは、ベルリオットは思ってもみなかった。

「あ、あの……訓練生だけで外縁部に行くのは、ちょっと危険だと思うのですが」

ナトゥールが恐る恐る口にする。

彼女の実力であれば並みのシグルでは相手にならない。だから、おそらくこの意見は恐怖を感じているというわけではなく、隊員の中にいるリズアートの存在が気がかりなのだろう。王女の身になにかあれば責任を問われかねない。

グラトリオが答える。

「それについては……ログナート卿」

「はい、当日は監督役として私が同行します。形式上は姫様が隊長となっておりますが……僭越ながら任務中は私の指揮下に入って頂きます」

「ええ、そういう約束だものね。でも、あまりうるさく言わないでよ？」

「善処します」

生真面目なエリアスの返事にリズアートが苦笑した。

エリアスの参加ということであれば、下手な騎士が何十人も護衛につくより安心だろう。

聞くところによると、騎士が五人から十人規模で行動しなければ危険だと言われる《災厄日》の外縁部を序列一桁台の王城騎士はたった一人で行動するという。それだけ彼らの戦闘能力はずば抜けているのだ。

「団長、一ついいでしょうか？」

そう声をあげたのはイオルだ。

「なんだ？」

「ログナート卿の同行は心強く思います。ただ、お言葉ですがアウラを扱えないベルリオットを同行させるのは、ただの足手まといになるだけだと自分は思うのですが」

まったくもってその通りだが、イオルに言われるとなぜかいい気がしない。

ふむ、とグラトリオがうなずく。

「ベルリオット。聞けば、アウラも使わずにガリオンを斬ったそうじゃないか」

「アウラを使わずに？　そんなことできるわけが……」

グラトリオの言葉にイオルが眉をしかめた。

信じられないのも無理はないだろう。エリアスに初めて話した時も同じような反応をされたものだ。ナトゥールも目をぱちくりとさせている。

「私がこの目で見たからね。間違いないわよ」

リズアートが証言者と聞いてはイオルも黙るしかなかったようだ。

さらにグラトリオが言い聞かせるように告げる。

「なにより、ベルリオットの小隊参加は姫様のご希望でもある」

「そういうこと」

「余計なことを……」

「ベルリオット・トレスティング！　口の利き方に気をつけなさい！」

エリアスの怒声にも慣れたもので、ベルリオットはおざなりに返事をした。

リズアートがグラトリオに訊く。

「ほかにはなにかある？」

「いえ、特には。細かいことはログナート卿から聞いて下さい」

「わかったわ。それじゃ、帰って明日の準備でもしようかしら」

「くれぐれもご無理をなさらぬようお願い致します。姫様の身になにかあれば国王陛下に顔向けができませんので」

グラトリオの言葉にリズアートは肩をすくめた。

「気をつけるわ。それじゃあね」

「私も姫様の護衛任務に戻りますので。これで失礼します」

リズアートに続いてエリアスも退室した。残ったベルリオットもイオルやナトゥールとともに「失礼します」と告げて部屋を出ようとする。

「あー、イオル。少し話があるから残ってくれるか」

訓練校首席のイオルのことだ。今後の展望やら王城騎士の配属について、なにか話があるのかもしれない。なんにせよ訓練校でも底辺の自分には関係のない話だろう。

そんなことを思いながら、ベルリオットは部屋をあとにした。

八月二十一日（ティーザの日）

俗に《災厄日》と呼ばれる日の早朝。

リズアート率いる小隊がトレスティング邸の庭に集合していた。

外縁部へは、リズアートが乗ってきた王族専用の飛空船で向かう手はずになっている。

下部の収納空間に荷物を滑りこませたあと、各々が飛空船に乗りこんだ。操縦席となる最前列にはナトゥールとイオルが、その後ろにリズアートとエリアスが、最後列にベルリオットが一人で座った。

小隊員は五人。

席は一つ余る計算だ。しかし、席が埋まっているのはなぜか。それは今もベルリオットの隣で、さも当然のように座りながら笑顔を絶やさない、ある人物が原因である。

ベルリオットは眉間をつまむ。

「なんでお前まで乗ってるんだ、メルザ」

「なんで、と申されましても。主に付き従うのは従者の務めでございますので」

ああそうだ。メルザはこういう奴だった。

彼女はベルリオットから距離を置きたがらない。当初は訓練校に通うことさえ反対したぐらいだ。離れている時間が精神的に耐えられないと言って大泣きされた覚えがある。

真意のほどはわからないが、彼女からはただならぬ愛情が感じられる。それに対して悪い気はしないが、正直限度を超えていると思う。

肩をすくめながら、イオルが言う。

「大した過保護だな。まあ、アウラを使えないのでは心配するのも無理はないだろうが」

「まったくもってその通りでございます」

メルザリッテは躊躇（ちゅうちょ）なく答えた。

主の心配よりもまず主が嫌味を言われていることに気づくべきだと思う。

相変わらずだね、とナトゥールがくすくすと笑っていた。彼女は何度かトレスティング邸を訪れているのでメルザリッテと面識がある。二人とも茶を好み、その話題でよく盛り上がっている。ただ、そんな彼女でも今回は助け舟を出せない様子だった。

リズアートが少し困った風に話しかける。

「ねえ、メルザさん。今回は一応、騎士団の任務ってことになるから同行は遠慮してもらえないかしら」

「では、わたくしも騎士団に入ります」

そう即答したメルザリッテにエリアスが真面目に返答する。

「入るとしても、すぐには入隊を許可できませんから今回の遠征参加は不可能です。それにメルザリッテ・リアン。あなたの年齢ですとおそらく入隊試験は相応に厳しくなるかと」

「し、失礼です！　わたくし、まだぴっちぴちです！　エリアスさんよりすごーくぴっちぴちです！」

がたっ、という音。

「……ほう、それは聞き捨てなりませんね」

エリアスがすっくと立ち上がった。表情を崩さぬよう努めているようだが、青筋が立っているのが見える。今にも斬りかかりそうな勢いだ。

出発前に面倒ごとは勘弁して欲しい、とベルリオットは思った。とはいえ、家臣の罪は主の罪。つまり駄々をこねているメルザリッテの主である自分にすべての責任がある。

「メルザ。頼むから聞き分けてくれ」

「で、ですがっ！」

「メルザ」

「…………はいぃ」

しゅんと肩を落としたメルザリッテが渋々ではあるが飛空船から降りてくれた。

「エリアス様。ベル様のこと、くれぐれもよろしくお願い致します」

「本来、護る側である騎士が護られるなどあってはならないことです」

耳が痛い。

「ですが、彼はまだ訓練生。このエリアス・ログナート。責任を持ってあなたの主を連れ帰りましょう」

「エリアス様……ありがとうございます」

大げさだな、と思ったが、メルザリッテの安堵した表情を見せられては愚痴の一つも言えなかった。

リズアートが意気揚々と声をあげる。

「それじゃ行きましょうか。トゥトゥ、お願いね」

「は、はいっ」

操縦席に座るナトゥールの身体にアウラが集まっていく。操縦席の正面には色違いの掌大の丸水晶が幾つも埋めこまれている。それらはオルティエ水晶と呼ばれる物で、アウラを通しやすい性質を持つ。

オルティエ水晶を通し、操縦者はアウラを飛空船に流しこむことができる。各色でアウラが滞留する場所も変わるため、それによって飛空船の航行を制御するという仕組みだ。

ちなみに操縦者から光翼が出ることはない。これは放出先が一時的に背中から手に移っているからである。

ナトゥールがオルティエ水晶に手を当てると、間もなく飛空船の下部からアウラが溢れ出し、ベルリオットは浮遊感を覚えた。飛空船が緩やかに上空へ向かっていく。機体後部からアウラが噴出しはじめると、前方へ進みだす。

「お気をつけて行ってらっしゃいませ～！」

メルザリッテに見送られる中、飛空船は一気に加速した。


空から見下ろす王都は城塞都市と言ってもよく、円形の城壁に囲まれている。

王都北側に位置する王城は、その権威を象徴するかのごとく巨大だ。

城下町では、ストレニアス通りを基準に西側の貴族居住区、東側の平民居住区が均整に並ぶ。南側一帯を占めるリヴェティア・ポータスでは多くの飛空船が発着を忙しなく繰り返している。

すべてに無駄がなく、ぎっしりと詰まった感じだ。その圧迫感を噴水のあるレニス広場や王都を横断する青々とした川が和らげている。

「綺麗だな」

流れる王都の景色を見下ろしながら、ベルリオットはそうこぼした。

それが前に座るエリアスに聞こえていたらしい。

「普段、上空から見慣れていないから余計にそう見えるのでしょう」

「その通り、飛べない俺には新鮮な景色だよ」

そうおざなりにこちらが返すと、彼女がふんっと鼻を鳴らした。

「王都リヴェティアの基盤はベッチェ・ラヴィエーナの構想をもとに設計されたものですから。美に重きが置かれているのはそのためでしょう」

　ベッチェ・ラヴィエーナとは天才芸術家と謳われた古代の人物だ。さらに芸術家でありながら「美を求めることで人は進化する」という持論のもと、多くの発明品を残した発明家でもある。ベッチェの技術や思想はラヴィエーナの家系に代々受け継がれていると聞く。

　リズアートが会話に入ってくる。

「ラヴィエーナと言えば、飛空船も彼女が造ったものよね」

「構造自体は簡単らしいし、今じゃ当たり前みたいな技術になってるが……当時、同じようなものを造れと言われても俺には無理だったろうな」

　大量のアウラを放出することによって大陸を浮遊させている《飛翔核》。その《飛翔核》の影響が及ばない大陸の外はアウラがひどく少ない。そのため、飛空船がまだ存在しなかった大昔では大陸間の移動ができなかったという。

　そんな折、ベッチェ・ラヴィエーナが一定時間ではあるがアウラを滞留させる技術を発明した。大陸間を行き来できる飛空船の誕生である。

　飛空船の登場により、みるみるうちに大陸間の貿易は活性化。大陸ごとで不得手の生産品を補い合うという概念が次第に強くなった。結果、今では飛空船なしで国家は成り立たなくなっている。

「『ラヴィエーナは変人である』と伝わるぐらいですから、我々には到底及びもつかない考え方をしていたのではないでしょうか。とはいえ〝アウラを使えない〟という異質な点で同じである誰かとは功績において天と地ほどの差がありますね」

「口を開けば嫌味しか出てこないのか、あんたは」

相も変わらず嫌われたものである。

「そういえば最近はラヴィエーナの噂を聞かないな」

「ラヴィエーナの家系は代々放浪癖があると聞きますから。またどこかで新たな発明をしているのではないでしょうか」

「落ち着きがない家系だな」

「だからこそ、全大陸にその名を馳せることができたのだと思いますが」

話しているうちに飛空船は王都上空から離れていた。

視界の中、王都が段々と小さくなっていく。王都郊外の西側一帯にはウォルトポットと呼ばれる木が繁茂する巨大な原生林が存在する。それらはアウラを吸い、放出とともに大量の水を生み出すため、王都の水源となっている。西側を除いた王都周辺には起伏が緩やかな草原が広がっている。散在する村々では農業、牧畜を営む者が多い。

それら景色をあとにして飛空船は南方に進む。

前方に連なる山々が見えてくる。なだらかな稜線の先は霞んでいるため、窺えない。

「少し高度を上げます。イオル、補助してもらってもいい？」

「ああ」

補助席にもオルティエ水晶が一つだけ設置されている。そこにイオルが手を当てると、飛空船の高度が徐々に上がっていく。やがて地面が緑であること以外、わからなくなるほどまでに到達する。

大陸の外縁が目に入った。さらに外側には白い靄がどこまでも続いている。そのため、シグルが住むという地上の姿はまったく見えない。

突如、骨を震わせるような音を感じた。不快になるほどではないし、集中していなければわからないほど微量な音だ。

「《運命の輪》か」

振り返った先――北側で、大陸に近づく巨大な影を捉えた。

大陸ほどではないが、それに近い大きさを持った白銀の球だ。輪郭には纏わりつくように白の光が渦巻いている。白銀の球はひどく緩やかな動きでリヴェティア大陸に近づいてくる。

あれは太古、神が人間に授けたと言われている《運命の輪》だ。各大陸がもっとも下降する《災厄日》に近づいては《飛翔核》にアウラを供給し、大陸を上昇させる。アウラの供給を終えた《運命の輪》は、また《災厄日》を迎える大陸に近づいてはアウラを供給する――繰り返しである。

人智を超えたその技術を人はいまだ解明できていない。そもそも《運命の輪》に近づけば白の光の激流に呑まれ、命はないというのだから調べることすらできない。ただ一つ明確なのは、《運命の輪》が存在しなければ大陸は地上へ落ちてしまうということだ。

「あんなわけのわからないものに生かされてると思うと、なんか生きた心地がしないよな」

「どうしてですか？」

とエリアス。

「いや、もしあれが壊れでもしたら誰も直せないだろ」

「壊れる？　そんなことがあるわけないでしょう」

鼻で笑われた。

「神が与えてくださったものですから。万が一にも、そんなことはありません」

エリアスの言う神とはアムールの女神ベネフィリア。リヴェティア民が属するサンティアカ教が信仰する神である。ベルリオットは信仰心が薄いため、神を信じて疑わない彼女の思考に共感できなかった。

とはいえ、こちらも思ったことを口にしただけで《運命の輪》が壊れる光景など想像できなかった。もし仮に壊れるとしても約千七百年と続いてきた歴史がある。今、である可能性は低いだろう。

まあ俺には関係のない話だな。

そう思いながら、ベルリオットは他人事のように頭の片隅へと追いやった。

ほどなくして連なる山々を越えると、平野に築かれた石造りの防壁が目に入った。模様も描かれていない簡素な形状だが、終わりが見えないほど続くその姿はまさに壮観としか言いようがない。あれこそがシグルの侵攻を防ぐために築かれた南方防衛線だ。

防壁上では騎士たちがまばらに配されている。間隔を大きく取ることで広い範囲を補っているのだろう。

防壁の内側――――つまりこちらから見て手前側には幾つもの尖塔が等間隔に建っている。その中でも、ひと際大きな尖塔のそばに飛空船は着陸した。

ほかにも多くの飛空船が無造作に停められていた。それら側面には共通して翼の紋様が描かれている。王都から出征してきた王城騎士たちの物だ。

ベルリオットは隊員とともに尖塔の中に入り、内部外壁を伝うように造られた螺旋階段を上っていく。途中、目に入った幾つかの広間はどれもが寝床を兼ねた休憩所だった。

ベルリオットは呟く。

「あんまり人がいないな」

「防衛線の駐留騎士は《災厄日》の二日前から、応援部隊である王城騎士は昨日から迎撃にあたっていますから」

そう答えたエリアスにリズアートが憮然（ぶぜん）とした。

「気遣われたのよねー。まあ、立場もあるし仕方ないけれど。でも、やっぱり腹が立つわ」

「本日の泊りこみも本当ならばご遠慮して頂きたかったのですが」

「それだけは譲れないわ。だって一度でもいいからちゃんと体験しておきたいじゃない。王族として、騎士たちの仕事がどういうものか把握しておくべきだと思うもの。あなたもそう思うでしょう？　ベルリオット」

「単に興味があっただけだろ」

「まっ、そうなんだけどね」

悪びれたふうでもなく、さらりと言ってのけた。

まるでこちらがそう返すのがわかっていたかのような、あっさりした感じだ。

「とはいえ、シグルの攻勢がもっとも激化する時間帯は本日の正午前です。それ以外はガリオンやアビスのような下位のシグルが散発的に現れるぐらいですから、経験してもあまり得にはならないと思います」

「そうかもしれないけれど。こう……長時間、シグルの襲撃にさらされ続けてすり減った精神状態でどこまでできるか！　みたいなことを経験したかったのよ」

つい先日ガリオンの襲撃を受け、窮地に陥った人間の言葉とは思えなかった。

とはいえエリアスの話を聞いて、ベルリオットも早めに来ていればよかったと思った。下位のシグルが散発的にやってくるのなら試せると思ったのだ。ただの剣でシグルを斬れるかどうかを。

まっ、今日だって機会はあるだろ。エリアスたちが撃ちもらしたシグル相手にでも狙ってみるか。

そんな淡い期待を抱きながら、ベルリオットは腰に佩いた剣の柄をぐっと握った。

ベルリオットは隊員とともに防壁上を伝い、司令室で告げられた担当区域に到着した。

防壁の内側が緑豊かなのに対し、外側は荒れ果てた大地が広がっている。命を感じさせない、どこか寒々しい雰囲気だ。激しい起伏やところどころにある窪みからは幾代にも渡って繰り広げられてきた人とシグルの戦いの軌跡を感じられる。

すでに防壁の外側では戦闘が始まっていた。

四足で地に這う格好が特徴的なガリオン。小柄だが背から生やした禍々しい翼で空を飛ぶアビスが、まるで狂ったように暴れまわっている。

騎士が五人に対し、シグルの数はおよそ三十。しかもシグルは大陸の切れ目——もっとも外側の縁部分から際限なく現れてくる。ちょうどアウラを結晶化させた時のように黒い点が集まり、収束。そうしてできた黒塊が意志を持って動き出すのだ。

しかし、それでも圧倒しているのは騎士たちのほうだった。黄の光を纏う彼らは、おそらく単独でもシグルを圧倒するだろう。だが、危険を減らすためか隊列を組んで効率的にシグルを斃（たお）している。洗練されたその動きは見事としか言いようがない。

稀に防壁を這い上がるガリオン、しのぶように飛ぶアビスがいるが、それは防壁上で待機する騎士によって排除されていた。

興奮気味に防壁下を眺めるリズアートに、エリアスが心配そうな表情を向ける。

「姫様、本気ですか？」

「ええ、本気の本気よ。私も下で戦うわ」

「下で戦うのは王城騎士だけであって一般騎士は防壁上にて待機、迎撃が定石です！」

「つまりそれって王城騎士が撃ちもらした残り物退治ってことでしょう？　いやよ、私は」

「姫様、それも立派な役割です。もしもシグルに内側へ入られてしまえば民に被害が出る可能性があるのですから」

「別に彼らの仕事を馬鹿にしているわけじゃないのよ。ただ私は今回、防衛線の実情というか、《災厄日》の危険性を肌で感じたいからここまできたの。安全なところから見ているだけというのはごめんよ」

「ですが！」

「それに、あなたがいるのだから大丈夫でしょう？　エリアス」

リズアートから信頼の笑みを向けられ、エリアスが目を見開いた。

頼られたことが嬉しかったのか、それともなにを言っても無駄だと悟ったのか。

「……わかりました」

それ以上、エリアスが食い下がることはなかった。リズアートの無茶に振りまわされる彼女を見ていると、ベルリオットは思わず親近感を抱いてしまう。

ふいに腹の底まで震えるような太い声が聞こえてきた。弾かれるようにして防壁下へ視線を向けると、新たなシグルが映った。

それは家一軒分に匹敵するほど巨大だった。角塊を積み上げたような特殊な体躯には四肢と思われるものが存在している。ギガントと呼ばれる巨人型のシグルだ。下半身を引きずりながら手や腕だけを使って移動するためひどく鈍重だが、その巨大な手から繰り出される攻撃は凄まじい破壊力を持っている。

現在では、大陸がもっとも下降する《災厄日》でしか確認されていない。

ちょうどギガントが組み合わせた両手を鉄槌のように振り下ろした。轟音とともに地面に巨大な窪みが作られる。

「……あれがギガントか」

教本で見たことはあったが、実際に見るのは初めてだった。あまりの迫力にベルリオットは思わず気圧されてしまう。

ギガントが相手では騎士たちもあまり余裕がないらしく、表情を引き締めていた。二人の騎士が周囲のシグルに気を配り、残りの三人がギガントに対処している。

ふと視界の端で防壁上から飛び下りるエリアスの姿が映った。

「少ししたら下りてきてください」

落下途中、彼女の身体が紫の燐光に包まれた。背中から放出された光が翼を象ると、その勢いがぐんと増した。さらに合わせた彼女の両手にアウラが凝縮され、結晶化した長剣が現れる。向かう先はギガントだ。

「退きなさいッ！」

防壁下で戦っていた騎士たちが即座に散開する。直後、猛烈な勢いを保持したままエリアスが巨人の背に長剣を突き刺した。勢いは止まらず巨人の身体を突き抜け地面にまで到達。衝撃波でギガントの身体が弾け飛んだ。

やがて舞っていた砂塵が止むと、そこには先ほどギガントが作ったものよりもさらに大きな窪みができあがっていた。

「ろ、ログナート卿……！」

「この区域はこれより我が隊が担当します。あなた方は他部隊の応援に回ってください」

体勢を整えるや、エリアスが凜乎（りんこ）として言い放った。隊長と思しき青年が食ってかかる。

「し、しかし！　ログナート卿の隊は訓練生との混成部隊と聞き及んでいます！　それに王女殿下も──」

「これは殿下の意向でもあり私も問題ないと判断しました。それともなんですか、あなた方に私が劣ると？」

「い、いえ。そのようなことはっ」

「では問題ありませんね」

「……了解しました。我らは遊軍として他部隊の応援に回ります」

「感謝します」

エリアスを残し、五人組の騎士たちが飛び去った。

一人になったエリアスにシグルが容赦なく襲いかかる。だが、それらをものともせずに彼女は返り討ちにし、残りのシグルをも蹂躙していく。

一部始終を目にしていたベルリオットは思わず乾いた笑みを浮かべてしまう。

「エリアスってやっぱおっかねーな……」

「す、すごいね……」

ナトゥールも驚きを隠せないようだった。

しょうがないわね、とばかりにリズアートがため息をつく。

「いつもあんな感じだから怖がられてばかりなのよ。ま、おかげで場所も空いたことだし、今日はいっぱい頑張るわよーっ」

「おう、がんばれ」

そう冷めた口調で言うと、リズアートから細めた目を向けられた。

「なに言ってるの、あなたも来るのよ。またシグルを斬れるかどうか試したいんでしょ？」

「お前なんでそれを――」

「あんなに何度も自分の手を見てたらわかるに決まってるでしょ。ほら、行くわよ」

言って、リズアートががっしりと腕を掴んでくる。

「ちょ、ちょっと待ってくれ。たしかに試そうと思ってたのは認める。認めるが、なにもこんな入り乱れた場所じゃなくてもいいだろ。はっきり言って無理だ！　死ぬ！」

防壁下では四方に注意を払わなければならない。そんな状態ではとてもシグルを斬れる自信がない。その点、防壁上にやってくるシグルは散発的だ。力試しにはもってこいと言える。

ベルリオットはなんとかして防壁上に留まるため、必至に抵抗を試みる。が、リズアートに掴まれた腕はびくともしない。

「たぶん大丈夫よ」

「たぶんとかつけるな！　お、おいトゥトゥ！　お前からもなんとか言ってくれ！」

温厚なナトゥールならきっと危険なことを勧めたりはしないはずだ、と確信しながら助けを求めてみたのだが、返ってきた反応は期待外れだった。

ナトゥールは胸の前でかざした右手にアウラを収束させた。現れたのは槍の形をした黄色結晶。それは彼女の背丈よりやや長く、太さは握れば中指と親指がついてしまうほどに細い。余計な装飾はなく、一見してただの棒にしか見えないこの槍こそが彼女の結晶武器だ。

ナトゥールは胸の前で円を描くように槍を回転させると、石突を地に叩きつけた。勇ましい立ち居振る舞いとは裏腹に、頼りなさそうな上目遣いでこちらを見てくる。

「そ、その……もしベルが危なくなったら私が助けてあげるから。安心してね」

だめだ、逃げ場がない。

「ほら、トゥトゥもこう言ってることだし観念しなさい」

……最悪だ。

結局、されるがままベルリオットは防壁下に連れられてしまった。

生きて帰れるのか、と身を案じたが、それは杞憂だった。今もなお暴れるようにシグルを斃していくエリアスに続き、最後に下りたイオルもすぐさま参戦。《豪剣》の異名に相応しい巨大な剣でシグルたちを薙ぎ払っていく。

殲滅力だけを見れば、イオルの実力はエリアスと遜色ないように見える。

「ログナート卿。シグルの討伐数、あなたに挑ませて頂きます」

「いいでしょう。訓練校首席の実力、この目でしかと確かめさせて頂きます」

エリアスたちの動きがいっそう激しさを増した。さながら嵐のようだ。

そんな彼らをベルリオットは呆けながら眺める。

「な、なあ……作戦とかたてないのか？　さっきの騎士たちみたいに隊列組んだりさ」

「さあ？　必要ないんじゃないかしら。好き勝手やりましょ」

言って、リズアートも緑のアウラを身に纏い、エリアスたちが暴れる前線へと向かった。

好き勝手やりましょ、などと言われても、あんな激流のような戦いの中に身を投じでもすればアウラを使えない身では巻き殺されかねない。

「トゥトゥは行かないのか？」

「ベルが心配だからね」

「心配してくれるのはありがたいんだが……万が一にもこっちまでシグルがやってくることはなさそうだな」

リズアートたちはシグルが足りないとばかりに戦域を拡大させていく。戦力差は歴然。思わずシグルに同情してしまいそうだった。

この様子では、たとえ防壁上にいたところで変わらなかったかもしれない。

予想通り、以降もベルリオットのもとにシグルが到達することはなかった。そればかりか担当区域のシグルが枯れてしまい、新たにシグルが湧くまで待機という作業的な状況を経験することになった。

蝋燭の頼りない灯りに照らされる中、十人ほどの騎士が雑魚寝で睡眠をとっている。よっぽど疲れているのだろう。そこかしこから大きな寝息が聞こえてくる。

日が変わってから半刻が経ったぐらいだろうか。

ベルリオットはいまだ眠れずにいた。壁に背を預け、座りこむ。目を閉じて眠ろうと努めてみたものの、意識はなかなか落ちてくれない。別段、なにか思い悩んでいるわけではなく、ただ単に眠れないのだ。

《災厄日》の防衛戦を初めて経験した興奮からかもしれない。決して防衛戦でまったく貢献できなかったからではない……と思う。

ふと視界の端で誰かが動いたのを捉えた。蝋燭の灯によって壁に映された影も動く。その人物は音をたてぬよう足をしのばせながら部屋から出ていった。

イオル？

暗がりだが、見慣れた姿だったために正体を知ることができた。大方、用でも足しに行くのだろう。ベルリオットはそう思って気にも留めなかった。だが、一旦意識がイオルに向いたからか。室内に響く寝息の合唱が先ほどにも増して騒がしく感じた。

「……」

眠れないし、外の風にでも当たってくるか。

そう決めるやいなや、ベルリオットは防壁上へと向かった。

篝火が等間隔に置かれているため、真夜中でも足場をはっきりと確認できた。月夜の淡い光も好きだが、篝火のゆらゆらと力強く燃えるさまも悪くない。

見張り番の騎士とすれ違いながら散歩するように防壁上を歩いていく。と、少し先で外側の狭間胸壁（はざまきょうへき）に身を預ける人影を見つけた。近づくうちに、その影の姿があらわになっていく。

リズアートだ。彼女は狭間胸壁の凸部分に組んだ両腕を置いている。どうやら、こちらに気づいたようで微笑を向けてきた。が、またすぐに空へと視線を戻した。

彼女に手を伸ばしても届かないほどの距離を置いて、ベルリオットは別の凸部分に背中を預けた。リズアートとは身体の向きが反対になる格好だ。

この距離、体勢にしたのは、これが自然だと思ったからだ。深い意味はない。

「眠れないのか」

「ええ。あなたも？」

「おっさんたちの寝息がすごくてな。うるさくて眠れやしない」

「なら、女性騎士の寝床なら眠れたのかしら？　とても静かだったわよ」

「逆に緊張して眠れねえよ」

「あら、泣いて喜ぶと思ったのだけど」

「あんたの中で俺はどういう風に見られてんだ」

ったく、と愚痴をこぼした。

「で、本当のところはまったくシグルと戦えなかったから、と」

「ああ、そうだよ。悪いか」

「ううん。私だって似たようなものだもの。エリアスのせいでね」

「たしかにあれはやりすぎだったな……だからといって手を抜いていいわけじゃないんだろうけど」

「エリアスは良くも悪くも真面目だから。融通がきかないのよ」

ふふっとリズアートは上品に微笑む。

いつもはなにを考えているのかわからないぐらいおてんばな彼女だが、時折こうした慎ましやかな面を見せる。それがベルリオットにはひどく魅力的に感じた。

篝火に照らされ少し赤みがかった癖のない黄金の髪。澄んだ碧の瞳を飾るように伸びた長い睫毛。

小顔に似合う瑞々しくも控えめな唇。認めたくないが、やはり彼女の美貌は頭抜けている。

「静かね。昨日はあんなにうるさかったのに……今じゃシグルが一匹もいないなんて」

耳にかかった一房の髪をかきあげながらリズアートが言った。

ベルリオットは彼女に見惚れていた自分を否定するようにさっと視線をそらす。

「防衛線の《災厄日》から《安息日》に移る瞬間。俺も初めて見たからちょっと驚いてる」

「《運命の輪》によって大量のアウラを注がれた《飛翔核》は大陸全体にアウラを放出。アウラが満ちた大陸は上昇し、もっとも安全な《安息日》へと移り変わる……真夜中でもこんなに暖かいのはアウラが満ちてるからなのよね」

「王都の平穏な暮らしじゃ、こんな当たり前もなかなか実感できないけどな」

「そうね」

「ただ恩恵を預かってる身で言うのもなんだが、この世界ってわりと面倒くさい機能で成り立ってるよな」

「そう？」

「だって神っていやなんでもできそうだし、《運命の輪》だって神が与えてくれたもんなんだろ？だったら《運命の輪》を七つの大陸分用意してくれてもいいだろって思うんだよな。そしたらずっと大陸は上昇したまま《安息日》が続くし」

「神様だってできないことがあるのかもしれないじゃない。でも、できないのではなくてあえてそうしたという線も考えられるかも？」

「わざわざ？　どうして？」

「たとえばそうね……《運命の輪》に終わりがあるとしたら？　終わりが決められている、と仮定してもいいわ。それでいつか壊れるの。そしたら大陸は落ちるしかない。シグルがいっぱいいるという地上にね」

「今でこそ対処できてるが、それは《災厄日》でも地上からはまだまだ遠いからだ。そう考えると大陸が地上に落ちた日には……やられるしかないだろうな」

「そう、絶望的。だから、あえてシグルと戦う日を作って、神は人間に危機意識を持たせようとした。どう？」

「極論だな」

「どうして？　結構良い線いってると思うんだけど」

「いや、その話だと人間はシグルに対抗できる力が備わっているということになるだろ。実際は〝今〟の《災厄日》のシグルに対抗できる、ぐらいにしか当てはまらない。それにシグルに対する危機意識があるのかどうかって言われると、王都の平穏な日々を見る限り怪しいとこだろ。以前、俺たちが襲われたのは例外中の例外だ」

「ある程度、平和な場所がないと進化が難しくなると考えた、とか」

「進化してるか？」

「……うーん、停滞してるかも」

リズアートは「思いつきで言うもんじゃないわねー」と苦笑していた。

ほんの少しの間、無言が続いた。温かな風が頬を撫でていく。

「よっ、と」

ふいにリズアートが壁上に飛び乗った。二の足で立つと、天上で輝く星々を掴むかのように両手を伸ばす。

「翼、欲しいなあ」

「俺へのあてつけか？　あるだろ、お前には」

「アウラを放出して出るやつじゃなくて。本物の翼」

「ついに人間を止める気になったか」

「うーん、できるのなら、それも悪くないかも」

とぼけているわけではなく、本当にそう考えているような表情だった。

だから馬鹿にする言葉など口から出なかった。

「本物の翼があれば、どこにだって飛んでいけそうな気がするから」

言って、リズアートは天に向けた手をおろした。

人が空を飛べるのはアウラが満ちている大陸圏内だけだ。天上や地上にはアウラが満ちているらしいが、少なくとも大陸が浮かんでいる高度にはアウラがほとんどない。

アウラがなければ、人は空を飛ぶことができない。

どうしてリズアートが本物の翼を望むのか。

彼女が語りだしたことで、ベルリオットはなんとなくだが理解した。

「私ね、もう少しで誕生日なんだけど……次で成人だから、本格的に政務に関わっていくことになるの」

少し間を置いて、

「だから自由な時間がなくなる前に思いきって訓練校に行きたいってわがままを言ったの。お父様からすっごい反対されたけど……私の粘り勝ち」

へへ、と悪戯っ子のように舌を出してリズアートは笑った。

「なんでまたそれを選んだんだ？　肉体を酷使してるようなもんだし訓練自体は楽しいことじゃないだろ。もっとこう、他にあったんじゃないか」

「私と同年代の子たちが経験することを私も経験してみたかった。ただそれだけ」

王女だから自由を得られない。権力やら金やら多くを持っている王族は好き放題やれるだろう、などと軽く考えていたが、存外そういうわけでもないらしい。

とはいえ、王族が公務に就くのは当然という認識は変わらない。なにしろ王族がいなければ国は回らない。それだけ国民が王族に寄せる信頼が厚いことをよく知っている。

ベルリオットがそうなのだから、生まれてから王族の在り方を教えられてきたであろう彼女も当然の事実として受け入れているはずだ。だから諦めとしかとれない、こんなにも清々しい表情をしているのだろう。

「それで経験してみた感想は？」

「楽しい。すっごく楽しい。メルザさんはベルリオット好きで暴走するのがちょっとあれだけど、作ってくれる料理はどれも愛情がこもっていて温かいし、とても良くしてくれてる。トゥトゥもすごく優しくていい子。大人しくて、まだちょっと気遣われている感じはあるけど、それでも私にとっては一番の友達よ。他の訓練生の子たちも、やっぱりみんな良い子ばかり」

「楽しそうでなによりだ」

「まっ、仮住まいの屋敷に一癖も二癖もある人がいるけどね」

「そりゃー大変なことで」

「でも、その人は王女とか関係なく接してくれるから一緒にいて一番気楽、かな」

リズアートは篝火に背を向けているため、表情を窺いにくい。それでも少しだが、その頬が赤くなっているように見える。初めて目にする、はにかむ彼女の顔だ。

「……褒め言葉として受け取っとく」

ベルリオットは釣られて顔が熱くなってしまった。もしかすると赤くなっているかもしれない。向かいに篝火があってよかったと心の底から思った。

「あと、どれくらいいられるんだ？」

「うーん、二週間ぐらいかな」

「……結構短いな」

「柄にもなく寂しがってくれてるのかしら」

「家が静かになるなと思っただけだ」

ずっとメルザリッテと二人だったのだ。リズアートとエリアスが来てから騒がしくなったのは言うまでもない。そして騒がしくされたあとの空間というものは余計に静かに感じてしまうものだ。静かなのは好きだが、今まであったものがなくなる、という感覚はあまり好きではない。

ただ、それだけだ。

「なーんだ。寂しがってくれるなら私専属の騎士になってもらおうと思ったのに」

そう、拗ねたようにリズアートが言った。

ベルリオットは思わず目を瞬かせる。

「今日、シグルに頭でもぶたれたか？」

「ちょっと！　本気で心配するような顔しないでよ。私はいたって平常ですー」

「いや、アウラも使えない奴を専属騎士に選ぶとか正気を疑うだろ。前みたいにお荷物になるのが目に見えてる」

「たしかに騎士が護られてちゃ本末転倒よね」

「ぐっ……」

悔しいが言い返せない。

「なら小間使いかしら？」

「絶対やらないぞ、俺は。全力で拒否する」

「なら全力でお願いするわ。そうね、エリアスあたりを差し向けようかしら」

「それ完全脅しだろ」

リズアートはくすくすと無邪気に笑う。その姿は歳相応の女の子のそれと変わらない。

「大体、なんで俺なんかにこだわるんだ。騎士にしても小間使いにしてももっと向いてる奴がいるだろ」

我ながらかなりの役立たずだと思う。

なんと言っても、アウラを使えない。この一言に限る。

アウラを使えないことに諦観（ていかん）しているのは、そうしなければまともに人と付き合えないからだ。《帯剣の騎士》やら「ライジェルの息子なのに」と言いたい奴には言わせておけばいい。事実なのだから。

いつか見返してやる、と。そう強く思っているが、決して表に出すつもりはない。

アウラも使えない癖に、と馬鹿にされるのがわかりきっているからだ。

「ライジェルが言ってたのよ。あいつは絶対、俺より強くなるってね」

「は？」

「《剣聖》と謳われた、あのライジェルが自信満々に言ったのよ。彼の息子ってことを抜きにしても気になるに決まってるじゃない」

たしかにライジェルよりも強くなる者がいれば誰だって気になるだろう。それが本当の話ならば、だが。

現実はアウラを使えない駄目息子である。当事者から言わせてもらえば嫌味にしか聞こえない。今ではライジェルの名前を聞くだけで苛立つようになってしまったが、彼女の話を聞いてさらに憎しみが増加した。

「あ、そうそう。あとこんなことも言ってたわ。『姫が国を治めることになったら使いたおしてやってくれ』ってね」

憎しみがなにかに昇華しそうだ。

「親父の奴……勝手なこと言いやがって」

「まぁ、一応考えておいて」

などと軽い口調で言って、リズアートは壁から飛び下りた。こちらに背を向け、そのまま宿舎代わりの尖塔へ向かって歩き出す。

「お、おいっ。考えるもなにも答えは――」

「たとえアウラを使えなくても、あなたは私を助けるためにシグルに立ち向かってくれた。そしてシグルを斬った。……ライジェルの言葉、私は本当だって信じてるわ」

振り向いたリズアートから真っ直ぐな瞳を向けられた。そこにはいっさいのからかいが感じられなかった。

言い返せなかった。言いたいことはたくさんあるのに上手く言葉にならなくて反論できなかった。

再び彼女がこちらに背を向けると、肩越しに言ってくる。

「そろそろ戻りましょ。エリアスに見つかったら怒られちゃいそうだし」

「あ、ああ……そうだな」

ベルリオットは胸焼けのようななにかを感じながらも、どうすればいいのかわからなかった。気持ちを入れ替えるようにリズアートのあとを追って足を踏み出す。

「きゃっ」「うおっ」

突然、視界が小刻みに揺れた。地鳴りのような音も聞こえる。その出所は——防壁外側だ。

「な、なんなんだあれ……」

大陸の縁側から防壁に向かって突進してくる黒い塊が見えた。

ギガントと同程度の大きな体躯。荒野を激しく蹴りたてる極太の四本足。太く短く伸びた頭部には万物をかみ砕きそうな獰猛な顎。そして鼻上部から猛々しく伸びる一本の角。

それは、ベルリオットの父親ライジェルが《剣聖》と呼ばれるようになった最大の材料であり、多くの騎士を葬った過去最凶のシグル——。

「………モノセロス」


資料でしか見たことがないシグルだった。自分の見間違いかもしれないとベルリオットは思ったが、それにしては特徴が酷似している。なによりあれほどの威圧を放っているのだ。疑いようがなかった。

リズアートも察したらしく驚愕に目を見開いている。

「どうしてシグルが……《災厄日》は終わって今は《安息日》なのよ！　しかもあんな強力な奴っ」

「お、俺だって知らねえよ！」

なぜ、《安息日》にモノセロスが現れたのかは疑問だが、今はそれどころではない。

モノセロスが吠えた。まるで戦いの狼煙を上げるかのごとく長く太い咆哮だ。大気を震わせるような音にベルリオットは全身の骨まで軋むような感覚に見舞われる。

モノセロスが防壁に突撃したと同時、足場が大きく揺れた。立っていられなくなってベルリオットは思わず手をついてしまう。リズアートも同じだった。

防壁を確認すると、モノセロスの突撃を受けた箇所が大きくへこんでいた。防壁は分厚いが、今の突撃をあと一度でも受ければ穴が空くのは必至だ。

しかし、そのような考えには至らなかったのか、モノセロスは助走をつけずに頭突きを繰り返している。着々と穴は広がっていくが、それでも猶予はありそうだ。

「今のうちに逃げるぞ！」

そう口にした途端、モノセロスへと向かっていく幾条もの黄色い光が視界に映った。

王城騎士だ。ざっと見た限りでも二十人以上はいる。呼応するように見張りの一般騎士たちも飛びかかっていく。あれだけの数がいればもう大丈夫だろう、と安堵したのも束の間、ベルリオットは目に入った光景を前に思わず目を見開いた。

一斉に斬りかかった騎士たちの攻撃が一つとしてモノセロスの身体を傷つけるには至らなかったのだ。すべての結晶武器が敵の皮膚に接触すると同時、砕け散っている。遠目からでも騎士たちが動揺しているのがはっきりとわかった。

「姫様っ！　ご無事ですかっ⁉」

アウラを纏ったエリアスとナトゥールがそばまで飛んできた。下り立ったナトゥールが不安げに防壁下を見つめる。そこでは、今もなお騎士たちがモノセロスと戦っている。戦況はお世辞にも良いとは言えない。

「ベル、あれって――」

「……ああ。たぶんモノセロスだ」

エリアスがうなずく。

「私も見るのは初めてですが、間違いないでしょう。どうして奴が現れたのか疑問に思うところですが、今はそんなことを考えている場合ではありません。姫様はどうか安全なところへ避難なさってください。……いえ、今すぐに飛空船で王都へ向かってください」

「そんな、わたしだけ逃げるなんてっ！」

「姫様っ！　どうか聞き分けて下さい」

「エリアス、あなた……」

ただならぬ雰囲気を読み取ったか、リズアートが二の句を告ぐのをやめた。

傍目に見てもエリアスの表情は硬い。彼女のこめかみから頬を伝ってひと筋の汗が流れていく。

「ナトゥール・トウェイル。ベルリオット・トレスティング。姫様を頼みます」

返事をする間もなくエリアスが紫の燐光を纏い、防壁上から飛び下りた。

「エリアスッ！」

悲鳴にも似たリズアートの声が響いた。しかしエリアスは止まらない。むしろさらに加速する。生成した結晶剣を両手で強く握りしめる。昨日、一撃でギガントを葬った時のように風を切り裂きながら、エリアスがモノセロスに飛びかかっていく。咆哮とともに突きだされた紫色の結晶剣が敵の眉間を捉える。

「なっ」

エリアスが驚愕に目を見開いた。切っ先のほんのわずかしか減りこませることができなかったのだ。

モノセロスは痛がりもしない。動じもしない。ただ、なにをされたのかと紫色に光る双眸をぐりっと動かし、エリアスを捉える。わずらわしいとばかりに頭を激しく揺り動かす。

たまらずエリアスが突き刺した剣を手放し、距離をとった。

「全力でかすり傷程度ですか。笑うしかありませんね」

見る限り平常を保つエリアスとは違い、他の騎士たちは動揺を隠せない様子だった。

「そんなっ、ログナート卿でも……」

「モノセロス……これほどかっ！」

「リヴェティアの騎士ともあろう者がシグルに恐れをなしてどうするのです！　我らが背負うは民の命！　これはなんとしてでもここで仕留めます！　続きなさい！」

後退りはじめた騎士たちに向かってエリアスの一喝が放たれた。

恐怖を押し殺すように騎士たちが雄叫びをあげ、モノセロスに斬りかかる。時には直線的に、時には弧を描きながら様々な動きでもって騎士たちがモノセロスを取り囲む。

夜の深い闇を照らすその様は美しいとしか言いようがない。

ただ、ベルリオットは思う。これがモノセロスとの対峙でなければどんなに良かったことか、と。

「行きましょう」

リズアートが低く静かに言った。仲間を見捨てることをなによりも嫌う彼女が逃げを選択した。そこにどれほどの決意があったのか想像もつかなかった。

仕方ないと口にすることは簡単だ。しかし、それは慰めにしかならない。結局、ベルリオットは無言でついていくことしかできなかった。

「ベル、持つよ」

「悪い……頼む」

この期に及んで誰かの手を借りなければ逃げることもできない自分が情けなくて仕方なかった。

ナトゥールに両脇を抱えてもらい、先を行くリズアートを追いかける。向かう先は防衛線本部である尖塔だ。運ばれるだけのベルリオットは前を向いている必要がないため、離れていく戦場に目を向けていた。

騎士たちが絶え間なくモノセロスに攻撃を仕掛けている。だが、まるで有効打を与えられていない。それどころか羽虫のように扱われていた。モノセロスが乱雑に振りまわした頭部に騎士たちは振り払われ、突き飛ばされる。

あんな化け物を親父は一人でやったのか……。

父親であるライジェルの強さを改めて感じるとともに、ベルリオットはモノセロスへの恐怖がさらに増した。瞬間、ぞくりと背筋に悪寒が走る。モノセロスの視線がこちらに向いていた。

モノセロスが前足を蹴り上げ、直立に近い体勢まで身体を起こした。低く重い声で猛々しく吠えると、振り上げた前足で勢いよく地面を叩いた。生まれた激しい衝撃波が騎士たちを襲う。エリアスでさえも耐えきれず、吹き飛ばされていた。

地面や防壁に身体を強く打ちつけた騎士たちが、その身を起こせずにうな垂れてしまう。

そんな騎士たちに興味を失ったか。モノセロスがその巨躯に見合わない跳躍を見せ、防壁上に飛び乗った。崩れるのではないかと思うぐらい防壁が揺れる中、また前足を蹴り上げて直立状態になっている。それは先ほど騎士たちを吹き飛ばした時と同じ体勢だ。

「まずい、避けろ！」

ベルリオットはとっさに回避を促すも間に合わなかった。

モノセロスの咆哮とともに衝撃波が放たれた。リズアートとナトゥールの悲鳴が聞こえたと同時、ベルリオットは身体に鉄球でもぶつけられたかのような感覚に見舞われる。

一瞬の浮遊感ののち、墜落した。何度も何度も身体を打ちつけながら防壁上を転がっていく。とっさに頭を抱え、被害を最小限に留めようと努めた。だが、衝撃は脳に響いて止まない。

勢いがなくなったあとも視界の揺れは止まらなかった。強く頭を打ったせいか脳内の情報が錯綜している。

防壁上の足場や狭間胸壁を破壊しながら、モノセロスが猛然と突進してくるのが見えた。いまだ思考は上手く働いていないが、このままでは死しか待っていないことだけは理解できた。そして、それに対抗する手段がないことも。

ふいにモノセロスの後方から人影が現れた。長く淡い金の髪を流している。エリアスだ。彼女はモノセロスを追い越そうとするが、力がもう残っていないためか併走するのが精一杯のようだった。

「この化け物がッ!!　止まれぇえええええええ――ッ!!」

エリアスがモノセロスの腹部に剣を突きたてて抵抗するが、敵の勢いはまったく弱まらない。

なぜ、彼女はあれほどまでに必至になっているのか。

俺を助けようとしているのか……？

いや、違う。ほかに護らなければならないものがあるからだ。それを思い出した時、ベルリオットは無意識に軋む首を曲げて辺りを探った。ぼやけた視界の中、リズアートとナトゥールが映った。二人とも倒れている。ぴくりともしない。

おそらく頭を強打したことで意識を失っているのだろう。手を伸ばしても彼女たちには届かない。届いたところで自分には彼女たちを助ける術がない。彼女たちを抱え、モノセロスから逃げることすらできない。

ベルリオットはあまりにも非力な自分への憎悪が膨れ上がっていく。

……どうして俺には力がないんだ。護りたいものを護りたい。目の前で倒れている奴を護りたい。たったそれだけなんだ。それだけのことがどうしてできないっ！

力が欲しい。弱いシグルをようやく一匹倒せる程度の力では足りない。どんな敵からも護りたいものを護れる力が欲しい。

そう強く願いながら、痛むほど両手を握りしめた。直後、どくん、と心臓が跳ねた。同時、体中に焼けるような痛みが走る。身体が重い。脳ももう立てないと信号を送っている。だが、身体は勝手に立ち上がった。

一歩、二歩、と倒れるリズアートとナトゥールの前に足を踏み出した。筋肉が悲鳴を上げている。

だが、止まろうとは思わない。思えない。自分が、自分でないような感覚。

　意識が飛んでいる。

　そう自覚しているのに視界を映像として認識することができた。モノセロスはもう目前だ。その猛進を止めんとするエリアスが目を大きく開けているのが見えた。彼女はなにをそんなに驚いているのか。そんな疑問を抱いた時、視界に赤の燐光がちらついた。

　モノセロスとの距離がなくなる。轟音とともに全身に強い衝撃が走った。突き飛ばされたのか、と思ったが、先ほど立っていた場所から足は一歩も動いていない。

　視界が真っ黒な闇で埋め尽くされていた。すぐにそれがモノセロスの顔だとわかった。そしてベルリオットは自分がモノセロスの突進を受け止めたことにも気づいた。右手で角を、左手で顎を掴んでいる。

　モノセロスが後ろ足を何度も蹴って前進を試みている。だが、こちらが押さえている限り前には進めないようだ。

　なんだか背中が熱かった。背中だけではない。全身が先ほど感じていたよりももっと熱くなっている。大気に満ちる力を体内に取りこみ、巡らせ、外へと還す。

　……この感覚を俺は知っている。

　飛んでいた意識が体内を駆け巡る力の奔流（ほんりゅう）によって段々と覚醒していく。ちらついていた赤の燐光がさらに多くなり、やがて視界を覆いつくすほどになる。ベルリオットはゆっくりと前に足を進めた。モノセロスを後退させていく。

抵抗にあったためか、モノセロスが激しく暴れはじめる。

「エリアス！　離れろ！」

一瞬、躊躇いを見せたエリアスだったが、すぐにモノセロスから離れてくれた。

離れてもらったのは巻きこまないためだ。それほど強大な力が自分の中にあることをベルリオットは感じとっていた。エリアスが離れたのを見計らい、さらに力――アウラを取りこんだ。赤の奔流が荒々しく背中から流れ出る。急激な加速でもってモノセロスを一気に押し返していく。

ベルリオットは左手を突き出し、叫ぶ。

「砕けろッ!!」

無骨な赤色結晶が巨大な槍となってモノセロスを穿った。くぐもった唸り声をあげながら、モノセロスが双眸を強く光らせる。反撃の意思を覗かせたかと思いきや、声も目の光も静かに消えた。その身体は弾け飛び、夜の闇に溶けこむように霧散していく。

そのさまをぼう然と見つめながら、ベルリオットは半壊状態の防壁上へと足をつけた。

「俺が……やったのか……」

自身の両手を見つめる。いまだに信じられなかった。だが、意識があやふやだった時のことは、なぜかはっきりと覚えている。

あいつを……モノセロスを倒したのは紛れもなく俺だ。

そして、この赤色のアウラ――。

「ベルリオット・トレスティング……あなたはいったい……？」

少し離れた場所でエリアスがこちらを見ていた。その瞳は驚愕の色で染まっている。

ふとベルリオットは、彼女を挟んだ向こう側で倒れているリズアートとナトゥールの姿が目に入った。

「そうだ。あいつとトゥトゥは！」

ベルリオットはすぐさま彼女たちのもとへ向かった。はっとなったエリアスもあとを追ってくる。

「姫様っ、姫様っ！」

「おい、トゥトゥ、しっかりしろ！」

そばに着くなり声をかけると、彼女たちから反応が返ってくる。

「……エリ、アス……」

「ベル……」

二人の無事を確認したベルリオットは、エリアスと顔を見合わせて笑みをこぼした。

「誰か、無事な者はいませんか！　すぐに救護を！　王都への救援要請もすぐに手配して下さい！」

エリアスが叫ぶ。その声がベルリオットには段々と小さくなっていくように聞こえた。

良かった……俺、こいつらを護れたんだよ……な……。

リズアートたちが無事だったことに安堵したためか、張りつめていた緊張が解けたようだ。突如、全身が激しい痛みに襲われ、ベルリオットは立っていられなくなった。同時に脳が焼ききれるような感覚にも見舞われ——視界が暗転した。

遥か上空へと力強く伸びる木々、優しい風に揺られる色とりどりの草花。それらの合間を縫い、またはそれらから生え出るように結晶の塊が顔を覗かせていた。結晶は青と赤色でうっすらと彩られ、向こう側がくっきりと見えるほどに純度が高い。

豊かな緑や結晶に囲まれた泉では様々な生き物が集まり、水浴びをしている。中にはアウラを纏い、楽しげに水面上をたゆたう者もいた。

どこを見ても温もりが満ち溢れている。ここは浮遊大陸の遥か上空に存在するアムールの世界だ。

「ついに……目覚めたようです」

泉の畔に立つ女が言った。足先まで伸びた長く青みがかった銀髪。染み一つ見当たらない真っ白な肌。欠点がなくなるまで何度も何度も整えられた、まるで人形のような顔。すらりとした手足は精緻な模様が描かれた水色のドレスに包まれている。

「ようやくか。ったく、おっせーなぁ」

近くの岩に一人の男が腰掛けていた。まるで流離い人を思わせる陳腐な外套に身を包んでいる。歳は四十代。精悍な顔つき、外套の上からでも窺えるほど筋骨隆々とした身体が特徴的だ。

女が穏やかな表情で言う。

「仕方ありません。そういうものですから」

「護るためにってやつか?」

「正しき力を振るうために必要な誓約です」

「ふむ、アムールってのは難儀なもんだな」

男は肩をすくめながら言った。

それに対し、女はなにも答えなかった。一度目を伏せたのち、泉の水面へと向ける。

「ここから始まるのです。差し出された光と闇を前に人は迷い、疑い、混乱することでしょう。ですから、あの子には標となって欲しい。そして願わくは我らアムールと人との架け橋になって欲しいのです」

「えらい大役を担わされちまったもんだな。あいつも」

「酷だ、と思いますか」

「そりゃあな。けどまー、ひどいとは思っても今はもう責める気にならねえな」

「どうして、でしょうか?」

「決まってるだろ。おかげであいつと出逢えたってことだよ」

「……あなたに任せて本当に良かったと思っております」

「あいにくと半ばで離脱しちまったけどな」

おどけた風に言う男だったが、その瞳には強い後悔の念が込められていた。

女が憂うように目を細める。

「あの子の力はまだ眠っています。完全に目覚めるまで、なにもなければ良いのですが……」

―第三章―
惨劇

二十五日（ティーグの日）

ベルリオットはまぶた越しに光を感じた。無意識に目を開けるが、眩しくてまたすぐに閉じてしまう。そこからはもう自分が寝ていて、これから起きようとしているのだと自覚した。

恐る恐る目を開いたのち、ゆっくりと周囲を探る。壁際に置かれた勉学用の机と椅子。部屋の中央には低めの机と青みが強い青緑色の革ソファ。空きが目立つ本棚。どの調度品も古めかしいが手入れが行き届いている。見慣れた光景……自分の部屋だ、とベルリオットは思う。

ふいに足音が聞こえてきた。部屋の扉が開けられる。おしぼりやら水入りボウルやらが載せられたワゴンが覗いた。次いでワゴンを押していた者が入ってくる。メルザリッテだ。

「――っ！」

こちらが起きていることを認めた瞬間、彼女はその場から物凄い勢いで跳躍し、抱きついてきた。

「ベル様っ！」

「ぐはっ」

ベルリオットは思い切りむせた。呆けていたところにこれはきつい。

「おいっ、メルザ――」

「良かった。本当に良かったですっ！　ベル様、ベル様……！」

腹部に顔をすりつけながら、彼女は泣きじゃくっている。

「い、いきなりどうしたんだよ、メルザ」

「どうしたもなにも、メルザはほんっとうに心配したのですよっ！　三日も目を覚ましてくれなかったのですからっ!!」

「三日も寝てた……？　俺が？」

「……はい。モノセロスと戦った、と聞きました」

メルザリッテが顔を埋めたままくぐもった声を返してくる。

モノセロスと戦った。その言葉でベルリオットはようやく意識を失う前のことを思い出した。

「そうだ。トゥトゥとあいつは……リズアートはどうなった？　あいつら俺よりも怪我ひどかったんじゃないのか？」

埋めていた顔を離し、メルザリッテが取り出した手拭で目元を拭う。

「気を失っていただけのようで傷のほうはそれほどひどくなかったようです。ベル様を連れてきてくださった時はお元気のようでした」

「そうか」

よかった、と口に出しそうになったが、とっさに呑みこんだ。

「ここにはエリアスが運んでくれたのか？」

「はい」

「じゃあ、一応礼を言わないとな。今、下にいるか？」

「いえ、その……」

目をそらされた。なにか言い辛そうだったが、メルザリッテは意を決したように口を開く。

「リズアート様とエリアス様は防衛戦の任務を終えたその日にお城へお帰りになられました」

「え？」

「以前のガリオン襲撃の件に加えて今回の件ですから、国王陛下が心配なされるのも無理はないかと」

つまり国王直々に戻るよう言われた、と。

二度も命の危険にさらされたのだから国王が過剰に反応するのは当然のことだ。懸命な判断だと言える。

「そうか……あいつ帰ったのか」

「寂しくなりますね」

目を伏せて落ちこむメルザリッテとは違い、ベルリオットは言うほど心に衝撃を感じなかった。近くこんな日が来るのだろうと、すでに心が準備していたからかもしれない。

そもそもリズアートとは住む世界が違い過ぎたのだ。繋がっていたのはライジェルという最強の騎士を父親に持っていたからこそである。ライジェル亡き今、同じ屋根の下で暮らしていたことすら奇妙な縁だったとしか言いようがない。

ただ、引っかかることがある。それはモノセロスに襲われる前、リズアートが話してくれたことだ。成人するまでに同年代の者が経験していることを自分も同じように経験したいと彼女は言っていた。

訓練校に入学した理由もそのためだ、と。

　ほんのわずかな間だったが、果たして彼女は満足に願いを叶えられただろうか。

「まあ、そのうち帰るって言ってたからな。予定が少し早まっただけだ」

　そう口にしてから、ベルリオットはなんだか言い訳をしている気分に陥った。その感情を自覚したということは、つまりはそういうことだ。ばつが悪くなり、そそくさと話題を変える。

「そういや、メルザ。俺、アウラを使えたんだ」

「エリアス様からお聞きしました。ベル様がアウラを使い、モノセロスを倒した、と。ベル様、よろしければメルザにもアウラを見せて頂けませんか？」

「あ、ああ」

　アウラを使えたこと。自分で持ち出した話題なのに、再び使えるかどうかの確認は心の底で触れまいとしていた。もし使えなかったらどうしよう、という不安が渦巻いていたのだ。しかし、それは杞憂だった。周囲の空気を取りこむ動きを思い描くと、驚くほど簡単に身体が赤い燐光で包まれた。

「目を覚ましてからさ、こうして実際に身に纏ってみるまで、あれは夢だったんじゃないかって疑ってたんだ。けど、本当だったんだな」

　メルザリッテがきょとんとしていた。

「赤色……？」

「ああ。以前、ガリオンの襲撃を受けた時、赤色のアウラを使う奴に助けてもらったって話はしたよな。たぶんあいつと同じだと思う。珍しい色だが強さは確かみたいだ。あのエリアスでも勝てなかったモノセロスを一撃で倒せたんだからな」

「もしかするとヴァイオラよりも上位のアウラなのかもしれませんね」

「だとしたら最強だな」

「赤色ですから、さしずめ《赤光階級(ルーブラ・クラス)》といったところでしょうか」

「ルーブラ……か」

いまだ体は淡く光っている。力を確かめるように両手を握りしめたのち、ベルリオットはアウラの取りこみをやめた。アウラを使えたという実感がじわじわ湧いてくる。意識するとつい口元が緩んでしまう。

ふと、メルザリッテが眉をひそめていたのが目に入った。

「……メルザ？」

「は、はいっ？」

「いや、難しい顔をしてたから」

「い、いえ。なんでもありません。ようやく、ベル様もアウラを使えるようになったのだと思うと感慨深かったもので」

「ようやくってまるで待っていたみたいな言い方だな。このままずっと使えなかったかもしれないのに」

「ベル様なら、きっとアウラを使える日が来ると信じていましたから」

彼女は相も変わらず絶対の信頼を向けてくれる。普段なら恥ずかしくてやめてくれと言っていたかもしれないが、今はひどく心地良かった。

「さて今夜はお祝いですね。張り切ってお料理作っちゃいますよーっ！」

「じゃあ、出来上がるまで俺はちょっと外に出てくるか。アウラで色々試したいしな」

「だ・め・で・すっ！」

ベッドから出ようとした瞬間、メルザリッテに思いきり押さえこまれてしまう。

「怪我人は寝ていてください！」

「いや、目立った外傷もないしお前が思ってるほど大したことないぞ？　身体もかなり軽いしな。むしろ怪我する前より調子が良いんじゃないかってぐらいだ」

「それでもです！　大体、倒れたあとに三日間も寝られたお方から大したことがないと言われても説得力がありません！　せめて今日一日は安静にしていてください」

「でもな――」

ふいにメルザリッテから真剣な表情を向けられる。

「ベル様……ベル様が運ばれてきた時、メルザは心臓が止まってしまうかと思うぐらい胸が苦しくなりました。やはりメルザもご一緒するべきだった、と」

「お前が来たってなにかできたわけじゃないだろ」

「そうですが……」

彼女はしゅんっと落ちこんでしまった。その顔には、すべてを許してしまいたくなる力がある。

ベルリオットは彼女の落ちこむ姿がひどく苦手だった。

「ったく……わかった、わかったよ。その代わり夕食は飛びきり美味いもんを頼むぜ。腹、結構減ってるみたいだからな」

腹を押さえて苦笑して見せると、メルザリッテの表情がぱあっと明るくなった。

「はいっ！　このメルザ、ベル様のために腕によりをかけて最高の料理をお作りします！」

笑っている時の彼女がやはり一番良い。

怪我をしたら心配してくれる人がいる。それがどれだけ幸せなことなのか、改めて知ることができた。だが、これほど心配させることはもうないだろう。なぜならアウラを使えるようになったからだ。

それも紫の光を超えるかもしれない強大な力を。

すべては明日から、だな。

これほど一日が長く感じたのは生まれて初めてだった。

二十六日（ガラトの日）

待ちに待った翌日、午後の演習時間が訪れた。

内容は単純な模擬戦闘だ。棒形状の結晶武器を使い、身体に攻撃を当てられるか、又は武器を破壊されれば敗北という形式で訓練区の敷地すべてを使っての生き残り戦である。

「ははっ、みんなどうした！」

「これじゃ硝子と同じじゃない！」

「硬度だけじゃねぇ！　速度も半端ねぇぞ！」

ベルリオットは赤いアウラの力を存分に発揮していた。猛然と襲いかかってくる訓練生たちを空中で翻弄する。攻撃を躱し、いなし、打ち返しついでに相手の結晶武器を破壊していく。と、瞬く間に五人もの訓練生が脱落した。

ベルリオットはすべての訓練生から注視されていた。この構図が成り立ったのは演習が始まってすぐのことだ。モノセロスを討伐したという噂。加えて、赤色のアウラを使ったという噂。ここ数日間、それらが訓練校では話題になっていたらしい。演習開始直後に噂の真偽を確かめようと一人の訓練生が挑んできた。そしてそれをあっさりと返り討ちにしたところ、このような構図になったというわけである。

「くそっ、全員でかかるぞ！」

遠目から様子を窺っていた訓練生たちが息を合わせて仕掛けてくる。前方、後方、左右の四方に加え、さらに上下からの全方位攻撃。逃げ場はない。だが、今やこちらは個体性能で圧倒している。彼らの選んだ道は愚策以外のなにものでもなかった。

ベルリオットは前方から迫りくる訓練生に突っこんだ。驚愕に目を瞠る相手の結晶武器を即座に破壊し、瞬時に振り返る。先ほどまでベルリオットが浮遊していた場所に訓練生たちが固まっていた。彼らとの距離を一瞬で詰める。構えられた得物をなぞるようにベルリオットは自身の結晶武器を振るう。直後、複数の乾いた破砕音が重なり合った。手から武器の感触を失った訓練生たちが呆気に取られている。

「モノセロスを倒したという噂は本当だったのか……」

眼下で教師も目を丸くしている。

はは……！　いつも俺を馬鹿にしてた先生も驚いてるぜ。

いつも見上げるだけだったが、今はこうして同期生と同じ。いや、それ以上の場所に立っている。

良い気分だった。

と、周囲の空気が乱れた。

「ごめん、ベルッ!!」

「もらったぜ、ベルリオットォオッ!!」

訓練校序列第四位のナトゥールと同六位のモルスが、後方から揃って挟撃を仕掛けてきた。モルスは上空からの振り下ろし、ナトゥールは下方から突き上げる形だ。

「悪い――」

ベルリオットは振り向きざまに自らの結晶武器でナトゥールの突きを受け止めた。押し出すようにしてモルスの突撃線上から離れる。

「来るの、実は気づいてた」

「よ、避けんじゃねえ！」

モルスが勢いのまま下方へと通り過ぎた隙にベルリオットはナトゥールの棒結晶を上へと払い、無防備な頭にちょこんと一突きする。

「負け……？」

「負け」

「う～」

痛くない程度に小突いたはずなのに恨みがましく睨まれてしまった。

「ベェエエルリオットォォォォォオッ！」

体勢を立て直したモルスが物凄い勢いで下から突っこんできた。色が薄めとはいえ、モルスは《黄光階級(フラウム・クラス)》だ。ほかの訓練生に比べ、彼の結晶は比較にならないほど硬い。

モルスは頑丈そうだし、試しにちょっとだけ本気を出してみるか。

そう逡巡しているうちにモルスがすぐそばまで迫っていた。突きの構えで向かってくる。直情的なモルスの性格は攻撃方法を読みやすい。おそらく牽制や惑わすための攻撃ではない。なら――。

ベルリオットは大上段に構えたのち、自身の棒結晶を思いきり振り下ろした。目前まで迫っていた相手の棒結晶を難なく破砕する。

「ごっ⁉」

さらにその先に控えていたモルスの顔面を捕らえた。そのまま容赦なく棒結晶を振りきると、モルスが猛烈な勢いで落下していき、鈍い衝突音とともに地上に激突した。大量の芝と土が飛び散る。モルスはうつ伏せで不恰好に倒れたままぴくぴくと動いているが、すぐに起き上がってくる気配はない。

「勝者、ベルリオット！」

モルスの気絶を確認した教師が演習の終わりを告げた。

倒れたモルスを見ながら、ナトゥールが表情を強張らせる。

「う、うわぁ……」

「男だし、モルスだからな。しょうがない」

「モルスに生まれなくて良かったって心の底から思ったよー……」

悪意はないのだろうが、彼女もひどいことを言う。

とにかく《赤光階級(ルーブラ・クラス)》の結晶ならば、《黄光階級(フラウム・クラス)》の結晶でも容易く破壊できることがわかった。

大きな収穫だ。それに――。

「ナトゥールだけじゃなくてモルスまでやっちまいやがった！」

「もう《帯剣の騎士》なんて呼べねぇじゃねえか」

「こりゃあイオルすら食っちまうんじゃねぇのか！」

「やっぱりあいつは《剣聖》の息子だったってことか！」

「私、ベルリオットはいつかやるって信じてたのよ！」

ライジェルの息子、というのは余計だし、信じていた、という言葉は明らかに嘘だろう。だが、あちこちから聞こえてくる賞賛の声が気分を最高に心地良いものにさせてくれた。

まだ授業中なのを忘れ、ベルリオットは空高くへと飛翔する。王都のすべてを視界に収めると、思いきり息を吸いこんだ。すぅっと清涼感のある冷たい空気が腹一杯に満ちた。ゆっくりと息を吐き出してから眼下に広がる王都をもう一度じっくりと眺める。

これまでの日常はどこか無機質で、それでいて圧迫感のあるものだったが、今は、これからは違う。

ライジェルの息子なのに、なんて言葉はいらない。

帯剣の騎士、なんて蔑称はいらない。

アウラを使う一人の騎士として。ベルリオット・トレスティングとして生きることができるのだ。

腰に携えた剣を手に取り、天空に向かってかざした。強く、柄を握る。

やっと……やっとだ……。

止まっていた時間がようやく動き出した。そんな気がした。

二十七日（シェトの日）

翌日、ベルリオットはナトゥールとともに校舎間を繋ぐ回廊を歩いていると、二人の訓練生に道をふさがれた。どちらも下級生の女子で小柄な体型だ。

もじもじとしながら上目遣い気味に話しかけてくる。

「い、いきなりですみません！　私、ロロン・ヴィークルって言います」

「私はレジー・フェイルーです！」

「あの……」「えっと……」

「握手してくださいっ」

頭を下げながら勢いよく手を差し出された。

「あ、ああ。構わないが……」

ぞんざいに扱うわけにもいかず、順番に握手を返した。

ごつごつした感触はない。どちらも小さくて、少ししっとりとした柔らかな手だった。

「あ、ありがとうございます！」

蕾が今まさに花開いたような笑顔を返される。なんとも照れくさい。

きゃあきゃあと大げさに声をあげながら、二人の下級生が嬉々とした様子で去っていく。その後ろ姿を呆然と見つめていると、隣で様子を見守っていたナトゥールから細めた目を向けられる。

ベルリオットは居た堪れなくなったので歩みを再開した。だが、彼女の追求は止まらない。

「ねえ、ベル。これで何人目？」

「……覚えてないな」

「覚えきれないほど多いもんね」

呆れたように言われた。

実は同じようなことを今朝から何度か経験していた。おそらく昨日の演習において訓練校の序列上位者であるナトゥールとモルスを倒したという話が広まったからだろう。

「けど、ここまで掌を返すような態度だと素直に喜んでいいのかわからないな」

悪い気はしないが、ろくに知らない人間から賞賛されたところで一時の悦しか得られなかった。

ようやくアウラを使えるようになった。強大な力を身につけた。結果、多くの人に認められた。

このうえ自分はなにを求めているのだろうか。なにが不満なのだろうか。

上手く言葉にできないが、心の中になにかが引っかかっていることだけははっきりと感じていた。

「仕方ないよ、急激な変化だったもん。私も一気に追い抜かれちゃったし。はぁ～……これでベル専用の運び屋も終わりかぁ。ちょっと寂しいかも」

「俺としては最高の気分だ」

「薄情だね？」

むっとした表情を向けられる。

「なにが薄情だ。そりゃあ今までトゥトゥには何度も運んでもらって感謝してるけどな。それでも誰かに運ばれるってのはすげー恥ずかしいんだぞ。というか惨めな気分になる」

「そうかな？　リズ様みたいな運び方だったらともかく――」

ベルリオットは反射的に顔をしかめてしまった。それに目ざとく気づいたナトゥールが紡いでいた言葉を中断させた。うつむきながら、ばつが悪そうな顔をする。

「……ごめん」

「なんで謝んだよ」

「だって」

言いかけて、ナトゥールが開きかけた口を閉じた。続きを言わないのはこちらに配慮してのことだろう。わずかに重くなった空気を払拭するように彼女は笑みを浮かべる。

「リズ様、元気にしてるかな」

「さあな」

「寂しい？」

「メルザは寂しがってたけどな。俺は別に」

「ふーん……」

なにか意味ありげな表情をするものだから「なんだよ？」とぶっきらぼうに問いかけてみると、「なんでもないよ」とはぐらかされてしまった。気にはなったが、それ以上の追求は言い得ぬ危険を孕んでいると本能的に感じ取ったため、ベルリオットは素直に手を引いた。

「あ、そうそう。リズ様と言えばもうすぐ誕生祭だね」

「そういや、もうすぐ誕生日だって言ってたな。たしかそれから本格的に政務に参加することになるって」

「言ってたって……誕生日のことリズ様から聞いたの？　王族の誕生日は授業で習ってるはずだよ？」

「あ～……なら、その授業の時は寝てたかもな」

「時は、じゃなくていつも寝てるじゃん。だめだめだよ」

「わかったわかった。これからちゃんとする」

「もー、ほんとかなー」

疑いの目から逃れるため早々に話題を戻す。

「それで、あいつの誕生祭がどうしたって？」

「うん。だから、今年の誕生祭は大々的に行われるんだよ。ちょうど次の《安息日》に重なったっていうのもあるみたいだけどね」

「当日の王城騎士はさぞかし忙しいだろうな。前日の《災厄日》は防衛線に出征して翌日の《安息日》には王都へ戻るんだぜ？」

「仕方ないよ。王族は騎士の護るべき象徴だし、騎士が護るべき国と民は王族ありきだもの。すべてを満たそうとするなら騎士が忙しくなるのは当然のことだよ」

「まったく王族様々だな」

「べ、ベルっ。滅多なこと言わないのっ！　誰かに聞かれたらどうするのっ」

面と向かって王族であるリズアートに敬意を払っていなかった身としては、いまさら取り繕うのも手遅れだと思った。国王がどうかはわからないが、そもそもこんな言葉一つで彼女が誰かを裁こうとする人間ではないことをベルリオットはよく知っている。

ふと思う。これは彼女に敬意を払っているのと同じ見解なのではないか、と。

それに気づいたベルリオットはなんだか可笑しくて、つい口元を緩めてしまった。

いまだ慌てるナトゥールの髪をくしゃりと撫でる。

「心配いらねえよ。幸い、俺は不敬罪にはならないらしい」

「らしい？　ん、んー？」

首を傾げるナトゥールを置いて先を行く。と、前方に見知った顔を見つけた。イオルだ。

先日の南方防衛線への遠征以降、初めてその姿を目にした。だからか彼を見た途端、なにか違和感を覚えた。いつもは威風堂々としているのに、今のイオルからはそれが感じられなかったのだ。

本来なら話しかけるのも避ける相手だが、

「おい」

なぜか自然と声をかけてしまった。

だが、イオルは横を通り過ぎていく。まるで声が聞こえていないかのような態度だ。

「無視かよ」

「……ん？　なんだ、ベルリオットか」

ようやく気づいたらしく、イオルが足を止めた。

「何か用か？　悪いが、俺はきさまのように暇ではない。用があるなら手短にな」

先ほどまでの憂い顔はどこへやら、嘲り笑われた。別に心配していたわけではないが……。

やっぱむかつくな、こいつ。

ベルリオットはどうにか一泡吹かせられないかと考え、あることを思いつく。

「なあ、イオル。俺と一戦やってみないか？」

「俺とお前が？　はっ、笑わせる」

わざとらしく笑いをこらえるような仕草をされた。

「力のない奴がある日突然なんらかの力を持てば調子に乗るというが、どうやらきさまはその典型的なタチのようだな」

「んだと？」

「ちょ、ちょっとベルっ！　落ち着いて！」

掴みかかろうとしたところ、寸前でナトゥールに押さえられた。

そんな光景すら興味がないとばかりにイオルがこちらに背を向けてくる。

「なんだよ、逃げるのか？　あ〜、そうか。お前、俺に負けるのが怖いんだろ？」

「せいぜい好きなように吠えるんだな。きさまは俺と対峙するに値しない」

　そう言い残し、去っていった。

　イオルなら間違いなく挑発に乗ってくると思ったのだが、相手にすらされなかった。

　ベルリオットは思いきり舌打ちをする。

「んだよ、イオルの奴。すましやがって」

　自分は強大な力を得た。それはエリアスでさえ歯が立たなかったモノセロスを倒せるほどの力だ。間違いなく訓練校最強と謳われるイオルでさえも凌駕している。だから、イオルが勝負から逃げたのも無理はない。

　そう心では折り合いがついているのに、ひどく胸糞が悪かった。

二十八日（ティーザの日）

　リヴェティア王城は、そのすべての建造工程に天才芸術家ベッチェ・ラヴィエーナが関わったとされている。後にも先にも彼女が関わった大型建築はリヴェティア王城に限られる。その事実がリヴェティアという国の格を高めているのは言うまでもない。

　リヴェティア王城は三階層から成る。多くない階層だが、すべての階層が天井高に造られているため、王都ではもっとも高い建築物となっている。第一階層には大広間や叙勲式（じょくんしき）なども行われる王室礼拝堂など。第二階層には来賓を持て成す晩餐の間、舞踏の間など。第三階層には国王への謁見の場である玉座の間、前庭を見下ろせる天空の間が存在する。

すべてが荘厳に彩られているが、各部屋を繋ぐ通路の造形にもいっさいの妥協がない。中でも壁面に彫られた幾何学的模様は美しいの一言しか出てこなかった。

「一度訓練校の制服に慣れちゃうと、この格好が窮屈に思えて仕方ないわ。どうにかならないかしら」

そう愚痴をこぼしながら、リズアートは大階段を使って二階層から一階層へと向かう。

訓練校の時とは違い、まるで織物のように精緻に編みこんだ髪を後ろで一つに纏めていた。また純白のドレスで包んだ身を煌びやかな宝石の耳飾りや豪奢な首飾りで綾なしている。

右後ろに続くエリアスが困惑の表情を浮かべる。

「そう仰いましても……姫様は姫様なのですから仕方ないかと」

「ねえ、エリアス。前にも言ったけど、あんまり真面目すぎるとモテないわよ」

「別に男になど興味はありませんからなにも問題ありません」

「せっかく良い生地してるのに勿体ないわ」

「結婚して子を持ってしまえば騎士を辞めなければなりません。それは困ります」

「どうして？」

「姫様の護衛ができなくなりますから」

言って、エリアスが微笑を浮かべた。

彼女からはアウラや剣の扱い方などの戦いにおいて必要な技術をたくさん教わった。付き合いも長く、もっとも信頼を寄せている騎士だ。そんな彼女から「姫様のために騎士を続けている」ともとれる言葉をもらって嬉しくないわけがない。ただ、不意を突かれたのは面白くなかった。

「はっ、まさかそういう趣味っ？」

リズアートは両手で自分の体を抱いて大げさに演技してみせる。

初めは首を傾げるエリアスだったが、やがて意味を理解したのか一気に顔を赤らめた。

「ち、違います！　私は普通に異性が好きです！」

「へー、エリアスって実は男好きなのね」

「あっ、いや、あの、違いますっ！　異性が好きというわけではなく……あっ、そうなのですが、いや、あ、ああもうっ、とにかく違うんです！」

取り乱したエリアスはとても可愛かった。とはいえ普段の真面目な彼女を知っていると笑いが止まらない。

「ごめんごめん、冗談よ」

「ひ、ひどいです姫様……」

からかわれていたことを理解し、エリアスはようやく平静を取り戻していた。

恨みがましい目を向けられながら、リズアートは階段を下りる足を再び進める。

「そういえば、ベルリオットの容態はどうなの？」

ふと口から疑問が漏れた。

「数日前に目を覚ましたとの報告を受けました。もともと怪我らしい怪我はありませんでしたし、起きてからは問題なく過ごしているようです」

「そ、なら良かったわ」

表には出さなかったが、本当は心の底から安堵した。

「直接は見ていないけれど……彼、使ったのよね。赤いアウラを」

「はい。以前、姫様が襲撃に遭った時に赤いアウラの話は伺っていましたが……信じられないほどの力でした。我ら王城騎士が束になっても敵わなかったモノセロスをたった一撃で葬ってしまったのですから」

「私が見た赤いアウラ使いの力もすごかったわ。報告した時、実は控えめに言ったの。たぶんだけど、あの赤いアウラ使いの実力はグラトリオよりも数段上だわ」

「ベルリオット・トレスティングと同一人物だった、という可能性はないでしょうか？」

「ないわ。知り合いという線も薄いわね。だって彼も驚いていたもの。あの時の顔に嘘偽りはないと思う」

それにベルリオットは危険を顧みずに助けに入ってくれた。あの時の必至な顔は本物だった。わざわざ実力を隠していたとは思えない。

ちょっとひねくれてはいるけれど……。

「彼、根は真っ直ぐだから隠し事するのは向いてなさそう」

「私にはただの不真面目人間にしか見えませんでしたが」

たしかに真面目なエリアスとは正反対な人だった。

なんだかそれが可笑しくて、リズアートはつい口元を緩めてしまう。

……あー、だめだなー。

あの雑な話し方なんて本当に彼の父親であるライジェルにそっくりだ。接していて他人という感じがしない。不思議な空気を持っている。

――もう少しの間、近くで彼を見ていたかった。

それはトレスティング邸を出てから何度も浮き出た心の声だった。けれど、もう叶う願いではない。また今回も心の奥底へと無理矢理に仕舞いこむ。

長い大階段を下り終えたのち、一階層の回廊へと出た。ここから窺えるのは迎賓館前の中庭だ。綺麗に刈りこまれた芝、周りを囲む色とりどりの花々、中央に配された控えめな噴水は目にするだけでも清涼感を覚えさせてくれる。

「それにしても礼拝堂に来いだなんて。お父様、いったい何の用なのかしら。今日は《災厄日》。しかも時間は正午前。最悪の時間帯じゃない」

「とはいえ、防衛線がある限り王都は平和そのものですから」

「まあ、そうなんだけど」

面倒な話じゃなければいいなー。

リズアートはため息をつきながら心の中でそう悪態をついた。

回廊から城内通路を進み、ほどなくして王室礼拝堂前に到着した。入り口の重厚な扉前には六人の王城騎士が見張りに就いている。

……変ね。いくらお父様がいるとはいえ、少し多すぎないかしら。

リズアートは不信に思っていたものの追求しなかった。国王に会えば事情がわかると確信していたからだ。

王城騎士から敬礼を向けられる中、扉を開けた。ひんやりとした空気が肌を撫でる。

一度に二百人の収容が可能な王室礼拝堂は相応に広い。着色された窓硝子から広間に陽の光が射しこむ。それが礼拝堂に静謐な空気をもたらし、また神秘的な雰囲気を醸し出させる要因となっていた。

赤絨毯の敷かれた幅広の身廊の先には精緻に彫りこまれた像が飾られている。サンティアカ教が祀る女神ベネフィリアである。その像の手前、祭壇近くに二人の男性が立っていた。

レヴェン・タキヤ・リヴェティア国王と、その護衛ユング・フォーリングスである。

「待っていたぞ」

重みのある声でレヴェンが迎えてくれた。

彼は精悍な顔立ちだ。知らぬ人が見れば騎士と間違えてもおかしくはない。とはいえ、今は一国の王らしく豪奢な衣服を身に纏っているため、そうはいかないが。

一方、ユングは深緑の騎士服に身を包んだ長身痩躯の青年だ。眼鏡をかけ、腰まである髪を後ろで一つに結っている。中性的な顔立ちのため、女性に間違えられることも少なくないという。外見からは想像できないが、彼の騎士団内序列は二位と実力は確かである。

「では陛下」

「ああ。頼んだぞ」

恭しく頭を下げたユングが早々にレヴェンのそばを離れた。

「殿下。失礼いたします」

「え、ええ……」

思わず呆気に取られてしまい、リズアートは開いた口がふさがらなかった。

レヴェンのそばをユングが離れるところなど就寝時を除けばほとんど見たことがない。就寝時にしたって過剰な数の王城騎士を見張りに就けるのだ。いくらエリアスがいるとはいえ異例の事態だった。

これから話されることに関係しているのか。

それともほかの大きな問題が関係しているのか。

推理しはじめたリズアートの脳にレヴェンの声が割って入ってくる。

「では行こうか」

「お待ちください。事情を説明して頂けないでしょうか?」

「なんの事情だ?」

「ユングをそばから離したことです」

「いやなに、ユングにしか頼めんことを頼んだだけだ。護衛のことを気にしているのならいらぬ心配だ。代役はあとでちゃんと誰かに頼む」

平然と言った。

やましいことがあったとしても簡単には顔に出さない。それがレヴェンという男だ、と娘であるリズアートはよく知っている。煙に巻かれてしまうことも多い。だが、今回ばかりはそうはいかない。嫌な予感というものをここまで覚えたことは生まれて初めてだった。レヴェンの瞳をじっと見つめる。

「……ふむ」

呆れた風に装いながらもさほど困ってはいなさそうだった。

まるで聞かれるのを待っていたような、そんな感じだ。

「いいだろう。但し道すがら話す。ついてきなさい」

「陛下、私も同行して構わないのでしょうか？」

「もちろんだ、エリアス。もしユングがいなければ、そしてリズアートの護衛の任がなければ私は君に護衛を頼んでいた。それほど信頼している」

「勿体無いお言葉……」

「それに今は君一人だ。私の護衛も頼む」

「はっ！」

「では、行こうか」

リズアートはエリアスとともに先行するレヴェンに続く。

礼拝堂を区切る石柱の脇を通り、身廊（しんろう）から側廊（そくろう）へ。もっとも奥側にある木造扉を抜け、階段を下りると細長い部屋に出た。ここはちょうど礼拝堂祭壇の下に当たる。古びた長机や椅子、書棚があるだけの物寂しい感じがする部屋だ。

部屋の最奥に置かれたもっとも大きな書棚。その前に立ったレヴェンが最上段の左端の本と最下段の同じく左端の本を手前に倒した。その後、書棚を左側面から右側へと押しはじめる。

書棚がゆっくりと右側へずれていくと、石造扉が姿を現した。扉の中心部にはオルティエ水晶が埋めこまれている。そこにレヴェンが手を当てると水晶が発光し、重々しい音を鳴らしながら扉が上方へとずれていく。やがて現れたのは人一人が通れるほどの穴だった。先にはうっすらと下り階段が見える。

「こんな仕掛けがあったなんて……」

「知っているのは騎士団ではユングのみだ」

リズアートは生まれた時から城に住んでいる。だから、自分が足を踏み入れていない場所なんてない、とそう思っていた。

駄々をこねて騎士たちにかくれんぼをしてもらった時だって誰にも見つけられたことがない。いつまで経っても見つけられなかったために王城騎士による大規模な捜索部隊が組まれたのは良い思い出だ。

「暗いから足下に気をつけなさい」

燭台がいくつかあるだけで灯りは心もとなかったが、見えないほどではない。

石に囲まれた階段。薄ら寒い。戸惑いながらも、レヴェンのあとを追う。

「さて、先ほどの話だが」

下りはじめて間もなく、レヴェンが話を切り出した。

リズアートはごくりと喉を鳴らした。

「黒導教会は知っているな」

「……はい。シグルを信仰している邪教ですね」

忌むべき存在として知っている者は少なくない。死によって人は救われる。自らを、人を死へと誘う者だと信じて疑わない彼らは数多くの殺人事件を起こしてきた。

黒導教会。

その名を口に出すことは憚られている。

「先日、お前が王都内で襲撃を受けたことがあっただろう。あの件、どうにも腑に落ちなくてな。知己の聖堂騎士に調べてもらったのだが……どうやら黒導教会の仕業らしいことがわかった」

聖堂騎士はサンティアカ教会の私兵であり、メルヴェロンド大陸を護る騎士でもある。

黒導教会が絡んでいるとなれば対立関係にある教会は協力を惜しまないだろう。だが、なぜ聖堂騎士なのだろうか。調べるだけならリヴェティア騎士団でも問題はないはずだ。

ふと自身が抱いた疑問にリズアートは違和感を覚える。しかし会話がすぐに再開されたため、そちらに意識が向いてしまい違和感の正体を突き止めることはできなかった。

「黒導教会が……ですが、姫様が襲われたのはシグルそのものだったはずでは？」

エリアスが言った。

「ええ。ただ思い出してみると、あのシグルたち変だったのよね。妙に統率が取れていて……でも、もし黒導教会がシグルを呼び出し、操ることができたとしたら説明がつくわね」

「ですが奴らにそんな力があるとは見たことも聞いたことも――」

「だから、最近できるようになった。そういうことじゃないの？　どうですか、お父様」

「断定はできないがな。私も、調査をした聖堂騎士も同じ意見だ」

「そんな……」

エリアスは驚きを隠せないようだった。もちろんリズアートも同じ心情だ。

その気になれば黒導教会は王都にシグルを出現させることができるという。考えただけでも恐ろしかった。

リズアートは訊く。

「奴らの所在は掴めているのですか？」

「うむ」

「なら今すぐにでも！」

「まだ手を出せん」

「どうしてですかっ？　このまま放置していてはまた新たな被害が出ないとも限りません」

「思っていたより奴らの戦力が大きいようでな。国内外でかなりの人数が関わっている。奴らの捕縛には各大陸の王にも協力してもらわなければ対処できないのだ」

レヴェンは続ける。

「それに、これほど多くの情報を掴めたことは過去に類を見ない。これは奴らを一網打尽にできるまたとない機会。それゆえ慎重に事を進めようというわけだ」

「ではフォーリングス卿にお与えになった任とは」

「うむ、各大陸の王への協力要請。その旨をしたためた密書を届けてもらうためだ」

動かせる力という点において国王であるレヴェンに敵うものはいない、とリズアートは思っていた。いや、自分だけでなく、王国の誰もがそう思っているだろう。しかしそのレヴェンが迂闊には手を出せないという。

それほどの力を黒導教会は持っているというのか。

想像以上の存在だったことを知り、リズアートは恐怖よりも不安が募った。

ほどなくして階段を下りきると円形の広間に出た。古びた石壁には腕ぐらいの太さの線が下から上へ向かって幾状にも彫られていた。窪みからは薄い白光が明滅し、まばゆく広間を照らしている。

「ここは……」

「この光、アウラに似ていますね」

「似ているもなにもアウラそのものだ」

白いアウラなんて見たことがない。

これがアウラ……？

リズアートが気を取られている間、レヴェンが壁面に埋めこまれた掌大の水晶に手を当てていた。

それは飛空船の操縦席に見られる半球型のオルティィエ水晶と酷似したものだ。レヴェンの身体から水晶へと緑色の光が伝わる。と、音もなく緩やかに地面が下がりはじめた。

「さて、そろそろ本題に入ろう。リヴェティア王室。いや、すべての大陸の王が各大陸を二千年近くも統治できているのはどうしてかわかるか？」

それは王であるから、という理由が真っ先に出てきた。なにも考えていなかったわけではない。当然の事実としてリズアートは受け止めていたのだ。

少し考えたい。時間稼ぎではないが、考えがあるなら先に答えて、という目をエリアスに向けた。

うなずいた彼女が口を開く。

「シグルという明確な敵がいるからではないでしょうか？」

「たしかにそれも理由の一つだろう。ただ、そのシグルの対応について責を問われることもあるはずだ。王政を疎かにして良い理由にもならない。王たちも人間。失敗もある」

そう答えてからレヴェンがこちらに目を向けてきた。お前の意見はどうなのか、と訊かれているのだ。

「原初の王に力があったのだと思います。そしてその血筋の者たちによる統治が長く続いたために神格化され、決して侵してはならない存在となっていった。……違いますか？」

「少し違うな。侵してはならない存在となったのではなく、初めから侵してはならない存在だったのだ。もっとも、今ではその理由を知らぬ者ばかり。その点ではお前の意見——神格化されたという理由もあながち間違いではないだろう」

「教えてください、お父様。いったいどんな理由が」

「そう焦らずとも教えてやる。王たちが王であらねばならぬ理由。それが、これだ」

「なっ！」

視界が開けた途端、リズアートは目を瞠った。

レヴェンの背後にとてつもなく大きな空洞が広がっていた。冗談ではなく王城がすっぽりと入ってしまうのではないか、と思うほどだ。広間中央に置かれた台座には圧倒的な存在感を放つ巨大な結晶塊が鎮座していた。白い靄のようなものを纏い、ほのかな白光を宿している。

結晶塊の置かれた台座から床、壁面へと向かってまるで樹木のように無数の線が彫られていた。それらもまたほの白い光を発しながら緩やかに明滅している。

「これは《飛翔核》……？」

「いかにも」

大陸を浮遊させている動力機構――《飛翔核》。

知識として誰もが知っている物だが、実物を見た者はほとんどいないだろう。その役割自体は教わりながら《飛翔核》がどんな形をしていて、どこにあるのかという情報は秘匿されていたのだ。幼い頃からそういうものであると割りきり、興味を持つこともしなかったのだが……。

「まさか城の地下にあったなんて」

「なんて巨大な……」

エリアスも目を丸くしていた。

やがて、乗っていた床が空洞の地面に接触するとともにその動きを止めた。レヴェンが《飛翔核》のもとへと歩いていく。周囲を窺いながらリズアートもエリアスとともにあとを追った。

《飛翔核》の置かれた台座前まで来ると、しゅるしゅると風を切るような音が耳をついた。どうやら《飛翔核》が纏っている白い靄から発せられているようだ。

台座の手前には腰ほどの高さを持った円柱が二つ、下から伸びている。上部には人の顔よりも少し大きいぐらいの水晶が埋めこまれている。

円柱の間に立ったレヴェンがこちらに振り返った。

「王には一人しか子を作ることができないという制約が存在する。そしてその制約のもとに王たちはある力を継承してきた」

言いながら、円柱に埋めこまれた二つの結晶に両手を触れさせる。

「それがこの力。《運命の輪》のアウラを《飛翔核》へと注ぐ力だ」

直後、白い光がレヴェンの身を包みこんだ。いや、違う。右手から流れこんだ大量のアウラが左手から放出されているのだ。そうリズアートは直感した。

うっすらとした《飛翔核》の白光。それがみるみるうちに眩いものへと変わっていく。呼応するように台座から周囲の壁に伸びていた樹木のような白光も強さを増した。

《運命の輪》から大量のアウラを注ぎこまれた《飛翔核》からは、まるで生き物が胎動するかのような力強さを感じられた。

本日はもっとも大陸が下降する《災厄日》。

そして今は下降していた大陸が上昇を始める正午。

いつも自然と《運命の輪》から《飛翔核》へとアウラが注ぎこまれるものだと思っていた。

だが、違った。それらを王が繋いでいたのだ。

それはつまり大陸を生かしているのは王ということでもある。

この事実を知った時、リズアートは自分の命の重みを知った。

九月一日（リーヴェの日）

王都の民がいっさいの危険を感じることなく《災厄日》が過ぎ、迎えた《安息日》。王都リヴェティアでは王女リズアートの誕生祭が行われていた。

ストレニアス通りでは派手な衣装に身を包んだ者たちが絶えず行進している。演奏を披露する者たちもいる。そしらぬ顔で混ざる大道芸人も少なくない。時おり騎士たちも姿を見せ、行進する。その時は歓声がひと際強くなった。

行進の脇では建物に沿うように多くの人が往来している。普段は目にしない露天商がたくさん見られた。手に持って歩けるような軽食であったり、リヴェティア独自の工芸品であったり、様々な物が売られている。

近年、これほど盛り上がったことはないかもしれない。それほど王都は盛大に賑わっていた。

人の波に流されるまま、ベルリオットはだらだらと歩く。

まいったな……。

つい先刻、一緒にいたナトゥールとはぐれてしまったのだ。この雑踏とした中、再び合流するのは運がなければ難しい。どうするか、と自問した瞬間、

「きゃっ」「うおっ」

右手側から誰かに突き飛ばされた。人ごみから外れ、路地に弾き出される。とっさのことだったのでろくに受身も取れずに背中から地面に倒れた。

「ってぇ……」

言うほど痛くはなかったが、予想外かつ理不尽な出来事に愚痴をこぼさずにはいられなかった。

ふと腹に重みを感じた。もぞもぞとなにかが動いている。それになんだか柔らかい。ベルリオットは恐る恐る頭を起こして確認してみると、腹の上に人が乗っていた。子どもだろうか。かなり小柄な体型だ。

「いたたー……って、ん？　あんまり痛くないや」

むくりと頭を持ち上げるなり、その者が首を傾げる。さらりと揺れた髪は見たこともない緑色をしていた。さらに濃淡が存在し、根元から遠ざかるほど薄くなっている。ただ、その身を覆う鈍色外套の中に髪が及んでいるため、毛先がどのような色をしているのかはわからなかった。

容姿は暗紅色の大きな瞳に小さめの鼻が特徴的だ。あどけない感じがまだ残っているが、胸にはたわわに実った二つの膨らみがあった。

先ほどの柔らかい感触はこれか、とベルリオットは心の中で冷静にうなずく。しかし、小さな体にこの胸とは……まったくもって不均衡な造りである。

少女が緩衝材代わりにしたベルリオットの腹を目を瞬かせながら見つめていた。それから徐々に視線を上げていき――ようやく互いの目が合った。ベルリオットはぎりっと睨みつける。

「おい」

「うわっ！　睨まないでこわいこわいごめんなさいごめんなさい！」

わめきながらぐりぐりと顔面を腹に押しつけてくる。

「あー……もういいから早くどいてくれ。重い」

「お、重いーっ!?　ぼくそんなに重くないよ！　たしかに胸は結構あるけど……でもでもお腹はきゅっとしまってるよ！　脚だってすらっとしてるし！　こんのー！」

先ほどの怯えた様子はどこへいってしまったのか。今度は乗っかったままぽかぽかと腹を叩かれる。

ちなみにまったく痛くない。

なんか面倒な奴に絡まれたな……。

「わかったわかった。お前は重くないどころかすっげー軽い。おまけに最高の身体だ。これでいいか？」

「えっ、そ、そんな目でぼくを見ていたの？　た、たしかにぼくの身体はすごいからね。いやらしいことを考えちゃうのは仕方ないかもしれないけど」

「あー、くそっ！　なんなんだお前は、めんどくさい奴だな！」

もう無理矢理にでもどかしてやる。そうベルリオットが決意して少女の脇を抱えようと両手を伸ばした、その時。少女がぴくりと身体を震わせた。

「はっ、この気配はっ！」

言って、少女が素早い動きで抱きついてきた。こちらが驚愕の声をあげるのも構わずに彼女はぐるりと身体を横回転させ、体勢を入れ替えた。つまりベルリオットが少女に覆い被さる格好だ。

「お、おい！　なに考えて――」

「シッー！　少しだけ静かにしてて！」

そこに先ほどまでのとぼけた雰囲気はない。真剣そのものだった。

様子から察するに誰かに追われているのだろうか。こちらの背後を覗くように少女はちらちらと大通り側へと視線を送っている。緊迫した状態。そう認識していることは少女の速い鼓動からもわかる。

ただ、別の意味でベルリオットも緊迫していた。息遣いが聞こえるほど少女の唇が近いのだ。緊張しているからかその息は荒く、くすぐったく感じる程度に肌に当たる。また少女の甘い匂いが鼻腔をくすぐり、脳をとろけさせていく。

ふと視線を下げると、自身の鍛えあげた胸筋が少女の豊満な乳を蹂躙もとい押しつぶしていた。むにゅっとした感触に加えて形の変わった乳が触覚、視覚の両方から脳を刺激してくる。

普段、メルザリッテによく抱きつかれているので女性に免疫がないわけではない。だが、見知らぬ人が相手だったり、こうした予想外の出来事にはどうやら弱いらしい。今、自分でも初めて知った。

これ以上は……まずい。

「お、おい。まだか」

「もー少しだけ」

潤んだ瞳で懇願されては断るわけにはいかなかった。

いやな汗をかきながらしばらく待っていると、背後の雑踏の中から気になる会話が聞こえてきた。

「そちらはどうだった⁉」

「申し訳ありません。それらしき姿を見つけたと思ったのですが……」

「まったく、いったいどこへ行ってしまわれたのだ」

やけに勇ましい女性の声だった。会話の内容から誰かを捜しているということはわかった。

声は遠ざかっていき、やがて聞こえなくなる。

「よし、もういいよっ」

少女の合図で、どちらからともなく身体を起こした。動揺していたことを知られたくなかったため、ベルリオットは平静を装いつつ即座に立ち上がる。

「いきなりごめんね。それとー、ありがとっ」

言いながら、少女が屈託のない笑みを向けてくる。

ベルリオットは「おう」と端的に答えるだけに留めた。それから自身の服についた砂埃を淡々と払い落としていると、少女が恐る恐るといった感じで訊いてくる。

「訊かないの？」

その問いは、なぜ追われていたのかについてだろう。

「ん、ああ。なんか事情があるんだろ？」

「うん、そうだけど」

「だったら別に無理して話す必要ないだろ」

「そっか……うん、そうだよね。ふふっ、予想通りの人だなぁー」

「予想通り？」

「ううん、なんでもなーい！」

あからさまなとぼけ方だったが、追求する気は起こらなかった。訊いたところで教えてくれそうな雰囲気ではなかったし、なにより彼女が悪巧みのできるような人間には到底思えなかったからだ。

「よーし、目的も果たしたし！　あと少しだけ遊んでくるぞぉー！」

意気揚々と片手を挙げた少女が大通りへ戻らんとこちらに背を向ける。その拍子に少女の後ろ髪に砂埃がついているのを見つけた。

「あ、ちょっと待て。そのままじっとしてろ」

「んっ」

髪を払われる間、少女はぎゅっと目を瞑っていた。なんだか子どもの髪を洗っているかのような気分だ。

「さっき寝転んだ時のだな。よし、これでいい」

「へへ……ありがとう」

はにかみながら少女が上目遣いを向けてくる。愛らしいそのしぐさに、ベルリオットはなんだか照れくさくなった。誤魔化しついでに彼女の髪をくしゃくしゃと撫で回す。

「あー、ぐちゃぐちゃにしたー！」

「ははっ、お前にはそのほうがお似合いだ」

「むーっ！　良い人だって思ったのにー！」

「自分で言うのもなんだが俺の性根は曲がりまくってるからな」

「まったくその通りだよっ！」

怒っているのか笑っているのかわからないような複雑な表情を浮かべながら少女が一歩下がった。

「それじゃあね」

「ああ、また誰かに体当たりなんかしないよう気をつけろよ」

「わかってるよ、もー」

ぷくーと頬を膨らませる。

ベルリオットは人付き合いが苦手だと自覚している。だが、いつの間にか少女に心を許していた。からかいたくなるのはもちろんだが、なぜか憎めない。不思議な雰囲気を持っている。

少し離れたところで少女が振り返り、満面の笑みを向けてくる。

「またね、ベル様！」

元気よく手を振りながら彼女は大通りへと戻っていった。人ごみに呑まれ、その姿はすぐに見えなくなる。

ふとベルリオットは首を傾げる。

なんであいつ俺の名前を……？

記憶を辿るが、あんな少女との面識はないとすぐに脳が結論を出した。ではなぜ、こちらの名前を知っていたのか。それだけでなく少女が残した「またね」という言葉。

なんだか既視感を覚えた。

眼下では盛大な祭りが行われている。

他大陸からの来訪者も多いのだろう。大通りだけでなく隘路にまで人がひしめいていた。

人々の笑顔は眩しかった。羨ましいという感情がわずかに湧きあがってくる。だが、すぐに頭を振ってそれを払い落とした。これは雑念だ。自分には関係ない。

西側の時計塔屋上。そこにジン・ザッパは立っていた。

長身痩躯に黒ずんだ濃緑の一張羅。主張の激しい頬骨と極細の唇が特徴的だ。

ジンは腕ほどの太さを持った円筒を両手に抱えた。円筒には無数の輪が通されており、それらは先端から尻部分にかけて緩やかに大きさが増すという不思議な形状をしている。

「兄ちゃん、こいつらどうするよー？」

鐘の裏側から巨体の男が出てくる。彼もまた同じ色の一張羅を羽織っていた。

ドン・ザッパ。ジンの弟である。脂がたっぷりと乗った体躯に加え、くりっとした目、だんご鼻、極太の唇、と兄であるジンとは似ても似つかない身体の作りをしている。

ドンは白目を剥いた二人の男を引きずっていた。その男たちの胸元には一本の剣を翼で包みこむ徽章が刻まれている。それはリヴェティアの一般騎士を示すものだ。つまり王城騎士になれなかった〝大したことのない騎士〟である。

「そこらに放っとけ。それよりさっさと準備しろ。もうすぐ式典が始まるぞ」

「あいよー」

動かなくなった男たちをぞんざいに投げると、ドンが隅に置かれていた大きな袋を手に取って開けた。中から取り出されたのは樽型の容器だ。表面は光沢のある銀色をしており、照りつける陽光を余すことなく反射している。

樽型容器の上部には拳大ほどの穴が空いていた。そこにジンは円筒の尻部分を力強く押しこんだ。ガチンという鈍い音が鳴り、円筒が樽型容器に固定される。

「今回の仕事はまじでやばそうだなあ。それにこの変な筒、本番で動くか心配だよ」

ドンが樽型容器をトントン、と叩く。

「変な筒じゃなくてサジタリウスだ」

《神の矢(フィーリウス・サジッタ)》から捩られた名だった。

大層な名ではあるが、しっくりくるじゃないか、とジンは気に入っている。

「でもさー、いくらラヴィエーナ作(さく)っていっても実際に使うのってぼくらが初めてなんだろ」

「試し撃ちなら何度もしただろ。それとラヴィエーナの家系は変人だが、実力は間違いない。振動することでアウラを結晶化させるトリミスタル鉱石。それを加工し、意図的に振動させることで手元から離れた結晶の形状を維持させる。こんな時代の先を行く武器を誰よりも早く扱えるんだぜ。最高の気分じゃねえか」

「ぼくにはよくわからないよ」

「……お前は黙ってアウラを詰めこんどけばそれでいい」

「ふぁーい」

間抜けな声で返事をしたドンが樽型容器の外側に取りつけられた半球水晶に右手を当てた。水晶を通し、身体に集めたアウラを樽型容器の中に注いでいく。

その間、ジンはポケットから単眼鏡を取り出し、それを円筒の側部に装着した。円筒の先端を屋上の塀に乗せる。左目をぎゅっと瞑り、右目で単眼鏡を覗きこむ。

見つめる先は――。


リヴェティア王城の大城門を抜けた先に広がる前庭におよそ六千もの人が集まっていた。

そのうち約半数以上を政務官及び、貴族が占める。リヴェティアのみならず他大陸から招待された者も少なくない。思い思いの瀟洒な衣装に身を包み、彼らは前庭の中央に陣取っている。

その貴族たちの両脇を固めるようにリヴェティアの一般騎士が並ぶ。王城騎士は内城門前の階段脇にずらりと並び、貴族と向かい合う形で待機。全員が結晶ではなく鉄製の剣を足下に突き刺し、柄尻に両手を添えている。数は二百人と少なめだが、一般騎士とは比較にならない実力を持つ者たちだ。ただ立っているだけなのに空気を凍らせるような雰囲気を醸しだしている。

最高学年のみではあるが、騎士訓練生も呼ばれていた。左右の城壁に沿うように配され、中央へと向く形で待機している。教師からは経験を得るためとの説明を受けたが、裏ではただの飾り役であるともっぱらの噂だ。

「リズ様、綺麗だねー」

ベルリオットの隣で控えるナトゥールが言った。

彼女はうっとりとした表情で王城騎士の上空を見つめている。その視線を追うと、城の最上階から突き出した床が映った。空中に浮いたように見えることから天空の間と呼ばれている場所だ。今にも崩落しそうな造りに見えるが、下部に湾曲した支柱が取りつけられているためその心配はない。

天空の間には貴族よりもさらに華美な衣装を纏い、注目を集める者が二人立っていた。レヴェン国王とその娘であるリズアートだ。二人とも椅子に座り、これから始まる祭事にそなえている。

訓練生の待機場所からではリズアートの衣装の細かい装飾までは見えない。ましてや表情など窺えるはずもない。なんだかこの距離が彼女との住む世界の差を表しているようだった。つい先日まで同じ屋根の下で暮らしていたことも夢だったのではないかという気さえしてくる。

勝手にやってきて勝手に去っていった。それもなにも言わずに。色々思い出していると、ベルリオットは無性に腹が立ってきた。先刻のナトゥールの言葉に、ついぞんざいに返してしまう。

「こっからじゃ綺麗もなにも遠すぎて見えないだろ」

「もう、ベルは相変わらず素直じゃないなぁ」

「相変わらずってなんだよ」

「あ、始まるよ」

ちょうどいいとばかりに会話を中断されてしまった。

大城門の向こう、ストレニアス通りから大歓声が聞こえてきた。この前庭に入れなかった国民たちも王城の近くへと押しかけているのだ。彼らに送られてきた集団が大城門をくぐり、次々に姿を現す。サンティアカ教会の者たちである。先導するのは十人の威風堂々とした女性たちだ。白生地に空色で鮮やかに模様づけされた長衣を着込んでいる。教会の守護者——聖堂騎士である。彼女たちは二列になって前庭の中央に敷かれた道を進む。

そのあとにゆったりとした足取りで十人の女性が続く。聖堂騎士と同じ色彩だが、こちらは肌の露出を極力抑えた法衣を身に纏っている。オラクルと呼ばれる者たちだ。アウラを振動させることによって自らの声を強く美しく昇華させ、人々に届けることを得意としている。

最後に現れたのは箱型の物体だった。箱型といっても角はなく丸みが見られる。大きさは人一人が入れるぐらいだろうか。表面には精緻な模様が金糸で描かれている。それは周囲を護る四人の聖堂騎士のアウラで浮遊しているらしく、地面の上を滑るように移動する。要人が乗っていると言わんばかりだ。

信仰者は性別を問わないが、サンティアカ教会は女性のみで構成されている。なんでも女神ベネフィリアに処女を捧げることで聖なる加護を得られる、という理由らしい。

多くの目が教会の者たちに向けられる中、ナトゥールがひそひそと話しかけてくる。

「今回、聖都メルヴェロンドから《歌姫》って言われてる子が来るんだよ。しかもその子、私たちより年下なのにもう大司教になるかもって」

「で、そんな偉い奴にトゥトゥは〝子〟なんて言ってるがいいのか？」

「あっ！　聞かれてないよね……？」

きょろきょろと辺りを見回してから、ふぅと息を吐く。

「でもそれを言ったらベルもだよ。〝奴〟って」

その言葉にベルリオットが小さく呻くと、ナトゥールがくすくすと笑った。

談笑している間に教会の者たちが王城騎士前まで到達していた。縦二列に並んでいた聖堂騎士が左右に分かれ、王城騎士たちと向かい合う。それに倣うように後ろの者も続く。

聖堂騎士に引かれていた箱型の物体が動きを止めた。その前面が引き上げられるようにして開く。

《歌姫》などと大層な呼び名がつけられた人物とはいかほどか、とベルリオットは値踏みするように見つめる。

箱の中から姿を現したのは一人の少女だった。彼女はまるで静かな水面に下り立つようにふわりと地に足をつける。そのあまりの神秘的な美しさに呑まれたのか、会場がしんと静まり返っていた。

「あ、あいつっ！」

ベルリオットは目を見開き、思わず声をあげてしまった。周囲の注目が集まる。はっとなって明後日の方向へ視線を向けて誤魔化していると、ナトゥールがひそめた声で訊いてくる。

「もしかしてあの子――じゃなくてクーティリアス・フォルネア様を知ってるの？」

「いや、知ってるっていうか……さっき会った」

「ええっ」

驚愕の声をあげるナトゥールをよそに、ベルリオットは《歌姫》ことクーティリアスへと改めて目を向けた。彼女が着る法衣は他のオラクルのものよりひと際大きい。子どもが大人の服を着るような形で服を引きずりながら緩やかに歩いている。

遠く離れているため、細かい顔の造りまではわからない。しかしなにより、あの濃淡のある緑髪は忘れようがない。先ほど会った時は服に隠れて全容を見られなかったが、その髪は腰まで伸びていて量もかなりのものだった。

「失礼なことしなかった？」

「……むしろされた方だな」

「な、なにをされたの？」

聞かれて振り返ってみると、クーティリアスの体温や胸の感触が蘇ってきた。温かくて大きかった。なにより柔らかかった。一瞬でも押し黙ったせいか、ナトゥールからいぶかるような目を向けられる。

「ベル、なんかいやらしい目してるよ」

「んなわけあるか。それよりほら、式に目を向けろよ」

「もう、すぐそうやって誤魔化す」

唇を尖らしたナトゥールを横目に、ベルリオットはクーティリアスを見やる。彼女は左右に並んだ他のオラクルたちの真ん中に立っていた。高低差はあるが、そこは国王が立つ天空の間の正面である。

クーティリアスは貴族たちのほうへ振り返ってわずかに頭を前へ傾がせると、目を伏せるだけの優美な一礼をした。流れるようにまた天空の間側へと身体を向きなおすと、一歩、二歩と前へ出る。今度は国王とリズアートへ向けて深く頭を下げたあと、静々と姿勢を正す。

一拍の間を置いてクーティリアスが胸の前で両手を組み合わせた。他のオラクルたちも彼女に続き、全員が薄緑のアウラを体に集めはじめる。アウラの放出によってできる光翼が全員の背から現れた時、それは始まった。

クーティリアスによる独唱。大気を震わすオラクル独特の声は、まるで耳元で囁かれるかのような明瞭さを持っていた。聴き易く、それでいて優しい歌声だ。どこまでも澄みきっているのに、たしかな重みを持って胸を響かせてくる。

やがてオラクル全員の声がクーティリアスの歌に静かに重なっていく。幾人ものオラクルの歌声が反響し合い、壮大な歌へと変貌する。いっさいの楽器を使わずに人はここまで美しい音を奏でることができるのか、と不思議な昂揚感に包まれていく。

オラクルたちが紡いでいるのは人が浮遊大陸に住みついた時から伝わる有名な聖歌だ。オラクル以外にも目を瞑り、祈るように口ずさんでいる者も少なくない。

ベルリオットは歌の意味を思い出す。

そこに滅びゆく世界がありました
とある少年の家が壊れました
これは大変だ　誰か助けを呼ばないと
けれど少年の声は誰にも届きません
人々は平穏を演じ続けます

そこに滅びゆく世界がありました
また家が壊れました　今度はとある少女の家
これは大変だ　僕が助けてあげないと
少女と手を取り合い　少年は世界について考えます
人々は遠くからこっそり見ています

そこに滅びゆく世界がありました
また家が壊れました　今度はすべての家
これは大変だ　僕がどうにかしないと
少年の声に誰もが耳を向けました
人々は手を取り合い　ようやく一歩を踏み出します

そこは滅びゆく世界
とてもとても希望に満ちた世界――。

人の可能性を示した歌だという。
ベルリオットはこの歌が嫌いだった。誰も少年に救いの手を差し出さなかったからではない。滅ぶ

事がわかっているのに誰も最初から足掻こうとしないのがもどかしいと感じるからだ。もちろん色々なしがらみだってあるだろう。しかし、だからといって問題から目を背けていい理由にはならない。

色々考えているうちに歌が終わってしまった。

歌の意味は好きではないが、オラクルたちの歌声自体は心地良い。

リヴェティア国民からオラクルたちに盛大な拍手が送られる。ナトゥールは「すごかったねー！」と目を輝かせ、興奮を隠しきれない様子だった。前庭の雰囲気からも《歌姫》を筆頭にしたオラクルたちの歌は大成功だったと言えるだろう。国王へ、次に貴族たちへ揃って一礼をしたあと、オラクルたちは二歩ほど下がってまた国王へと向き直った。

立ち上がった国王が天空の間の手すり前まで出てくると拍手がさらに強まった。遠目からでも大層ご機嫌なことが窺えた。国王がうなずきながら右手を軽く掲げ、広がった拍手を収める。

「実に素晴らしく美しい歌声だった。そして我が娘、リズアートのために来訪してくれたこと、誠に嬉しく思う。サンティアカ教会と我がリヴェティアの友好は永久に続くことであろう」

また拍手が起こった。

聖堂騎士を含めた教会関係者が、国王へ一礼する。それがさらに国王の機嫌を良くさせたようだった。先ほどよりも軽やかな動きで右手を掲げ、拍手の制止を呼びかける。

塀に手をかけ、王は前のめりになる。

「皆もよく来てくれた。国王として、この日、この時を迎えられたことを嬉しく――」

ベルリオットは背中に悪寒が走った。その原因がなんなのか。探る間もなくあるものが意識を傾けさせる。耳鳴りののち、幾つもの輪状の光を突き抜け、どこからか伸びた一筋の光が国王の頭部を貫いた。

一瞬の出来事だった。世界が止まったかと思った。

それもそのはずだ。この場でただ一人喋っていた国王が口を開いたまま動かなくなったのだから。

王の体がぐらりと傾き、前に折れる。緩やかにずり落ち、上半身に誘われるようにして下半身が中空に投げ出された。長いようで短い落下が終わり、鈍い音とともに国王が地面に衝突する。

国王は動かなかった。不恰好に横たわったままぴくりともしない。とろり、とこめかみから赤いなにかが流れ、地面を染めていく。

「お父様っ！」

悲鳴にも似たリズアートの声が前庭中に響きわたった。


誰もが唖然としていた。ベルリオットも同じだった。いったいなにが起こったのか。突如として現れた光の線が国王を貫いた。貫かれた王が天空の間から落ち、動かなくなった。ただそれだけしかわからない。

真っ先に動いたのはリズアートだった。彼女は着飾ったドレスをなびかせながら、アウラを使って天空の間より飛び下りた。着地するなり国王の身体を揺らす。だが、国王の反応は得られない。ただ流れ出た鮮血によってドレスが真っ赤に染められるだけだった。

「うそ……うそよっ……なにこれ……なんなの、なんでなの…………っ！」

リズアートが涙を流したのを皮切りに、そこかしこで悲鳴があがった。

「誰がやったぁあああああああああっ!!」

怒り狂ったように叫んだ騎士団長グラトリオが、濃紫のアウラを撒き散らしながら猛烈な勢いで飛翔する。向かう先は国王を貫いた光の出所――西時計塔の屋上だ。

そちらに目を向ければ、ちょうど遠ざかっていく二つの光点が映った。

ナトゥールが声を荒げる。

「陛下が……な、なんなのこれ……ねえ、ベルっ！」

「俺にもなにがなんだか……」

混沌とする現状に更なる混沌が襲ってきた。貴族たちの間から五本の黒くて太い柱が天へと昇るように迸った。それらが弾けるようにして飛び散った時、根元となる地面の辺りに巨大な物体が現れた。

漆黒の獣。象徴たるその一本の角は数えきれないほどの犠牲を生み出してきた。

確認される中で最強最悪のシグル――モノセロスだ。

ベルリオットは息を呑んだ。

「なんでモノセロスが……どうなってんだよ、これ……」

「しかも五体同時にって……」

国王が死んだ時とは異なる、身の危険を訴える悲鳴があちこちから聞こえた。

モノセロスの脅威を誰もが知っているのだ。様々な色の燐光を散らしながら貴族たちが次々に飛翔し、前庭から離れていく。逃げ遅れた者はモノセロスの発した衝撃波で方々に吹き飛ばされ、何度も地面に体を打ちつける。そこかしこで不恰好に転がった者たちを見てか、さらに多くの悲鳴があがる。

モノセロスたちが突進を繰り出した。地鳴りとともに前庭の芝を土もろとも抉り、散らしていく。

一般騎士が勇敢に挑みかかるものの、誰一人としてモノセロスに攻撃を徹せていなかった。それればかりか触れた者から突き飛ばされ、力なく倒れていく。

その凄惨な光景を前にし、多くの訓練生たちが「もう終わりだ」と口々にし、膝を折っていた。訓練生であっても国民を護らなければならない。その教えは訓練校に入った時より体に深く刻みこまれてきた。だから逃げられないのだ。もしも逃げれば敵に背を向けたと笑い者にされる。

前庭に蔓延した動揺がたしかな恐怖に変わった時、モノセロスに幾つもの黄色及び紫色の光が飛びかかった。光の正体は王城騎士だ。見れば、彼らは五体すべてのモノセロスへと一斉に挑みかかっていた。

エリアスの怒号にも似た声が前庭に響きわたる。

「一般騎士は諸公の護衛をしつつ後退！　教会の方々もここは我々に任せてすぐにお逃げを！　訓練生たちもすぐにこの場から離れなさい！　我ら王城騎士が全力をもって敵の排除に当たります！」

突然の襲来だったためか、モノセロス一体に対して王城騎士の人数調整ができていないようだった。数が充分なところもあれば少ないところもある。

「私は姫様の護衛に回ります！　デイナート隊、リッケ隊、ホリィ隊、クノクス隊、ブグソン隊を中心に隊列を組みなおしてください！」

後退したエリアスがリズアートのもとへ向かった。

モノセロスが現れたことなどリズアートの頭の中には入っていないようだった。国王の頭を自身の膝上に置き、その顔を見つめながら涙を流している。

「姫様！　今すぐにここから逃げてください！」

「いやよっ！　お父様が、お父様が……っ！」

「ならば陛下の御身は私が――」

「触らないで！」

「姫様っ、どうかお聞き分けを！」

押し問答を繰り返す彼女たちへと、五体のモノセロスがまるで示し合わせたように進行方向を定めた。

「ログナート卿！　クノクス隊が崩れます！　お急ぎを！」

モノセロスによって衝撃波が放たれた。数人の王城騎士が障壁を造りだし、なんとか押さえこむ。が、障壁は砕け散り、さらには生成した者たちも吹き飛んでしまう。騎士による防衛線がじりじりと下がっていく。

「聖堂騎士の皆様はリヴェティア騎士の援護に回って差し上げてください。わたくしたちは自分の足で退避します」

「「「はっ!!」」」

クーティリアスの指示によって聖堂騎士が参戦した。崩れていた防衛線の一角が徐々に盛り返しを見せる。

エリアスの指示が飛んだ時点から、訓練生が待っていたと言わんばかりに前庭より逃げはじめていた。戦わなくて済んだ。その安堵感からほっとする訓練生も多かったが、現状を目の当たりにしてすぐにまた顔がゆがんでいた。

そんな中、ベルリオットは体が震え、動けずにいた。恐怖による震えなのかはよくわからない。ただ、体中が麻痺したように動いてくれなかった。

教師の叫び声が聞こえてくる。

「トレスティング！　なにをしている⁉　早く逃げなさい！」

「ベルっ！　ここにいたら巻きこまれるよ！　早く逃げよう！」

ナトゥールに腕を引っ張られるが、ベルリオットは動かなかった。

腕を引くのをあっさり諦めたかと思うや、彼女は優しく語りかけてくる。

「怖い……よね。でも大丈夫だよ。王城騎士がなんとかしてくれるから。だから、ベルはなにもしなくていいんだよ」

「なんとかしてくれるって？　どう見たってやられそうじゃねえか……」

聖堂騎士が加勢に入ったこともあってなんとか持ちこたえているようだが、はっきり言って状況はよくない。今もモノセロスとリズアートの距離がじりじりと縮まっている。

俺、あいつに勝ったんだよな……じゃあ、この震えはなんなんだ？

ベルリオットは自分の震える手を見つめる。これが怯えによるものでなければなんなのだろうか。

わからないが、ある一つの思いが心の中に芽生えはじめていた。

試してみたい。

半ば無意識に倒した時とは違う。今度は自分の意思で今一度モノセロスに挑んでみたい。だが、今度は五体が相手だ。一体の時とはわけが違う。正気かと自問自答した、その時――。

ライジェルを超えられるのでは、との想いが脳裏をよぎった。父が《剣聖》と呼ばれるに至った理由は一体のモノセロスを倒したからだ。今、ここで五体のモノセロスを倒せば父を超えたことを証明できる。

ははっ……そうか。そうかよ……なら、超えてやろうじゃねえか。

その想いを明確に意識した時、ベルリオットは思わず片頬が緩んだ。

「……トゥトゥ。お前、ちゃんと離れてろよ」

「えっ？　ちょっとベルっ！　なにを――」

ナトゥールがなにか言いかけたところで、ベルリオットは全身にアウラを集めて飛翔した。薄めの赤い燐光を散らしながら前庭にいる誰よりも速く空を翔ける。

右手にアウラを収束させ、腕ほどの刀身を持った赤色の結晶剣を生成する。だが、造ってみてからこれではだめだ、と思う。巨大なモノセロスを相手にするにはもっと大きな剣が必要だ。さらに右手の神経を尖らせ、剣にアウラを付与する。ほのかな光が収束していき、ついには身の丈ほどの刀身を持った大剣に生まれ変わる。

ちょうどその時、こちらから見て手前に形成された戦列が崩れた。モノセロスが王城騎士の間を駆け抜け、リズアートへと迫る。

「うおあああああああああっ!!」

ベルリオットは剣を突き出しながら、モノセロスの横腹に激突した。ガンッという音を鳴らし、剣先がその頑強な肌に減りこむ。モノセロスがたたらを踏みながらけたたましい咆哮をあげる。

突き刺した剣をさらに深く抉りこんだ。足を突きたて、そのまま横腹から背中方向へと斬り裂きながら走る。突き刺した場所のちょうど反対側に到達した時、とどめとばかりに思いきり剣を下へと振りぬいた。モノセロスが断末魔をあげ、弾け飛んだ。舞い上がった無数の黒点が空気へと溶けていく中、一部始終を見ていた周囲の騎士たちが呆気にとられていた。

南方防衛線で戦ったときのように一撃では倒せなかった。だが――。

いけるッ!!

ベルリオットは近場のモノセロスへと狙いを定めた。王城騎士や聖堂騎士が群がっているが、敵の頑強な肌に攻撃を弾かれている。攻撃が徹ってもかすり傷程度だ。致命傷には至っていない。

「どけぇえええええっ!!」

みだりに隊列を崩すわけにもいかないのか、こちらの叫びも虚しく騎士たちは敵との交戦を続ける。

騎士たちから戸惑いの声があがるが、ベルリオットは構わずに突き進んだ。モノセロスの横腹付近の地面に足を下ろし、勢いのまま腰を深く落とす。大剣を左脇後ろに流して一拍溜めたのち、斜めに振り上げる。重い。詰まるような感覚。だが、斬れないわけではない。裂帛の気合とともに振り抜いた。さらに休みなく右から左へと薙ぎ、さらに突きも放つ。

「なんだお前はっ!?」

剣を引き抜いた時、モノセロスがどしんと反対側へ倒れた。そのまま動かなくなるや、砕け散った。

「次ぃっ!!」

騎士たちの目を無視し、ベルリオットは無意識に次の標的――獲物をさがしはじめる。

残った三体のモノセロスが同時に雄たけびをあげた。群がる騎士たちを無視し、一斉にこちら目掛けて突進してくる。どんどん近づいてくる敵を前に、ベルリオットは思わず口元に笑みを浮かべてしまう。

ああ、それは正しい。正しいぜ……！

なにしろ自分は王城騎士が寄って集っても倒せなかったモノセロスを一人で倒したのだ。脅威と判断し、一番に排除しようとするのは当然のことだろう。

「でもな……今の俺は《帯剣の騎士》の頃とは違うんだよっ!!」

三体のモノセロスが間近に迫った。わずかに突出した一体を後ろへ流す。直後、後方から悲鳴が聞こえたような気がしたが、地鳴りのような足音に意識がすぐに引き戻される。陽光を受け、輝度を増した二本の黒い角が今にもこちらを突き刺さんと迫ってくる。

ベルリオットは握っていた大剣を放り投げるや、両手を前へと突き出してモノセロスの角を掴んだ。

全身にすさまじい衝撃が走った。足で地面を抉りながら、ずるずると後方へ追いやられる。

だが、勢いはすぐに止まった。それを機にベルリオットは角を掴んだまま跳躍する。モノセロスの前足が浮いたところで今度は力任せに地面へと叩きつけた。下顎を強く打ったモノセロスが低い呻き声をあげる。

休む暇もなく背後から地鳴りが聞こえた。振り返ると、先ほど流したモノセロスがこちらに向かってくるのが見えた。ベルリオットは即座に生成しなおした大剣を敵の体の下に滑りこませ、力の限り振り上げた。モノセロスが空高くへと突き飛んでいく。あとを追ってベルリオットも翔び、肉迫と同時に斬撃を繰り出す。自分でも数えきれないほど斬って斬って斬りまくった。斬り刻まれたモノセロスの身が弾けるように散り、音もなく霧散していく。

体が異様に軽い。思ったように動く。まるで自分の体ではないようだ、とベルリオットは思う。

眼下では先ほど地面に叩きつけた二体のモノセロスが起き上がっていた。前足を上げ、大口を開けている。もう何度も目にしているので間違いない。あれは衝撃波の構えだ。

ベルリオットは右手だけで大剣を持ち、空いた左手を下方に突き出した。意識を集中させる。燐光が集まっていく。頭の中で思い描いた通りに輪郭が造られ、やがて全身を隠すほどの障壁ができあがる。

同時、モノセロスが耳をつんざくような咆哮をあげた。放たれた衝撃波が虚空を突き進み、ベルリオットが生成した障壁に衝突する。とてつもなく重い衝撃だ。だが、耐えられる。

凄まじい風圧が障壁を避け、後ろへと流れていく。やがて衝撃波が止んだ直後、自らの巨体をもろともせずに二体のモノセロスが跳躍し、向かってきた。

ベルリオットは迎え撃たんと急降下する。障壁を放り捨てたのち、左手にも一本の大剣を生みだした。腕を横一杯に広げながら両手に持った大剣の切っ先をモノセロスへと向ける。

「これで終わりだっ！」

開けられた敵の大口に大剣を突き刺した。その体ごと地上へと押しこんでいく。大剣が地面に接触するのとほぼ同時、二体のモノセロスの体を貫いた。耳障りな慟哭が辺りに響きわたる。わずかに蠢いたのを最後にどちらも動かなくなった。一瞬の静寂が訪れたのち、その体は無数の黒点となり、ぱらぱらと中空に舞いはじめる。やがてそれらはすぅと色をなくしていき、跡形もなく目の前から消え去った。

「はぁ……はぁ……」

ベルリオットは地に突き刺した二本の大剣から手を離し、霧散させた。空を見上げながら荒くなった呼吸を整える。

やった……やってやったぞ。親父を越えた……俺は親父を越えたッ！

腹の底から笑いがこみ上げてきた。

ライジェルの息子であるという強大な呪縛にずっととらわれていた。それはただアウラを使えるようになっただけでは完全には晴れなかった。だが、その呪縛はライジェルの残した功績を越えることでようやく解けたのだ。これほどまで清々しいと感じたことはない。最高の気分だ。

ふとベルリオットは周りがやけに静かなのが気になった。辺りを見回してみると、棒立ちになった多くの騎士が目に入る。モノセロスという脅威を取り払ったのだから嬉々としていてもおかしくないはずだ。しかし、なぜか誰もが怖れに満ちた表情を浮かべている。

なんだよ、これ……。

視界の端でリズアートの姿を捉えた。瞬間、ぞっとした。そばに巨大な瓦礫が落ちていたのだ。視線を上げれば、それが天空の間だったものだとすぐにわかった。リズアートを避けるように瓦礫が真っ二つに割れているのは近くに立つエリアスが対処した結果だろう。

ベルリオットは弾かれたように飛翔し、リズアートのそばに向かった。彼女は膝上に乗せた国王の頭を見つめたまま微動だにしていなかった。うつむいているため、その表情は窺えない。

ベルリオットはかける言葉が見つからなかった。だが、このまま彼女を放置するわけにはいかないという思いに駆られた。

「お、おい……」

「近寄るなっ!!」

遮ったのはエリアスの声だ。

「あなたは自分のしたことがわかっているのですか?」

その声調から彼女が怒っているのがひしひしと伝わってきた。

「なにをしたって、俺はモノセロスを倒して――」

「この瓦礫はあなたとモノセロスの戦いの余波によって落ちてきたものです。危うく姫様の上に落ちるところでした」

「なっ」

リズアートの上に落ちてきたという天空の間の瓦礫。

これが俺のせいだって……?

ベルリオットは血の気が引いた。数歩後退り、思わず倒れてしまいそうになるのを辛うじて踏みとどまる。

天空の間が崩れるような攻撃をした覚えも受けた覚えもない。モノセロスの進行方向には気をつけていた。では衝撃波だろうか。あれは影響範囲が広く、また方向を見定めにくい。

気づけば思考が弁解へと走っていた。

「いや、でも戦ってたんだから――」

「仕方ない……とでも言うつもりですか。ではあなたは、戦っている時ならば自分以外はどうなってもいい、と。そう言うのですか。もしそうだと言うのなら、あなたに騎士になる資格はない」

頭が真っ白になった。騎士になる資格はない、という彼女の言葉が頭の中で反響する。

エリアスの抑揚のない声が耳に届く。

「あなたはまるで周りが見えていない。もう一度、辺りを見回してみなさい」

ベルリオットは言われるがまま振り返った。瞬間、思わず目を見開いてしまう。

あちこちで多くの王城騎士が倒れていたのだ。横たわった者やうずくまった者、片膝をついた者など体勢は様々だが、総じてただの怪我どころで済みそうにない状態だった。

ベルリオットが手を出すまで王城騎士は一人として倒れていなかった。では、なぜ――。

「あなたがむやみやたらに暴れたことで隊列が乱れ、予期せぬ敵の攻撃にさらされたのです」

その言葉を聞いた瞬間、モノセロスと戦っていた時の思考が甦った。

――ライジェルを越えられるかどうか、自分の力を試したい。

エリアスの言うとおり周りのことなどまったく見えていなかった。いや、見ようともしなかった。

ただただ自分のためだけに力を振るっていた。結果、多くの騎士に傷を負わせてしまった。

これでは破壊の限りを尽くすただの化け物と変わらないではないか。

そこに行きついた時、ベルリオットは全身から力が抜け、無様に両膝をついた。

「騎士の剣はなんのためにあるのか。今一度、自分の胸に聞いてみなさい」

頭上から降ってきたその言葉は耳に届かなかった。

事態の収拾をはかる声がどこか遠くに聞こえる中、ベルリオットは一人うな垂れた。

第四章 アウラ・ウェニアース

ベルリオットは幼い頃の夢を見た。

でこぼこの地面に生い茂る雑草が穏やかな風に揺られてさざめいている。少し離れた場所に雑木林が見られるぐらいで周囲に高い遮蔽物はない。おかげで顔を上げれば広い空を視界いっぱいに収めることができた。

ここはリヴェティア郊外の浮遊島アーバス。浮遊島と言っても実際に浮いているわけではない。隆起した土が削れ、まるで浮いた島のように見えることからつけられた名前だ。

ベルリオットは木の棒を剣代わりにし、父親であるライジェルから剣術を教えてもらっていた。いや、教えてもらっていたというのは正しくないかもしれない。実戦形式とはいえ、ライジェルは子どもに向ける攻撃とは思えないほどの連激を繰り出してくるのだ。

かんかんと木の棒で打ち合う音が辺りに鳴り響く。

「そんなもんか、ベル？　おらおら、もういっちょいくぞ！」

「くぅっ――――」

毎日のように繰り返していると、ある程度は攻撃を受けられるようになった。だが、余裕を見せればすぐにライジェルは攻撃の質を上げてくるため、息つく間もない。今回は半刻ほど耐えたところで疲労から動きが鈍ってしまった。そこを容赦なくつかれ、木の棒を弾かれる。

「あっ――――」

「はい、俺の勝ちー」

「くっそー！　あと少しで勝てたのに！」

「どこがだよ。ずっと受けに回ってただけじゃねえか。でもま、随分上達したよ」

父の慰めにベルリオットは耳を貸さず、ふてくされ気味にすとんと座りこんだ。

「ぼくもお父さんみたいに強くなりたいなー」

向き合う格好でライジェルも胡坐をかいた。彼はぼさぼさに伸びた髪をかきあげている。むき出しになった父の額を目にしながら、ベルリオットはぷくっと頬を膨らませる。

「全然汗かいてないし」

「強いってのもいいことばっかじゃねえぞ」

「ええーっ、弱いよりいいよ」

ため息をつきながらライジェルが少し困ったような顔をした。

なにか悪いことを言っちゃったかな、とベルリオットは思わず不安になってしまう。だが、どうやら違ったようだ。ライジェルが優しく語りかけてくる。

「なあ、ベル。お前はどうして強くなりたいんだ？」

「ん～お父さんに勝ちたいから」

「それは無理だな」

「ひどっ！　子どもに夢見させろよー」

「俺は現実主義なんだよ」

「むぅー」

またベルリオットが頬を膨らませていると、ライジェルが再び訊いてくる。

「じゃあよ、絶対に無いが……万が一にも俺を倒したらどうすんだ」

「んー、わかんない。そん時考える」

「おいおい。ったく、そういういい加減なとこは俺に似ちまいやがって……」

「顔は似てないって言われるけどね。それにお父さんは髪も硬いしぼさぼさだし、髭もすね毛も濃いし」

「だあってろ。お前もいつかぼーぼーに生えるっての」

「えー、いやだなー」

「お前ってやつぁ……父親をなんだって思ってるんだ」

「ただのおっさん」

「おまっ」

「でも、すっげー強い。自慢の父さん」

「ばっ――――！　たく……不意打ちで恥ずかしいこと言うんじゃねえよ」

「へへへ」

そっぽを向いたライジェルを見ながら、ベルリオットはしたり顔で笑った。

「……まあ、強くなってどうしたいか。それをちゃんと考えるこったな」

「考えたらどうするの？」

「考えて考えて……本当に力が必要だって感じた時は、そん時は……空に向かってこう叫ぶんだ」

天を仰ぎ見ながらライジェルが言う。

「アウラ・ウェニアース、ってな」

誰かを呼ぶかのような声だった。答えるように風が吹いたのは気のせいだろうか。

ベルリオットは首を傾げる。

「あうらうぇにあーす？」

「おう、風よ来いってな。アウラってのは風じゃあねえけど、風が力の源だって俺ぁ思ってる。だから風さえあれば俺たちはどこまでも飛んでいける。そんな存在なんだってな」

「ぼくもちゃんとアウラを使えるようになる？」

「まだ無理だろうがな。だが、いつかきっと使えるようになる。俺が保障してやる」

その自信たっぷりの言葉にベルリオットは胸が熱くなるのを感じた。

アウラが使えるようになる！

くたくたに疲れていたはずなのに一気に体が軽くなった。すっくと立ち上がり、天に手をかざす。

「よーし、試しに叫んでみる！　あうらうぇにあーす！」

「だからまだ早いっての」

「やってみなきゃわかんないだろー！　あうらうぇにあーす！　あうらうぇにあーす！　あうらうぇにあ～～～すっ！」

それからどれほどの間叫んでいただろうか。少なくとも陽が落ちるまで叫んでいたのは覚えている。

叫び声が段々と遠くなるにつれ、自分の姿も小さくなっていく。どんどん世界から離れていくような、そんな感覚に見舞われる。やがてなにも感じられなくなった時、真っ白な世界から暗転した。

ベルリオットは全身の感覚が蘇り、まぶたを持ち上げた。

ゆっくりと半身を起こしたのち、呟く。

「夢……か」

よりにもよって親父の夢を見るなんてな……。

そう自嘲しながら、ベッドから起き上がった。


リズアートの誕生祭は国王暗殺事件という悲劇によって塗り替えられた。

暗殺が行われたあの時、激昂した騎士団長グラトリオが犯人を追撃したものの、ついに捕縛することはできなかったという。それほどの手練だったこと、そして暗殺に使われた手段が未知の遠隔攻撃だったことが事件の謎を一層深めた。

さらに国民が悲しみに浸る間もなく、王位が空いてしまったことによる問題が浮上。追悼式が行われると、すぐに戴冠式（たいかんしき）が行われ、リズアートはリヴェティアの王として即位した。国王の死という大きな傷を負った彼女を心配する声もあったが、それをいっさい感じさせない見事な振る舞いで国務をこなしているという。

あれから早くも五日が過ぎた。リヴェティアが激動の日々を送る中、ベルリオットはまるで違う世界に生きるかのように静かな時を過ごしていた。

早朝、トレスティング邸のリビングにて。

ベルリオットは本を片手に持ちながら椅子に座っていた。足を組みながら深く背もたれに寄りかかる。椅子の前脚二本が浮き、ゆらゆらと揺れる。それがまたなんとも心地良く、やめられなかった。

片手に持った本はかなり分厚く、ずしりと重い。実は持っているだけで記された文字などいっさい頭に入っていなかった。机に置かれた茶入りの陶器を口元に運んだ。爽やかな香りが鼻腔に届く。

「ベル様、お行儀が悪いです」

そばで控えていたメルザリッテにたしなめられる。

常に温かい茶を飲めるのは彼女のおかげだった。しかし、それが頭の中で感謝という言葉に構築されることはなかった。頭がなにも考えようとしないのだ。「ああ」と何度目かの生返事をして、また茶を口に含み、カップを置く。

それからどれくらいの時間が経っただろうか。しばらくしてメルザリッテから声がかかる。

「ベル様。もうすぐ訓練校のお時間です」

「あ、ああ」

ベルリオットは閉じた本を机に置き、気だるげに立ち上がった。脇目も振らずに玄関へと向かう。

扉の前まで来ると、メルザリッテに呼び止められた。

「これを」

差し出されたのはいつも携帯している剣だった。

反射的に受け取ろうと右手を伸ばすが、触れる寸前ですっと手を引いた。

「いや……今日は置いてく」

「そうですか」

言って、メルザリッテが剣を持った手を下ろす。

外出する際、ベルリオットは常に帯剣していた。それはアウラが使えるようになってからも変わらなかった。そんな剣を持っていかないと言ったのだから、メルザリッテに理由を訊かれるものだと思っていた。だが、意外にも追求はなく、そればかりか慈しむような笑みを向けられる。

ベルリオットは思わず目をそらしてしまった。

「なにも……言わないのか？」

「はい」

「相変わらず甘すぎるよ、お前は」

剣のことだけではない。ここ数日、ベルリオットがどのように過ごしているのか。きっと彼女は知っているはずなのに咎めようとしない。

「ベル様限定ですっ。なんでしたら抱擁もおまけしますよ？」

「なんのおまけだよ……それじゃ行ってくる」

「はい。行ってらっしゃいませ」

メルザリッテに見送られ、ベルリオットは屋敷をあとにした。

いつも通りに接してくれる。

それが嬉しくもあり、逆に心の傷を的確に突かれているような気分だった。

あちこちに咲き誇った色とりどりの小さな花々。その間を埋め尽くすように伸びた雑草。それらを穏やかな風が揺らし、優しい香りを辺りに届けていく。ここには家々が建ち並ぶ中では感じられない自然が溢れている。

ベルリオットは訓練校の丘陵地帯を訪れていた。仰向けに寝転び、紺碧の空を眺める。

ここ数日、訓練校の授業に顔を出していなかった。理由は単純明快で誰とも顔を合わせたくないからだ。

レヴェン国王が暗殺されたあの日。ベルリオットは強襲してきた五体のモノセロスをたった一人で撃退した。王城騎士でも押さえるのが手一杯だった敵だ。褒められこそすれ責められる謂れはない

……はずだった。

多くの者から恐怖を宿した瞳を向けられた。それは敵を殲滅することしか考えずに戦ったことで、少なくない被害を周囲に与えてしまったからだった。すべてはベルリオット自身が引き起こした事態だ。

なまじ強大な力を持ってしまったために自分の力を試すようなことをしてしまった。

父親であるライジェルを超えたいという思いが芽生えてしまった。

今も胸を締めつけるように後悔の念が押し寄せてくる。だが、力を求めたのは自分自身だ。いまさら力を持ってしまったことを悔やむのは都合が良すぎるのではないだろうか。

そうわかっていても、もう自分の力が恐ろしくて仕方なかった。そしてその感情を自覚した時――。

ベルリオットは力を失くした。

右手を天にかざし、意識を集中してみてもアウラは集まらない。体中を駆け巡るような、あのアウ

ラの奔流はもう感じられない。

《帯剣の騎士》の頃に戻るだけだ。また侮蔑されるだろうが、慣れているから問題ない。それに力がなければ、もう誰かを傷つけることはない。誰かを傷つけ、自分が傷つくこともない。

これで良かったのかもな……。

自嘲しながらかざした手を戻そうとしたその時、視界の右端から左端に向かってなにかがゆっくりと流れていった。思わずぎょっとしてしまった。

ベルリオットは半身を起こし、そのなにかが流れたほうへと目を向ける。と、そこに見知った人物がふよふよと宙に浮いていた。

「お前……なにしてんだよ」

「あー、やっと気づいたー！　もうっ、何回目の前を横切ったと思ってるんだよー」

サンティアカ教会の《歌姫》ことクーティリアス・フォルネアが両膝を抱えて浮遊していた。頬を膨らませながら、彼女は空中でくるくると回る。

身に纏った法衣は全体的に裾が短いため、リズアートの誕生祭で歌を披露した時に着ていた物よりも動きやすそうだ。濃淡のある緑の髪は相変わらず長く、暴れるような動きを見せている。

「声かけろよ」

「だって考え事してたみたいだったから。邪魔しちゃ悪いかなって」

「あー……」

クーティリアスがアウラを散らして目の前にちょこんと座った。さらに顔を覗きこんでくる。

「元気、ないね？」

「別にそんなことねーよ」

「うっそだー」

顔をしかめながら軽い調子で言ってくる。

本気で心配しているのか、ただ茶化しているのか真意はわからない。

どちらにせよ、これ以上踏みこまれないうちに話題を変えようと思った。

「てかお前さ――」

「ぼくの名前はクーティィリアス・フォルネアです。クティって呼んでね」

「おま――」

「ク・ティ・イー！」

「……クティ」

「よろしー。で、なーに？」

さも満足したように胸を張った。豊満な胸がたゆんと揺れる。一瞬、目移りしてしまったが、胸を見ていたなどと知られれば、この少女は調子に乗りかねないのですぐさま目をそらした。

「いや、教会の人間だったんだなって。歌、聴いたぞ」

「わー……恥ずかしいなぁ。へ、変じゃなかった？」

「下手――」

「えぇえええ！　これでも聖下から至高の歌声だってお褒めの――」

「じゃなくてつまらなかった」

「へっ？」

「歌とかあんま詳しくないが、《歌姫》って言われるだけあって、まあ……良かった、かな」

「も……もーっ！　びっくりしたじゃんかー。でも、そっか。良かったかー。へへ、ベル様に褒められちゃった」

はにかんだ目の前のクーティリアスからは、あの神々しいまでの歌声を出した《歌姫》の面影を見つけられなかった。人は見かけによらないな、とベルリオットは改めて思う。

それにしても彼女の「ベル様」という発言が引っかかった。以前に出逢った時も初対面にかかわらず名前を呼ばれたのだ。

「そういや、なんで俺の名前知ってるんだ？　あの時が初対面だよな？」

「初対面だよ。でも、間接的にずっと前から知っているのでーす。ふっふっふ」

「もったいぶらずにさっさと吐け」

「い、言うからっ。そんな怖い顔しないでよーっ。もう……メルザ様から教えてもらってたんだよ」

「メルザ？　あいつ、ずっと家にいるぞ。いつ会ってるんだよ」

「ベル様が訓練校に行ってる間、いっぱい時間あるよ？」

「あー……まあ、メルザが誰と会おうが別にいいんだが、どうにも接点が想像できない」

「そこはほら、女の子の秘密だよ」

なぜか、その言葉を出されると追求しにくかった。

胸中に生まれた靄を吐き出せない、といった感じがしてどうにも気持ち悪い。憂さ晴らしに悪戯でもしてやろうかと目の前のクーティリアスに標的を絞った。途端、今の状態のおかしさにようやく気づいた。

「ん、そもそもなんでクティはここにいるんだ？　散歩でもしてたのか？」

「あっ」

はっとなったクーティリアスが目を丸くしながら大口を開けた。どうやら何か用事があったらしい。

「話がどんどんそれてすっかり頭から抜け落ちちゃってたよー……忘れてたのなしね？」

きりっとした目で訴えられた。さて、こんな少女がもうすぐ大司教になるかもしれないという。教会は大丈夫だろうか、と他人事ながらにベルリオットは心配になった。

クーティリアスがもぞもぞと佇まいを直し、正座した。両手を膝前につき、恭しく頭を下げる。

「ベルリオット・トレスティング様。遅くなりましたが、先日はありがとうございました。あの場にいた教徒を代表して、このクーティリアス・フォルネアがお礼申し上げます」

あまりに唐突だったためにベルリオットは何度も瞬きをしてしまった。

「なっ。い、いきなりなんだよ――」

「あなた様がおられなければ我々の命も危うかったでしょう。このご恩はいかなる礼をもってしてもお返ししたく存じ上げます。あなた様が求めるならば、この身を捧げることも――」

「ちょ、ちょっと待てって！」

「わたくしがお気に召さないのでしょうか。でしたら――」

「だーっ！」

クーティリアスの顎下に、ベルリオットは右手を滑りこませた。親指と、その他の指で両頬を挟んで顔を上げさせる。

「ちゅーをごひょもうですか？」

「ひとまず戻れっ」

「あいたっ」

空いた左手で額を軽く叩いてやった。先ほどまでの仰々しい空気が一瞬にして霧散する。

額をさすりながら、クーティリアスが恨みがましい目を向けてくる。

「ひどいよー。真面目な話をしてるのにー」

「なにが真面目な話だ！　軽々しく、その……捧げるとか言うんじゃねえよ」

「軽々しく言ってない」

そう、はっきりと言ってのけたクーティリアスの顔は真剣そのものだった。冗談や嘘偽りなどいっさい感じられない。ベルリオットは目を合わせていられなくなって思わず視線をそらした。

「大体、俺はお前らを助けたわけじゃない」

五体のモノセロスという脅威を前にした、あの時――。

ベルリオットは誰かを助けるために動いていたわけではなかった。

ただ俺は……。

「自分のために力を使った。敵を倒せるのか。どう倒すのか。ただそれだけしか考えていなかった。

だから、クティが俺に礼を言う必要なんてないんだよ」

誰かに話すつもりなんてなかったのに、なんでこんなことを口にしてしまったのか。

一番近くにいるメルザリッテにさえ話していないのに、まさか会うのも二度目であるクーティリアスに話してしまうとは思いもしなかった。たしかに話しやすい相手ではある。ただ心の内を吐露するよう誘導された気さえしなくもない。それほど流れるように口から出てしまった。

……いや、違う。

自分から話したいと思っていたのかもしれない。きっと聞いてもらうことで楽になろうとしていた。つくづく自分勝手な人間だな、とベルリオットは自嘲してしまう。

「でも、ぼくは助けられたよ」

「俺の好き勝手な戦い方のせいで少なくない犠牲者が出た。これは事実だ」

クーティリアスの気遣う言葉すらも跳ね除けてしまった。

――違う。そうじゃない。あなたは悪くない。

これでは、そんな慰めの言葉を催促しているのと同じではないか。

そう、わかっていても喉から口へと言葉がせり上がってくる。下唇を噛み、出かかった言葉を必死に呑みこむ。急激に惨めな気分になった。これ以上、彼女と話していたらもっと惨めになる。それが嫌で話を切り上げようとした、直後。

「ベル様は……不器用で真っ直ぐなんだよ」

クーティリアスがぽつりと呟いた。優しく耳に触れるような声に誘われ、ベルリオットは顔をあげる。そこには、彼女の痛ましげな微笑があった。

「ぼくはね、自分のことを欲深い人間だって思ってる。だから、もし力を持っていたとしたら、どれだけ綺麗事を並べようと自分のためにしか使わないと思う。うん……だから、そういう意味ではベル様と同じなのかな？　でもね、ぼくならもっと上手くやるよ」

言い終えて、クーティリアスはころっと表情を変えた。にっしっしと悪戯っ子のような笑みを浮かべると、にじり寄ってきて頭を突き出してくる。ふんわりと甘い匂いがした。

「ちょっとぼくの頭を撫でて？」

「い、いきなりなんだよ」

「いいからーっ。ほいほいっ」

ぐいぐい、と頭を押し出してきては催促される。

ったく……こいつといると調子が狂うな。

気づけば先ほどまでの暗い気持ちが消え失せていた。心の中では仕方なくと思いながらも動かす手はなるべく優しくするよう努めた。

クーティリアスがくすぐったそうに目を細め、微笑む。

「へへ、ありがとう。ぼく頭撫でられるの大好きなんだー」

「お、おう……」

「今、ちょっと良い気分じゃない？」

「良い気分もなにもお前に言われてやったことになにを感じろと」

「えー、そんなぁ。ぼくの笑顔、価値なし疑惑……」

「ま、まあ悪くはないが」

「そうでしょそうでしょー」

「……それで結局なにがしたかったんだ？」

「つまりね。今、ベル様が撫でてくれてぼくが笑顔になった。これも一種の力だと思うんだ。そしてベル様も力を使って嬉しぃと感じた」

「おい、誰も嬉しぃとか言ってないぞ」

「そして嬉しぃと感じたのは、ぼくの笑顔を見たからですっ！」

こちらの話をまったく聞いていない。しかも言い切った。

「自分のために力を使って相手はにこにこ、自分もにこにこ。どうせ同じ力を使うならこんな風に相手も自分もにこにこの道をぼくは選ぶよ。相手を幸せにして、自分が連鎖的に幸せになれるってすごくお得じゃないかな？」

「最後の一言で安売りの品を買わされる気分になったんだが」

「狙い通りっ」

と、クーティリアスがしたり顔で言った。

五体のモノセロスを相手にしたあの時、ベルリオットは敵を倒すために力を使い、敵を倒した。その目的の中には周囲の人間の安否は介在していない。だから自分は多くの犠牲者を出すはめになった。

では、どうするべきだったのか。周囲の人間を気遣い、そして幸せにするにはどうするべきだったのか。

答えは簡単だ。

――誰かを護るために力を使う。

それなら周囲の人間は無事だし、幸せになる。ベルリオットも感謝され、幸せになれる。もちろん周囲の人間を護りながら戦うわけだから難易度はぐんと上がるが、少なくとも護ろうとする意図は伝わる。

敵を倒すために力を使い、敵を倒した。

誰かを護るために力を使い、敵を倒した。

結果は同じでも、そこには大きな違いがある。少し偽善的に見えなくもない考え方だが、相手も自分も幸せに、という点だけを求めてさえいれば悪くはないかもしれない。

「なんというか、お前らしい気がするよ」

「でしょー。ということでもうひと撫でいかが？」

言って、また頭を差し出してきた。わざと強めに撫でてやる。

「う、うわあ～。髪がぐちゃぐちゃにっ」

「どうやら相手が笑わなくても俺は喜びを感じるらしい」

「こ、この人、危ない人だよ……！」

嫌がるクーティリアスの顔を見ているとまだまだ弄りたくなるが、ベルリオットはすっと手を引いた。

「ありがと……な。まだ整理はつかないが、クティと話してたら少し楽になったよ」

彼女の考え方は嫌いじゃないし、悪くないとも思う。だが、なにか違う気がした。

上手く言葉にはできないが、少なくとも理屈で考えられるような答えではないのかもしれない。それでもクーティリアスと話すことで自身の中に一つの答えが、うっすらと現れはじめたような、そんな気がした。

「あいっ。お力になれたようでなによりですっ」

にこっと元気な笑顔を向けてくる。おどけているようでどこか達観した彼女のことだ。考えを見透かされているような気がしたが、その花開くような笑顔にめんじて乗せられてやろうと思った。

「ただな……お前の力の使い方、充分綺麗事だろ」

「へっへっへー。一応、これでも聖職者なのでー」

「こいつ、生意気言いやがってっ」

わしゃわしゃと撫でてやると、クーティリアスがきゃっきゃと声をあげる。そんな他人が見たらじゃれ合いにしか見えないだろうことをしていると、聞き覚えのある声が上空から降ってきた。

「やっぱりここにいたんだね」

振り向いて仰ぎ見た先に制服姿のナトゥールが浮いていた。彼女は地に足をつけるなり纏っていた薄黄色のアウラを霧散させた。

ベルリオットはすっくと立ち上がり、問いかける。

「どうしたんだ？」

「どうしたんだ、じゃないよもうっ……何日も授業に出ないで……って！　フォルネア様⁉　が、どうしてここに……？」

近くに来るまでわからなかったのか、クーティリアスを目にした途端、ナトゥールが仰天していた。

「あ～……ちょっとな」

お礼を言いにきてくれた、と答えるのはなんだかばつが悪くて誤魔化した。

クーティリアスに後ろからちょいちょいと袖を引っ張られる。

「ベルリオット様。この方は？」

「お前、喋り方さっきまでと違うぞ」

「はい？　何のことでしょうか？」

どうやら取り繕う気でいるらしい。《歌姫》としての体裁を気にしているのだろうか。だったら俺に対してはどうなんだ、とベルリオットは愚痴じみた疑問を抱いた。とはいえ、それだけ心を許している証なのかもしれない、と思うと悪い気はしない。気を取り直しつつ、ナトゥールのことを紹介せんと口を開く。

「ええとこいつは――」

「な、ナトゥール・トウェイルです！　リヴェティア騎士訓練校の……ベルの同級生です！」

待ちきれなかったのか、ナトゥールが自分で紹介しはじめた。おそらくクーティリアスが放つ神々しい雰囲気が原因だろう。だが、それにしたってがちがちに緊張しすぎだ。

「クーティリアス・フォルネアと申します。そうですか、トウェイル様はベルリオット様のご学友で」

「は、はいっ。あ、あのっ。歌、すごく綺麗でしたっ」

「ふふ、ありがとうございます。喜んで頂けたようでわたくしも嬉しいです」

砕けた性格のクーティリアスが先入観として植えつけられているため、上品に笑うその姿には今や激しい違和感を覚えずにはいられなかった。

さて紹介も終わったところで――。

「なにか用事があったんだろ？　トゥトゥ」

「あ、うん。先生からの伝言で団長がお城へ来いって」

「城に？　騎士団本部ならともかく、どうしてまた……」

「そこまでは聞いてないから、わからないけど」

教師からの呼び出しならば応じないつもりだったが、グラトリオからとなれば世話になっている手前、応じないわけにはいかない。

「団長からなら仕方ないな……あんま気乗りしないが」

気乗りしない理由はほかにもある。

城に行けば、今や女王となったリズアートと顔を合わせる可能性があるからだ。別に会いたくないわけではない。ただ彼女がトレスティング邸を出て行ってからそれなりに時間が経つため、以前の距離感がわからなくなってしまったのだ。

それに彼女は父親である国王を亡くしている。傷心の彼女にどう接すればいいのか。気の利いた言葉の一つでもかけてあげられればいいのだが、あいにくとそんな器用な真似ができる自信はなかった。

まあ、あいつに会うと決まったわけじゃないしな。

そんな風に軽く受け止め、ベルリオットは気持ちを切り替える。

なにやらクーティリアスがうつむき、顔を曇らせていた。

「なにか不吉な予感がします。ベルリオット様、どうかお気をつけ下さい」

「変なこと言うなって。別に団長に会うだけだし心配いらねえよ」

「そうだとよいのですが……」

グラトリオに会うだけならわざわざ場所を城に指定したりはしない。

そのことを本当はわかっていながら、ベルリオットは重い足取りで城へと向かった。


リヴェティア王城に到着するなり、ベルリオットは二人の王城騎士に左右から挟まれた。物々しい待遇に思わず面食らってしまったが、それが歓迎ではなく警戒からくるものだとわかってからは皮肉なことに気が楽になった。

二階の来賓室に連れられてから待たされること半刻。ようやく案内された場所は予想通りというかなんというか……玉座の間であった。

屋敷としてはそれなりに大きい部類であるトレスティング邸が軽く四邸は入るほどに広い。部屋を囲む白壁は傷一つなく、天高くまで伸びるように屹立している。天井には彫刻が施されているが、あまりに高いためなにが描かれているのかわからなかった。

床の中央には幅広の赤絨毯が敷かれ、その両脇に十人ほどの王城騎士たちが並ぶ。最奥部の床は三段高くなっており、その先に玉座がどっしりと置かれていた。

今、玉座に座っているのはリズアート・ニール・リヴェティア。つい先日、亡くなられた国王レヴェンに代わり戴冠(たいかん)したばかりのリヴェティア王国の女王である。

訓練校の時とは違い、彼女は髪を後ろで高く結い上げていた。薄く引かれたルージュ、純白に金糸で模様付けされたドレスに加え、いたるところに身につけられた豪奢な装飾品が彼女の美しさを存分に引き立て、可愛らしかったその印象を厳然なものに仕立て上げている。

目の前のリズアートが自分の知っている彼女とは違うということをベルリオットははっきりと認識させられた。ぼうっとしていると彼女と目が合った。互いにはっとなって表情を緊張させる。

一瞬、彼女の瞳が憂いを帯びていたように見えた。だが、それは気のせいだったのかもしれない。一度の瞬きを経た彼女の瞳からは弱さなどいっさい感じられなかった。

ベルリオットはとっさに声をかけようと思ったが、頭の中で言葉がうまくまとまらなかった。それでもなにか言わなくては、と自分でもわけのわからない衝動に駆られた。搾り出すように声を出す。

「あ、あのさ――」

「無礼者がっ！　さっさと頭を下げろ！」

ふいに両脇の王城騎士から頭を押さえつけられた。いってぇ、と心の中で悪態をつきながら、しかし自分が働いていた無礼を考えれば当然だと思い反省する。されるがまま頭を下げていると手が放された。

隣にいた王城騎士が声をあげる。

「申し上げます！　リヴェティア騎士訓練校よりベルリオット・トレスティングをお連れしました！」

「面を上げなさい。ベルリオット・トレスティング」

リズアートの声は凛としてよく響いた。

彼女は女王としての役割を果たしている。そう心に言い聞かせながら、ベルリオットは浅く息をついて気持ちを入れ替えた。引き締めた顔をゆっくりと上げる。先ほどはリズアートにばかり目がいってしまい気づかなかったが、段差手前の端にグラトリオとエリアスが立っていた。

リズアートが呆れ気味に口を開く。

「それで、グラトリオ。彼まで呼び出しておいていったいなんの話なのかしら？」

ベルリオットは耳を疑った。まさかリズアートが事前に話を聞かされていないとは思いもしなかったのだ。

詰問するかのような言葉を受け、グラトリオが粛々と語りだす。

「実は元老院より陛下に向けて書状が送られてきました」

「なっ」

リズアートが驚きの声をあげた。

他の騎士たちも動揺しているのか、玉座の間がざわついた。

元老院とは各大陸を統べる王たちの相談役のことだ。彼らは現国王たちの血を絶やさないことをな

により も優先する。そのため各大陸間で争いが起こらないよう、また国が上手く回っていない時などに強く干渉する。満六十歳の各大陸の王族に連なる者たちで構成されており、各国の貴族との繋がりも強い。

王であっても無視できない発言力を有している。

「ちょっと待って。どうして私に直接ではなくてあなたを通してなの？　おかしいでしょう」

「おそらくは陛下を気遣ってのことかと思われます。……その、まだ日が浅いですから」

ためらいがちに口にしたグラトリオの言葉にリズアートの表情がわずかにゆがむ。

日が浅い、とはレヴェン国王が死んでからのことを言っているのだ。

レヴェンが暗殺された時のリズアートが嘆き悲しむ姿が思い出される。おそらく今でも彼女は父の死を振りきれていないだろう。しかしそれでも、ベルリオットが謁見の間に現れてからこの方、毅然とした態度を取り続けている。そんな彼女からは王としての気位を保つ意志の強さが見て取れた。

「気に食わないけれど……まあいいわ。それで書状は？」

「こちらに――」

「あー、やっぱりいいわ。内容だけを言ってちょうだい」

グラトリオが衣服とマントの中に手を伸ばそうとしたところリズアートが遮った。

まるで書状の中身がわかっていて、それについて嫌気を感じているようだった。

渋面を作ったグラトリオが重々しく口にする。

「陛下のお相手にディザイドリウム王国フルエル公爵家の長男、ウィーグ様をご推薦なされています」

直後、静寂が場を支配した。

グラトリオの言葉をベルリオットはすぐに理解できなかった。

お相手？　公爵家の男？　推薦？

と単語が現れては上手くかみ合わずに流れていく。

ため息をついたリズアートが沈黙を破る。

「王族が私一人になった時点で、ある程度は予想していたけれど……まあ、むしろ遅いぐらいかしら。でも、こうも予想通りだと笑えるわね」

言って、苦笑する。

その痛ましげな笑みを目にし、ベルリオットはようやく落ちつくことができた。頭の中が徐々に整理されていく。グラトリオが口にした公爵家の男をリズアートの結婚相手にどうか、と元老院が言っている。つまりはそういうことだろう。

――リズアートが結婚するかもしれない。

その言葉を頭に浮かべた瞬間、ベルリオットは胸の奥底がざわついた。それをどうにかして抑えようと下唇を噛んだ。思いきり両手を握り締めて拳も作った。だが、それらは逆効果だった。抑えようとすればするほどざわつきはどんどん強くなっていく。

なんだよ。別にあいつが誰と結婚しようが関係ないだろ……。

ベルリオットが言い得ぬ苛立ちと格闘する中、グラトリオが恐る恐る口を開く。

「いかが……いたしましょうか？」

「フルエル家の長男って言ったら、あのいけすかない人よね……最悪だわ。かといってあの爺さんたちの意見を無視するわけにもいかないし」

「陛下、他の騎士たちの前ですので」

「わかってる。わかってるわよ……ああ、もうっ。ほんっと最悪……」

玉座の肘掛に体重を預けるや、リズアートは目頭を揉みながらため息をついた。

「実は先方からすでに会談の申し出がきております」

「……時間をちょうだい。今は政務に集中したいの。少なくとも一週間は欲しいわ。どうせ子どもなんてすぐにできるわけじゃないんだから別に問題ないでしょ」

「ひ、姫様っ。そんな直接的なっ！」

リズアートの露骨な物言いにエリアスが過敏に反応する。他の騎士たちに至ってはあからさまに視線をそらしていた。そんな空気に嫌気が差したのか、リズアートがまた呆れ気味に大きく息を吐いた。

グラトリオが臆することなく進言する。

「ただ、ひとまず断るとしても早急に返答が必要かと。できれば明日にでも」

明日はリヴェティアの《災厄日》だ。

「あっちは上がって間もないからそのほうがいいでしょうしね」

ディザイドリウム大陸はリヴェティア大陸の一日前に《運命の輪》より《飛翔核》にアウラを注がれる。つまりリヴェティアがもっとも下降する日に、ディザイドリウムはもっとも上昇する。ゆえにディザイドリウムにとって安全で都合の良い日はリヴェティアの《災厄日》になるのだ。

平均高度がもっとも高いリヴェティア大陸では、戦力さえ整っていれば《災厄日》に危険が及ぶことはまずない。そんな中、平均高度がもっとも低いディザイドリウム大陸の状況を考慮すれば当然のことと言える。

「あとは相応の人物、か」

「そのことなのですが、どうやらあちらもすぐに受け入れられるとは思っていなかったようで。先方から『噂の赤いアウラ使いの少年』……つまりそこにいるベルリオット・トレスティングを一目見たいので是非彼を勅使に、と」

「お、俺ですか？」

言って、ベルリオットは目を瞬かせる。

この場に呼び出されて以来、蚊帳の外に置かれたまま話が進んでいるように思えた。だから、他人事のように話を聞いていたのだが、まさかこんな形で話を振られるとは思いもしなかった。

それにしても赤のアウラ使いの少年を見たい、とは相手は物好きな人なのだろうか。いや、物好きでなくともおかしくはないかもしれない。なにしろこれまでに見たことがないアウラの色だ。知的探究心をくすぐられるのも理解できる。ただ、いかに時期の悪いことか。

「ああ。行ってくれるか？」

「あー……すごく言いにくいんですが。俺、またアウラ使えなくなったんです」

「「えっ」」

そろって声をあげたのはリズアートとエリアスだ。

リズアートは怪訝な顔をし、エリアスはなぜかばつが悪そうな顔をしていた。

グラトリオが険しい顔つきで訊いてくる。

「それは本当なのか？」

「自分でもどうしてかはわからないんですが、モノセロスを倒してからまったくアウラが反応しなくて。だからその、役に立てなさそうです」

ふむ、とグラトリオが顎に手を当てる。

「そうか。しかしあちらから直々の指名とあっては、たとえアウラが使えなくなったとしてもベルリオットには行ってもらったほうがいいだろう。アウラの件については私から一言添えておく。……頼めるか？」

「俺でいいのなら」

即答した。そもそも訓練生とはいえ形式上は騎士団に属しているのだ。団長であるグラトリオからの頼みごとは命令と同じである。それに今回に至っては女王リズアートも関わっている。騎士訓練生である自分に断れるはずもない。

「ごめんなさい、ベルリオット」

リズアートが弱々しい声で言った。無表情に近かったが、わずかに眉尻が垂れていた。さらにその瞳には切なげな色が滲む。

ふと視線が合った直後、すぐにまた目をそらされた。ずきりと胸が痛む。

彼女が口にした「ごめんなさい」には面倒な仕事を押しつけたことによる謝罪以外の意味が込められている気がした。それがわかっていながら、ベルリオットは思いに反した言葉を押し出すようにして放つ。

「いや、いい……いいんです」

「っ――」

リズアートがあからさまに悲痛な表情を見せた。だが、それも一瞬のことで即座に凛々しい顔つきに戻る。

「しかしお言葉ですが、彼だけでは足りないかと。ほかにもどなたかを……」

そう口を挟んだのはエリアスだ。

ベルリオットだけでは足りないというのは勅使としての格のことである。王の使いともなれば相応の位や名声を持った者でなければ釣り合わない。勅使にベルリオットを、と先方が名指ししているが、文面通りに受け取ればリズアートの品格を疑われる。

国王の死から政務は多忙を極めているはずで自ずと宰相は外れるだろう。同様の理由で騎士団長のグラトリオも外れる。ほかに考えられるとすれば序列二位のユング・フォーリングスか、あるいは序列三位の……。

予想通りの答えが、グラトリオの口から聞かされる。

「ログナート卿。貴公にお願いしようと思っている」

「わ、私ですか？」

驚愕するエリアスとは反対にリズアートは予想通りといった感じだった。

「まあ、ユングがいない今、エリアスしかいないわね……」

「で、ですが明日は《災厄日》です！　私には姫様の護衛が――」

「明日は私も城に待機するので問題ない。それに護衛についてもすでに手配している。……入ってこい！」

エリアスの抗議の声を遮り、グラトリオが叫んだ。

玉座の間にいる全員の視線が入り口へと向いた。呼びかけから間もなく、王城騎士の白い制服に身を包んだ一人の騎士が現れる。いや、騎士という言い方は相応しくない。

その人物を見た瞬間、ベルリオットは思わず声をあげてしまう。

「い、イオル？」

リヴェティア騎士訓練生、イオル・アレイトロスがそこにいた。


迎えた、翌日。ベルリオットはストレニアス通りを一人で歩いていた。心地良い朝の日差しが降り注ぐ時間帯とあって相変わらずの賑わいだ。商人が通行人を呼び止める威勢のいい声がそこかしこから聞こえてくる。その光景からは本日が《災厄日》であることをまったく感じられない。

活気をぞんぶんに浴びながら南下していくと、前方の空に浮く無数の飛空船が目についた。垂直に上昇したり下降したりと二様の動きを見せている。

それらはリヴェティア・ポータスで離着陸を行なっている飛空船だ。ポータスはストレニアス通りを横断するようにして造られ、王都外郭門前の敷地を占めている。その面積は優に六千人を収容できるリヴェティア王城前庭とほぼ同程度と凄まじく広い。分割された区画ではあるが、何十隻もの飛空船が整然と並ぶ光景はまさに圧巻の一言だ。

引っ切り無しに多くの飛空船が離着陸する中、一軒家ほどの大きさを持つ箱型の飛空船が幾つか混ざっていた。あれは物資輸送用の大型飛空船だ。積載量が多いため、商売人や運び屋に好まれている。大陸間の貿易はこの大型飛空船に支えられているといっても過言ではない。

飛空船の飛び立つさまを横目に見ながら、ベルリオットはポータス中央に位置する建物の中へと入った。

ここではポータスが関わるすべての飛空船を管理しており、危険な人物や物資の取り締まりも行なわれている。

長期貿易許可証を発行している場合は指定の停泊所が用意されるため、円滑な離着陸が可能だ。そうでない場合は自由発着場と呼ばれる管理者が毎回立ち会う場所でしか離着陸ができないため、諸々にかなりの時間を要する。その影響もあり、左右の壁沿いに配された幾つもの受付はどこもかしこも行列ができあがっていた。これが《災厄日》でなければ、と思うとぞっとする。

手前の区画を通り抜け、ベルリオットはさらに奥側へと進んでいく。

最奥周辺の貸出用区画でエリアスと待ち合わせの約束をしていた。昨日の別れ際、無愛想に「明日の朝、ポータス管理所の貸出用区画で待っていますす。遅れないでください」と彼女から告げられたのだ。

正直に言えば、エリアスと二人きりというのはかなり気まずかった。五体のモノセロスを撃破したあの時。彼女から放たれた言葉がいまだ心の奥底に深く突き刺さり、内側からちくちくと責め続けているのだ。

謝れば、この胸のわだかまりは晴れるのだろうか。

だが、彼女の高圧的な物言いを思い出すと、どうしても謝る気にはなれなかった。なにより自分が倒さなければという恩着せがましく、そして浅ましい考えが少なからず心の中にあった。

謝る必要なんてないよな……。

そんなことを考えているうちに、ベルリオットは貸出用区画に到着した。と、やたらと目立つ女性騎士が目に入った。あれほど真っ直ぐに伸びた淡く美しい金の髪を持つ者をほかに知らない。エリアスだ。どうやら先に来ていたらしい。

「遅いですね」

「あんたが早いんだ」

「騎士団内の階級はあなたのほうが低いのですから、もっと早く来るべきです」

「はいはい、わかりましたよ。お偉い王城騎士様を待たせて申し訳ありませんでした」

会って早々にお叱りを受け、反射的に皮肉たっぷりの言葉を返してしまった。

やっぱこいつに謝るとか死んでもごめんだな……。

さっさと用事を済ませてしまいたい、とベルリオットは歩を進めようとするが、エリアスが動こうとしなかった。そればかりかこちらをじっと見つめてくる。その切れ長の双眸は鋭く、責められている気分に陥る。

「な、なんだよ？　まだなんか言いたいことでもあるのか？」

ベルリオットはたじろぎながら言葉を搾り出した。いったいなにを言われるのか、と身構えていると、

「先日は思慮に欠ける発言をしてしまい、申し訳ありませんでした」

エリアスが、がばっと勢いよく頭を下げた。

あまりに予想外な行動を前にベルリオットは唖然としてしまう。

周囲の人間もいったいなにごとかと注目し、ざわつきはじめた。

頭を下げたまま、エリアスが話を続ける。

「あの時、なによりも先に感謝の意を伝えるべきでした。それなのに私は……責めるばかりで〝あなたがモノセロスを倒さなければもっと多くの犠牲が出ていた〟という事実を見ようとしなかった。あなたには周りを見ろと言いながら自分は逆に周りだけしか見ていなかった。私は自分が恥ずかしい……」

「ちょ、ちょっと待てって。待ってくれっ」

エリアスの言葉をすぐに理解できなかった。というより周囲から向けられる奇異の目によって思考が邪魔されたのだ。衆人環視の中、女性に頭を下げられることが、これほど居た堪れない気分になるとは思いもしなかった。ベルリオットはあたふたしながら両手を中空に泳がせる。

「と、とにかく頭上げてくれって」

「いいえ。あなたが許してくれるまで、この頭を上げるわけにはいきません」

「許す、許すって！　だから――」

「そのような投げやりな言葉では納得できません」

なんなんだこいつは！　強情にもほどがあるだろっ！

こうしている間にも騒ぎを聞きつけてか、人が増えつつあった。それに連れて、ベルリオットは自分の焦りも増していくのを感じた。

「だーっ、ちょっとこっちこい！」

「な、なにをっ？」

意を決して、ベルリオットはエリアスの手を取って走り出した。彼女はびくっと体を震せていたが、さした抵抗もせずについてくる。受付のすぐ隣にある鉄扉を開け、管理所の外へと飛び出た。陽光が照りつけ、むわっとした空気が肌を撫でてくる。

両脇には膝ほどの高さの塀が続く。飛空船の飛び立つ音が響く中、石畳の通路を駆け抜けていく。ひと気の少ない場所に来たところでようやく足を止めた。ベルリオットは荒くなった息を整える最中、ふとエリアスと手を繋いだままでいることに気づいた。慌てて手を離したのち、ろくに彼女の顔を見ずに言う。

「ば、場所を考えてくれ……」

エリアスは申し訳なさそうに表情を陰らせた。乱れた息を整えたあと、彼女は語りはじめる。

「ですが、あれからずっと考えていて……自分に非があったと整理がついてからはあなたにいつ謝ろうかと機会を窺っていたのです。昨日は、その、違うことで頭が一杯でしたから……今日はあなたに会ったら真っ先に謝ろうと思って、それで……」

いつもは何者も寄せつけない刃物のような鋭い空気を纏っているのに、訥々と語る今の彼女は触れれば壊れてしまう脆い硝子のようだった。

ベルリオットは胸の内に存在していた毒気がすぅっと抜けていくのを感じた。先に謝りたくないと考えていたことが馬鹿らしくなった。また自分がどれほど精神的に幼かったのかを痛いほど思い知らされた。

「あんたってほんと真面目だよな。俺なんかに頭下げてさ」

「そんなことは……」

「自分が間違ってたとしても、下の人間に頭を下げられる奴なんてそうそういないぜ」

「間違っていれば正すのが騎士のあるべき姿です」

「そういうところが真面目なんだよ」

エリアスはなにか言い返そうとしていたが、ベルリオットは間を置かずに継ぐ。

「たしかにあんたが考えていたことは俺も引っかかってた。俺が倒さなかったら、ってな。でもな、あの時、あんたが言ったことがやっぱり正しいんだよ。俺は周りが見えてなかったし見ようともしていなかった。みんなを護るよりも敵を倒すことを優先していた。それじゃ、やっぱりダメなんだ」

「ですが、それでは現実的に難しい場合も出て――」

「目指すのは最高の結果。それでいいんじゃないかって思う」

「最高の結果……？」

「あぁー……知り合いの受け売りなんだが、自分が笑えて相手も笑えれば最高じゃないかってな。もちろん最高にならない時だってあるかもしれない。その時はその時だ。悔やむなら悔やむしかない。けど、最高の結果を目指さなきゃ最高の結果は得られない。みんなが笑顔でいられる結果を目指して俺たち騎士は剣を取らなきゃならない」

今、こうしてエリアスに話すまで形になっていなかった考えだった。いや、本当はすでに自分の中で答えが出ていたのかもしれない。邪魔をしていたのはちっぽけな矜持だ。

「これが最良の答えかどうかはわからない。でも、俺なりに出した答えだ。そしてこの答えに辿りつけたのは、あんた……エリアスのおかげだ」

「わ、私はなにもっ」

「……ありがとう」

深く頭を下げた。謝るよりも感謝をするほうが合っている気がしたのだ。

どんな言葉が返ってくるのか。待っている間がひどく長く感じられたが、やがて呆れ気味なエリアスの声が頭上から降ってきた。

「真面目なのはどちらですか……まったく。頭を上げてください」

言われてからも、ベルリオットはしばしその体勢を維持した。ゆっくり面をあげると、穏やかな笑みを浮かべたエリアスが目に入る。

「すごく立派だと思います」

「って言っても、俺の取れる剣は鉄製になっちまったけどな」

ベルリオットは帯剣の柄を握りながらおどけてみせた。

エリアスの表情が途端に曇る。

「その、アウラが使えなくなったのは、やはり私の――」

「ああ、違う。いやまあ、たしかにきっかけにはなったかもしれないが……でも、いつかは同じ問題に直面していたと思う。きっと遅いか早いかの違いだったんだよ」

「そうだとしても、また使えるようになるとは……」

「まー、今までだってこいつ一本でやってきたんだ。こいつで、やれるだけのことをやってくさ。だからエリアスが気にする必要はねえよ」

「はい……」

我ながら似合わないと思いつつも、ベルリオットは彼女を安心させるために精一杯笑った。返ってきたのは苦笑だったが、それでもうつむいているよりはましだと思った。

「とりあえず、この話は終わりにしようぜ。そろそろ行かないと時間がないだろうしな」

「そうですね。ただでさえアウラ要員は私しかいませんから」

「ぐっ」

「気にしなくていいと言ったのはあなたですから。文句は受けつけませんよ」

「こ、こいつ……」

どうやら軽口を叩けるぐらいには調子を取り戻したらしい。それだけでなく、ふふっと微笑むエリアスからは、今までの雰囲気とは一転して柔らかなものを感じられた。これまでしかめっ面ばかり見ていたからか、どうにも彼女に微笑まれると調子が狂う。

毒気を抜かれ、ベルリオットは思わず口元が緩んだ。

「あらあら随分と仲がよろしいようですね。ついこの間までの様子からは、さすがにこれは予想できませんでした」

背後から覚えのある声が聞こえてきた。振り返った先に、にこにこと微笑むメルザリッテが立っていた。

「メルザ？　なんでここに」

「わたくしも同行させて頂きます。よろしいですね？」

「いや待て待て。なにがよろしいですね、だよ。前の防衛線の時も言っただろ。俺らは騎士団の任務で行くんだって」

「前回はそれで引き下がりましたが、今回はそうはいきません。メルザはもうベル様が傷つくところを見たくないのです」

「傷つくの前提かよ」

「前回、死にかけて帰ってきたのはどこのどなたですか？」

「お、俺だ……」

その節では三日も目を覚まさなかったために、メルザリッテに多大な心配をかけてしまった。おかげでその話を出されては、ベルリオットは返す言葉がない。それでもなんとか説得せんと必死に言葉をひねり出す。

「でも、今回はそんな危ない話じゃないって言っただろ。ただあっちのお偉いさんとちょっと会うだけだ。だから、な。大人しく家で待っててくれ」

「いやです」

「いやですっておい。子どもじゃあるまいし……なあ、エリアスからもなんか言ってやってくれよ」

前回、メルザリッテを追い返したのはエリアスだ。今回もきっと上手く言いくるめてくれるだろう、と踏んで助けを求めたのだが、

「いいでしょう。メルザリッテ・リアン。あなたの同行を許可します」

返ってきた言葉は予想外のものだった。

しれっとした顔で言われ、ベルリオットは何度も目を瞬かせる。

「へ？　悪い、聞き取れなかった。もう一度頼む」

「いえ、ただアウラ要員が欲しかったので、ちょうどいいかな、と。飛空船の補助をお願いできますか？」

「はいっ、お安い御用ですっ」

胸の前で両手を組み合わせながら、メルザリッテが満面の笑みで答えた。つられてか、エリアスも微笑んでいる。

そんな二つの笑顔を前にして意を唱えるなんて野暮なことを、さすがにベルリオットもできはしなかった。

側部の扉を横にずらし、飛空船に乗りこんでいく。操縦席にエリアス、補助席にメルザリッテ。なにもすることのない、もとい、なにもできないベルリオットは後部座席についた。

今回、搭乗するのは速度重視型の小型飛空船だ。騎士団専用の貸出機らしく昨日のうちにエリアスが手配してくれたものだった。

エリアスによってアウラを注ぎこまれた飛空船が静かに離陸、ゆっくりと上昇しはじめる。周りには同じく垂直上昇する飛空船の姿が幾つも見られた。

本日は《災厄日》なので充分に高度を取らなければならない。逆に言えば高度さえ取ればシグルに強襲されることはまずない。《災厄日》でもポータスの利用者が多かったのはそのためである。

メルザリッテも補助席に取りつけられたオルティェ水晶にアウラを注ぎこんだ。飛空船がさらに加速する。

「まもなく大陸圏外に出ます」

言って、エリアスが自身の左側にある槓杆を手前に引いた。ガンッという重い音が機体下部から響く。同時、下部から溢れ出ていたアウラが見えなくなる。

《飛翔核》の影響が及ばない大陸圏外ではアウラが極端に薄い。その中でアウラが動力である飛空船をどのように動かすのか。その答えが、今しがたエリアスが施した操作である。

機体内部にアウラを閉じこめ、滞留させる。つまりアウラを使い回すのである。ただ、使えば使うほどアウラの質は落ちていくため、速度は出せないうえに長時間航行もできない。せいぜい大陸間を渡るぐらいの距離が限度だ。

王都が視認できなくなるまで飛空船が上昇すると、急激に気温が下がった。操縦席、補助席以外の硝子が曇る。大陸圏外に出たのだ。

気温の上昇にアウラは少なからず影響している。ゆえにアウラが薄い大陸圏外は気温が低いのである。

「相変わらず冷えるな」

「アウラが通っているので私はほとんど感じませんが」

「羨ましい限りで」

飛空船は弧を描きながら東へと向き直り、ゆっくりと前進しはじめる。あとはディザイドリウム大陸まで真っ直ぐに進むだけだ。

飛行が安定したところでメルザリッテが「そう言えば」と口を開く。

「昨日、ベル様にお話を伺った時からずっと気になっていたのですが、リズアート様の護衛はよろしいのですか?」

禁句だった。

ベルリオットは思わず右手を額に当てた。当の本人――エリアスの様子は、後部座席からでは耳をぴくりと動かしたことしか確認できなかった。どうやら大した動揺はないように見える。

「話していなかったのですか?」

「いやまあ、必要ないかな……と」

ただ、こんなことになるならメルザリッテにも話しておけばよかった、といまさらながら後悔した。

どう説明しようかと悩んでいるのか、エリアスが黙りこんでしまった。

そんな空気を察してか、メルザリッテがおずおずと言う。

「あの～……もしかして訊いてはいけませんでしたか？」

「いえ、そういうわけではないのですが……」

そう言いつつも、エリアスは口ごもってしまった。

ベルリオットが答える必要はないが、空気が重いまま時間を過ごすことだけはしたくなかった。

「政治的な問題が色々あってエリアスが勅使をするしかなかったんだよ。ちなみに、あいつの護衛はイオルって奴がやることになった」

「イオル・アレイトロスさんでしたよね？　その方はたしかベル様と同学年の訓練生だったはずでは？」

「よく知ってるな」

「はいっ。ベル様のことならなんでも知っていますから」

そう得意気に言ってのけた。我がメイドながら危ない奴である。

「俺もよくわからないんだけどな。聞かされた時はなんでイオルがって感じだったし」

「実は、そうおかしいことではないのです」

エリアスが前を見ながら淡々と言った。

「おかしくない？　ってか、そういや昨日は意外とあっさり引いたよな。俺はてっきりもっと抗議するんじゃないかと思ってたんだが」

「そんな、まるで私が聞き分けの悪い子どものような言い方はやめてください」

子どもとまではいかないが、頑固なのは間違いない。

まだ納得がいかないようだったが、言いたいことを呑みこむようにため息をつき、エリアスは続ける。

「あまり広く知られていないことなのですが、彼……イオル・アレイトロスの父君は元老院議員の遠戚に当たる人なのです。ですから今回、訓練生から王城騎士への昇格だけでなく、姫様の護衛役まで任せるという強引な手を使ってきたのは、そこに元老院の介入があることを示唆しているのです。ちなみにこのことは姫様ももちろん知っておいでです」

エリアスから語られた、驚くべきイオルの出自。たとえ遠戚であったとしても元老院の関係者となれば、王族までとはいかないまでも格式は相当に跳ね上がる。

これまで公になっていなかったのは本人が隠していたからだろうか。わかりやすい形で後援がなされていれば、もっと早くに気づけたはずだ。とはいえ、今になって初めてイオルを手頃な駒だと判断し、背景――つまり元老院が手を加えてきたということも考えられる。

「もし断ってたら……どうなってたんだ?」

「レヴェン様が亡くなられてしまった今、リヴェティアの立場は非常に弱いものになっています。もし断りでもすれば、それは元老院に好意的ではないと見られ、様々な面でリヴェティアが孤立するのは間違いないでしょう。それでも王家が滅びるなんてことはないのですが、民がその皺寄せの被害を受けるのは間違いありません。だから姫様も……」

仕方なく了承したのか。

エリアスが口にしなかった言葉をベルリオットは心の中で続けた。

イオルがリズアートの護衛を任じられた一件に、そのような裏があったとは思いもしなかった。道理でエリアスがあっさりと引いたわけだ。

ふと脳裏にある疑問がよぎった。

たしかにリズアートの決断のおかげでリヴェティアは孤立せずに済んだかもしれない。しかし彼女自身はどうなのだろうか。父親を亡くし、また信頼するエリアスが護衛から外れた。リヴェティアが孤立しなくなった代償にリズアートが孤立しているのではないだろうか。

とはいえ、彼女は寂しがるような素振りをいっさい見せなかった。いや、見せないように強がっていたのかもしれない。彼女がそういう人間だということをベルリオットは短い付き合いながらも知っている。

あいつ、大丈夫なのか……。

そんな柄にもないことを思ってしまった。ベルリオットは軽く頭を振って気持ちを入れ替える。

エリアスの話は続く。

「以前から、我々王城騎士の中でもイオル・アレイトロスの出自は一部で話題になっていました。実力とは別に、いつか序列上位に食いこんでくるだろう、と。ですから、そうおかしくはない抜擢だったのです。とはいえ、さすがにこの機会で姫様の護衛に任命されるとは思いもしませんでしたが……」

「あいつの矜持は半端ないからな。実力関係なしで選ばれたって知ったら……いや、知ってるのか。内心、穏やかじゃないだろうな」

「前回の南方防衛線で彼の実力を見させてもらいましたが、たしかに相当なものでした。《紫光階級》は目前といったところでしょうか。今はともかく将来が楽しみな逸材であるのは間違いありません。だからこそ、このような介入が不必要であったという思いも拭えませんが」

イオルを認めていたから尚更なのだろう。一人の騎士として、その言葉には哀れむ気持ちが透けて見えた。

エリアスらしい優しさだ、とベルリオットは思った。

「まあ、《災厄日》って言っても前みたいに防衛線にいるわけじゃないしな。それに団長もいることだし、イオルだって初めての大任だから張り切ってるだろうし、大丈夫だろ」

「そう……ですね」

後ろからではははっきりと見えなかったが、彼女はどこか煮えきらない複雑な表情をしていた。

「心配ならさっさと終わらせて帰ろうぜ。それで任務とか関係なしにあいつのそばにいてやれよ。たぶん、あいつもそれを望んでるだろ」

「そうですよ、エリアス様。ベル様だって、いつもメルザにそばにいて欲しいと願っているのですから、リズアート様だってそう思っているに違いません」

「なに勝手なこと言ってんだ。そもそもメルザとエリアスじゃ色々立場が違うだろ」

「いいえ、違いません。どちらも愛し愛されの関係です」

「あのなぁ。ったく、お前は……」

せっかくエリアスを励まそうとしていたのに台無しだ。

ベルリオットが盛大にため息をつく中、エリアスがくすくすと笑い声を漏らしていた。

「いきなりどうしたんだ？」

「いえ、お二人は本当に仲が良いのだな、と」

「はいっ、もちろんです。ベル様が生まれてから……いいえ、生まれる前からずっと一緒ですから」

「生まれる前からってなんだよ」

「そのままの意味です」

意味がわからなかった。

「まあ、メルザは置いておいて」

「置かないで下さいっ」

「エリアスたちも一緒にいた時間、長いんだろ。お互いが望んで一緒にいたら、それはもう血とか関係なしに家族だって俺は思う。あいつにとっての家族は、今はお前だけだから。それで……家族は一緒にいるもんだから……その、なんつうか」

上手く言葉にならなかった。それになにか自分でも恥ずかしいことを言っているような気がして、つい後ろ髪をかいてしまう。だが、気持ちは伝わったようだった。

「あなたらしくない発言ですね……ですが、ありがとうございます」

エリアスが笑みをこぼした。

らしくない、は余計だったが、そんなことはどうでもいいと思えるほど良い笑顔だった。


「もっとも発展してる国ってだけはあるよな」

遠方に王都ディザイドリウムの姿が見えた時、ベルリオットは感嘆しつつ呟いた。

大陸人口のほとんどが集中する王都ディザイドリウムには高層建築物が林立している。周辺に遮蔽物がいっさいないため、その巨大さは一層際立っており、まさに圧巻の一言だ。また王都リヴェティアのように周囲に城壁は存在しない。外側に向かって好き勝手に建物が築かれているのだ。真上から見下ろせば、さぞ無骨な形をしていることだろう。

男としての性だろうか。王都ディザイドリウムの高層建築群を見ていると昂揚感を覚えてしまう。

だが、メルザリッテは違ったようで不快だとばかりに眉をしかめている。

「ですが、この大陸はあまり好きになれません」

「あなたが彼に異を唱えるなど珍しいですね」

「いえ、決してベル様に反論しているわけではないのです。ただ満ちているアウラがどうにも」

そう口にする彼女の顔は見てわかるほど青ざめていた。

ベルリオットはエリアスに問いかける。

「そういうの、わかるもんなのか?」

「私はそこまで不快ではありませんが……リヴェティアとは違うという感じはたしかにあります。もしかすると緑が少ないことが関係しているのかもしれませんが」

現在、飛空船の真下にはちらほらと緑が見られるが、王都周辺にはまったくと言っていいほど見られない。

「ディザイドリウムは以前より問題視されているように常循環アウラが多いですから、それが原因という可能性もありそうですね」

「わかっててもやめられないんだろうな」

「人は快適な生活を一度覚えてしまうと、なかなか抜け出せませんから」

「そう考えるとリヴェティアって恵まれてるんだろうな」

他国に触れることで改めて母国の良さを知ることができた。ベルリオットが誇らしい気分に浸っていると、王都がすぐそこまで迫っていた。徐々に高層建築群の姿が鮮明になっていく。

と、王都の手前に二十人ほどの人影が見えた。全員が深い緑色の服に身を包んだ格好だ。がっしりとした体つきや胸を張った立ち姿からは戦士であることが見て取れる。

「あれってディザイドリウムの騎士だよな。演習でもしてるのか？」

「それにしてはなにもしていませんが」

「てか、こっちを凝視してるような」

「……なにか様子が変ですね。一旦、ここで飛空船を降ろします」

エリアス、メルザリッテの纏うアウラが薄くなっていくにつれ、飛空船が緩やかに下降する。やがてわずかな振動と砂をこする音とともに地上に着陸した。

「あいつら、こっちに来てるな」

「私が出ます。お二人は船内に残っていてください」

「あ、ああ……」

剣呑な空気を纏ったエリアスが飛空船から降りた。

ベルリオットは状況が把握できないながらもなにか嫌な予感がした。扉から顔を出し、メルザリッテとともに外の様子を窺う。

アウラを纏ったディザイドリウム騎士たちがまるで立ちふさがるようにエリアスの前に舞い下りた。

遅れて、赤色基調の瀟洒な衣装に身を包んだ一人の男が下りてくる。

まるで威嚇するかのようににじり寄る騎士たちへとエリアスが声をあげる。

「これはどういうつもりでしょうか？　我々がリヴェティア王の使いと知ってのことですか？」

「ええ、知っておりますとも。エリアス・ログナート殿」

「知っていてこのような歓迎をした、と。そう仰られますか、ビシュテー宰相閣下殿」

騎士たちの前に歩み出た瀟洒な衣装姿の男――ビシュテーは、どうやらディザイドリウムの宰相らしかった。歳は五十ほどか。小柄で恰幅の良い体型だ。おだやかな笑みを崩さないため、腹の底が読めない。

不気味な感じだ。

「おやおや、お好みではなかったかな。あなたには相応しい歓迎だと思ったのですが」

「ふざけないで頂きたい！」

「ふざけてなどおらんよ。我々にはこうする義務がある。ある信頼できる筋からあなた方が勅使を装い、我が国王陛下の暗殺を企てている、との情報が入りましてな」

「なっ！　ありえない！　第一そのようなことをして何の得が！」

「ええそうでしょうな。しかし、この情報源は信頼できるものだ。一時、あなた方を拘束させて頂く」

　ビシュテーが前に出した右手を横に払うと、ディザイドリウムの騎士たちが一斉にアウラを纏い、光翼を放出させた。さらに結晶武器も生成するやいなや、その切っ先をエリアスへと向ける。

「横暴なっ！」

「大人しく同行して頂けますかな？　我々も手荒な真似はしたくないのでね」

　ビシュテーの口の端が不敵に吊りあがる。それを見てか、エリアスが肩を震わせた。

「くっ、そうか……そういうことですか……っ！　ベルリオット・トレスティング！　今すぐリヴェティアに――姫様のもとに向かってください！」

　振り返った彼女が叫んだ。ひどく切羽詰った様子だったこともあり、真剣さがひしひしと伝わってくる。

　だが、その言葉の意味することがベルリオットには理解できなかった。

「なんであいつんとこに……意味が――！」

「説明している暇はありません！　早く！」

「あんたはどうするんだよ!?」

「私はここで彼らを食いとめます！　ですから――」

「そうはさせん！」

エリアスの言葉を遮り、ビシュテーの声が響きわたった。途端、黄色いアウラを纏った三人のディザイドリウム騎士が飛翔し、こちらへ向かってきた。飛空船ごと破壊すると言わんばかりに、その手には結晶武器が握られている。

だが、彼らが飛空船に到達することはなかった。彼らの飛翔した軌跡をなぞるように紫の閃光が迫り、接触。煌きが奔ったかと思うや、濃緑衣装の騎士たちが一斉に中空に投げ出され、不恰好に落下していた。

「食いとめる、と言ってしまいましたが、どうやら力量を見誤っていたようですね」

一瞬にして濃緑騎士を斬り抜いたのはエリアスだった。ビシュテーに向き直りざま結晶武器についた血糊を振り払うと、彼女は自身の胸前に剣を構え、切っ先を天に向けた。

「我が名はエリアス・ログナート！　リヴェティアが騎士、王城を守護する者なり！　私に剣を向けた者は命がないと知りなさい！」

エリアスの名乗りがびりびりと空気を震わせた。その気迫を目の当たりにしたビシュテーを含むディザイドリウム騎士たちがそろって怯み、一歩二歩と後退さる。

「う、後ろの飛空船は後回しだ！　ログナート卿さえいなくなれば問題ない！　お前たち一斉にかかれ！」

恐怖に呑まれたか、弾かれるようにビシュテーが合図を出した。

濃緑の騎士たちがエリアスに飛びかかっていく。つい先ほど三人を倒したとはいえ、濃緑騎士たちはまだ二十人近く残っている。一振りのみの突撃が多方向からエリアスに幾つも浴びせられる。それらをエリアスは弾き、時には受け流していく。始まって間もないというのに彼女の顔はすでに苦痛に染まっている。

いくらエリアスでもあの数が相手じゃ無茶にも程があるだろ……っ！

なにができるかわからない。いや、アウラが使えない身ではなにもできないどころか足手まといになりかねない。だが、あのまま彼女を放っておけなかった。ベルリオットは飛空船の外へ飛び出そうとする。

「ベル様、行きましょう」

後ろ手からメルザリッテの声が聞こえた。振り返った先、彼女はいつの間にか操縦席に座っていた。

「お、おいメルザ。エリアスを置いてくのかよ！」

「エリアス様はそう簡単にやられるお方ではありません。それにここに留まれば、エリアス様の決断が無駄になります」

命を賭してまでこの場に残ると決めた、エリアスの心境はどのようなものだったのか。

姫様が危ない、という言葉。何者かの手によってリズアートの命が危険にさらされているというのなら、エリアスにとっては彼女の安全確保がなによりも優先されるべきことだ。

だとしても……！

「なにをしているのですか！　早く！」

エリアスの声が思考に割って入ってきた。

彼女の必至の形相と身に受けた傷を目にし、ベルリオットは迷うことをやめた。

「くそっ！」

飛空船の扉を勢いよく閉めたのち、飛びこむように補助席に座る。

「メルザっ、頼む！」

「はい！」

威勢のよい返事とともに飛空船が荒々しく発進した。リヴェティア・ポータスを離陸する時とは違い、地面すれすれの移動から徐々に高度を上げていく。

ベルリオットは振り返れなかった。もしエリアスの姿が目に入れば、引き返すようメルザリッテに命令してしまうと思ったからだ。

真面目過ぎて自分とは合わない奴だな、と初めの頃は思っていた。それが、いつの間にか気を許せる人間になっていた。彼女を失いたくはない。切実な願いが心の底からこみ上がってくる。

エリアス……絶対死ぬなよっ！

✧

本日は《災厄日》で、もうすぐ正午が訪れる。王族であり〝繫ぎ〟の役割を持つリズアートは、《運命の輪》がもっとも大陸に近づく正午に《飛翔核》にアウラを注がなければならない。ゆえに公務を控え、ほんのひと時ではあるが、今は憩いの時を過ごしていた。

ここは回廊に囲まれた中庭だ。外の景色は窺えないが、綺麗に刈りこまれた芝や周囲に配された花壇、中央に置かれた小さめの噴水がわずかながら疲れた心を癒してくれる。

噴水の囲いにそっと腰を下ろした。心持ち面を上げ、視界いっぱいに中庭の風景を収める。

王城の外にあまり出られなかった自分にとって中庭はもっとも多く利用した遊び場だった。初めは侍女たちに遊んでもらうだけだったが、それだけでは飽き足らず騎士や政務官たちを引っ張ってきてはたくさん困らせた記憶がある。

そうしたのは楽しかったからだ。しかし、一番の理由は中庭が城内にいる人間——とくに父親であり国王であるレヴェンの目に止まりやすいと思ったからだった。

そんな意図を汲んでくれたのか。ここで遊んでいると、少しでも暇があればレヴェンは相手をしてくれるようになった。侍女たちから教わった花々の知識を披露したり、政務官がこぼしていた政策を勝手に話して困らせたり。騎士から習った剣術をアウラを使って披露した時にはまだ早いと言って怒られたりもした。

懐かしい思い出が次々に溢れてくる。それらはどれも父親に関係することばかりだった。

お父様……。

今まではそばにエリアスがいたから寂しさが紛れていたのかもしれない。一人になったせいか、ふとこみ上げてくる感情に身を委ねてしまいそうだった。自然と顔がうつむいた。唇が震えた。目じりに溜まった涙のせいで視界がぼやけはじめる。

ついに涙がこぼれ落ちそうになったその時、辛うじて自制が勝った。ぎゅっと目を瞑る。

だめよ、リズ。泣いたらだめ。あなたは王になったのよ。王は決して弱さを見せてはならない。立派に王を務める。それが私を育ててくれたお父様への恩返しなんだから。

生まれたと同時に母親を亡くした自分にとって、薄情かもしれないが、本当に肉親と思える存在はやはりレヴェンだけだった。そんな父に情けない姿を見せたくはなかった。リズアートは深呼吸をしてから、よし、と気分を入れ替えるように勢いよく目を開いた。

感傷に浸っていたせいで思ったより長居をしてしまった。正午が近い今、各防衛線ではシグルとの戦闘も激化していることだろう。防衛線で騎士たちが頑張ってくれているおかげで王都はいつもと同じように平和なひと時を過ごせている。

そんな彼らを楽にするためにも自分は王として繋ぎの役割を果たさなくてはならない。ただ、初めてということもあって少しだけ不安だった。早めに《飛翔核》のもとへ向かおうと立ち上がる。と、回廊の柱の裏に人影を見つけた。

「そんな離れたところで見ているなんて悪趣味ね」

こちらの言葉を受け、人影がその姿をさらした。

つい先日、護衛を務めることになったイオル・アレイトロスだ。訓練生から王城騎士へ異例の昇格。果ては王の護衛役、とそのあり得ない無茶な抜擢の背後に元老院が関与しているのは言うまでもない。

直立したイオルが右手を胸に当て、敬礼する。

「申し訳ありません。私が近くにいることを陛下は望まれていないようでしたので、できる限り距離をとるべきだ、と」

形式的なやり取りだ。ただ表情が硬いだけのエリアスとは違い、作ろうとしているのが見て取れるイオルの無表情はリズアートの心を苛立たせた。その感情がどうやら表に出てしまっていたようだ。

「よく思っていないのはたしかよ。とはいえあなたも爺さんたちのだしに使われている身だしね。あなたを疎ましいと思うことはあっても、あなた自身を非難するつもりはないわ」

苛立ちはすれど、それが彼だけの問題でないことは理解している。本当に苛立つのは彼の作られた無表情ではなく、そんな顔を作らせてしまっている自分自身だった。

だからかもしれない。どうにかしたいという気持ちが強くなった。

「もっとも、それはあなたが進んで行っていなければの話だけれど。……どうなの？」

我ながら意地の悪い質問だと思った。

一瞬目が合ったかと思うや、イオルはさっと視線をそらした。その瞳が下向き、泳ぐ。

「私は……」

胸に当てていた右手が下ろされ、そこに拳が作られる。みちみちと音が聞こえそうなほど握りこまれた拳から、ふっと力が抜けた。だらりと指が垂れる。

「自分に力があればと思っています」

「望んでいない、と？」

「いえ……この道が最良なのだと判断し、自ら進みました。ですから、いかなる非難をも受ける義務が私にはあります」

「そう。そこに間違いはないと？」

「……はい」

「なら、どうしてそんな辛そうな顔をしてるのかしら」

イオルが瞠目する。自覚がなかったのだろう。察するに辛いという感情が表層には出ず、深層に沈みこんでいたのかもしれない。その感情を認識し、今、彼は驚いている。

彼の本音を出すため、また心を揺さぶるため、リズアートはわざとおどけてみせる。

「あなた、私の護衛についてからずっとそんな顔よ。まったく失礼しちゃうわ。自分で言うのもなんだけど、これでも容姿のほうはちょっと自信があるのよ。なのに、あなたってばずっとうつむいてばかりで全然私と目を合わせようとしないんだもの」

「い、いえ。決してそんなわけでは――」

「イオル・アレイトロス。あなたに問います」

言って、リズアートはしかと彼を見つめた。ただならぬ空気を悟ってか、イオルが姿勢を正した。

「あなたの主君は誰かしら」

「リズアート・ニール・リヴェティア女王陛下であります！」

即答。待っていたその言葉に鷹揚にうなずくと、リズアートは凛呼として言い放つ。

「であれば主として命じます。イオル・アレイトロス。あなたが、あなた自身が正しいと思った道を進みなさい。他者の言葉など耳に入れることは許しません。あなたが信じる正義の道を進みなさい」

訓練校で同級生を前にした振る舞いを見てわかったことだが、彼の矜持は人の何倍も強い。だからこそ誰よりも許せないのだろう。背景にある強大な力のおかげで立場を上げていく自分のことが。

イオルがうつむき、全身を震わせる。

「なぜ、でしょうか」

「……なぜ？」

「一介の騎士でしかない私に、なぜそのようなお慈悲を下さるのですか……」

こちらの行動が理解できないという。答えは簡単だ。彼だけに向けた言葉ではないからだ。

「民だけじゃない。騎士も王にとっては守るべき存在よ。まだ頼りない王かもしれないけれど……爺さんたちからあなたを守るくらいはできると思うわ」

それに、と続ける。

「私はみんなの指標にならなければならないから道は選べない。だからせめてみんなには私の分まで好きな道を選んで欲しいの」

これは自己犠牲の考え方なのだろう。しかし王族に生まれた身として、それぐらいの覚悟はとうにできている。ただ、覚悟をしたとしても辛いと思う感情がないわけではない。

だからみんなには笑っていて欲しい。遠く離れた道から笑顔を見せてくれれば、王として選んだ道が間違っていなかったのだと思える。辛い感情を嬉しさで塗りつぶすことができる。

……結局は自分が心を痛めないよう無意識に働いた防衛本能なのかもしれないけど。

そう思って、リズアートは苦笑を漏らした。

「なぜ……なぜそんなにも…………私は、私は陛下を……っ！」

イオルはいまだうつむいたままだった。彼が涙もろい性格だったならきっと泣いていただろう、とそう思うほど声が震えていた。いったい彼はなにに苦しんでいるのだろうか。元老院の件のほかにもなにか悩み事を抱えているのではないか、とそうリズアートが思った時――。

轟音が響きわたった。低く鈍い音だ。どこか地鳴りに近い。

「な、なに今の!? すごい音だったけどって、またっ!」

中庭は周囲が高い壁で覆われているため、音の出所を掴みにくかった。ただ、城内から聞こえた音ではないことはたしかだ。

轟音は今も断続的に聞こえてくる。いつまでも驚くばかりではいられない。状況確認に動こうとリズアートは足を踏み出すが、すぐに止まった。イオルが前に立ちふさがったのだ。

「陛下、今すぐにリヴェティアからお逃げ下さい!」

その顔は先ほどまでの弱々しいものではなかった。

切羽詰った様子のイオルを前にし、リズアートは思わずたじろいでしまう。

「に、逃げろって。今の音聞いたでしょう!? 確認しに――」

「陛下はあの方にお命を狙われているのです!」

「あの方……? それに命って」

彼が口にした言葉は、いかに非常事態とはいえ無視できないほど物騒なものだった。

「そ、それは――」

「おやおや、こんなところにおられましたか。お捜ししたのですよ、陛下」

聞こえてきた声にイオルの顔が一瞬にして青ざめた。声の主はイオルの後方から近づいてくる。

普段、何気ない会話をする相手だ。警戒する必要はない。だが、目の前に立つイオルが異様に怯えている。

だから。

直感的に。

現れたその男が〝あの方〟なのだとリズアートは悟った。

✧

「おいおい……もしかして上昇してないのか……？」

「エリアス様が仰っていたのはこのことだったのでしょうか」

「だとしたらこれはかなりまずいだろ。てか、こんなことってありえるのか」

ベルリオットの搭乗する飛空船がリヴェティア大陸の圏内に入った。すでに正午は過ぎている。普段なら大陸は上昇しはじめている頃だが、高度が下がったままだった。それどころか今も下降を続けている。

《運命の輪》から《飛翔核》がアウラを注がれると大陸は半日ほど上昇し続ける。上昇中はアウラが満ちているためか、ほのかな燐光がそこかしこに現れるが、それすらも見られない。

ひんやりとしたものが背筋を走り抜けた。

シグルの侵攻を防ぐため、大陸の外縁部では騎士たちが戦ってくれている。本来なら正午を迎えた時点でシグルの出現は一気に収まるが、大陸が上昇していない今、騎士たちはいつ戦いが終わるのかと不安に駆られながら戦闘を続けていることだろう。

リヴェティア大陸よりも高い場所に位置するディザイドリウム大陸からの渡航だったため。加えて予測よりもリヴェティア大陸の高度が低かったため、外縁部の遥か上空を通過することになり、その様子は窺えていない。

心配だったが、アウラを使えない者が助けに入ったところで足手まといになるのは明白だ。それに今はほかに行かなければならないところがある。エリアスが口にした言葉が思い出される。

——姫様のもとに向かってください！

ひどく切羽詰った様子だった。ただごとでないことは雰囲気からいやでも伝わってきた。

現に正午を迎えても大陸が上昇していないという体験したことのない現象が起こっている。この問題も自分にはどうにもできない問題かもしれない。だが、決死の思いで送り出してくれたエリアスのためにも、たとえアウラが使えなくとも自分はリズアートのもとに行かなくてはならない。

前方に王都が見えてきた。近づくにつれ、うっすらとしていた光景が徐々に色合いを帯びていく。

と、ベルリオットは思わず目を見開いた。記憶にある王都の色合いとは明らかに違っていたのだ。王都のそこかしこに無数の黒点が見られた。それらは王都を囲む城壁の内部、街中で蠢いている。

やがて王都外壁の上空を通った時、黒点の正体がはっきりとわかった。

「シグル……なのか？」

「おそらく、そうではないかと」

「いや、でもなんでシグルが！　あいつらは外縁部からしか――」

そこまで言いかけてからベルリオットは思い出した。

王都に現れたシグルをこの目で何度も見ているではないか、と。

「いや、でもなんでこんなに……騎士はなにやってんだ」

街の住民は大丈夫なのか。ナトゥールや他の訓練生たちは大丈夫なのか。

それらが脳裏によぎった時、視界の中で黒点が存在しない場所を見つけた。ストレニアス通りの最奥、王城大城門前だ。ただ、その空間にもシグルは侵攻しているようで囲いができあがっていた。

その楕円を描く境界線では弾けるように光が明滅している。おそらく誰かが戦闘しているのだろう。

突如、ガンッという音とともに飛空船が揺れた。なにごとかと振り向いた先、機体後部に取りついたガリオンやアビスの姿が映った。ほかにも複数のシグルが体当たりを仕掛けてきている。襲いくる断続的な衝撃によって飛空船が幾度となく揺れる。

「ベル様、シグルがっ」

「大城門前、あそこにみんなが集まってるみたいだ！　行けるかっ!?」

「承知いたしました。しっかり掴まっていてください！」

メルザリッテが大城門前へと舵を取った直後、飛空船の右翼に二体のアビスが取りついた。噛み砕くようにして折られ、翼が不均等な長さになってしまう。左方に引っ張られるように飛空船が大きく横揺れしはじめる。さらに高度が段々と下がっていく。

大城門前まではまだ距離がある。このまま手前に落ちてしまえばシグルに囲まれかねない。

「くそっ！　もってくれ！」

悲痛な叫びを嘲るように飛空船はがくんと高度を下げた。

「ベル様、落ちます！」

滑空から勢いそのままに地面に接する。腰から背中、頭にまで衝撃が響く。小刻みに激しく身を揺らされ、ベルリオットは思わず苦痛に顔をゆがめてしまう。

石畳を削り、撒き散らしながら飛空船は速度を緩めていく。ひどく長い距離を滑ったのちにようやく停止したものの、それでも大城門までは届いていない。

激しく脳を揺らされたが、平衡感覚を取り戻すまでにそう時間はかからなかった。すぐに状況確認をせんと周囲に目を向ける。と、視界を覆い尽くす無数のシグルが映った。

もうだめか……⁉

そう思わず諦めかけてしまった時、前方から押し寄せてきた光がシグルたちを呑みこんだ。それは見紛うことなきアウラの奔流だ。騎士が助けに来てくれたのだろうか、と思ったが、先ほどのアウラの使い手は正規の騎士ではなく訓練校の教師や生徒たちだった。

なんであいつらが……いや、今はそんなことより――。

「メルザ、外に出るぞ！」

「はいっ」

ベルリオットは扉を開けるなり、メルザリッテとともに飛空船の外へと飛び出る。と、そばで巨大な盾を使ってシグルの猛攻を防いでいる大柄な訓練生が目に入った。同級生のモルス・ドギオンだ。

「モルス……なんでお前が？」

「んなもんあとだ！　とりあえず早く下がれやっ！！　いつまでも持たねぇぞ！」

ここは大城門前に構築された陣から離れている。

おそらく決死の思いで突出し、救助にきてくれたのだろう。

「わ、わかった。恩に着るっ！」

「おうよぉっ！」

頼もしい返事をしたモルスを背に、ベルリオットはメルザリッテとともに大城門前へ向けて駆けた。

こちらが進むにつれ、モルスも徐々に後退していく。両脇には教師がついてくれたおかげで、ベルリオットは無事に大城門前の安全地帯へと踏み入ることができた。

陣は大城門を守るよう楕円形に組まれていた。もちろん敵には飛行型がいるため、その陣は上空にも及ぶ。数はおよそ百人といったところか。

ただ、大きな疑問があった。先ほどモルスや教師が助けにきてくれた時に感じたことと同じものだ。

なぜ正規の騎士が一人もいないのか。

陣を構築しているのは見慣れた顔――訓練校の上級生や教師ばかりだ。教師はまだいい。正規の騎士ではないにしろ、その実力は王城騎士に匹敵する。だが、訓練生はまだ未熟だ。たとえ充分な実力を持っていたとしても明らかに実戦経験が足りていない。今も表情から怯えが隠しきれていない者がほとんどだ。

ふと陣の中から一人の訓練生が抜け出し、こちらに向かってきた。褐色の肌や銀の髪からすぐにナトゥールだとわかった。

「ベルッ！」

「トゥトゥ！」

彼女が無事だったことにほっと安堵するも次に思考を支配したのは現状への様々な疑問だった。そばに下り立ったナトゥールへとベルリオットは焦りを隠さずに問いかける。

「なんで大陸が上がってないんだ？　いや、それよりなんで訓練生のお前たちが戦ってるんだよ？こんなことになってるってのに王城騎士はなにしてんだ！」

「大陸が上がってないことも騎士がどうしてるのかもわからないの。でも、騎士が王都にいたら今頃シグルを追い払ってくれてるはずだから……」

「騎士がいないって……そんなことあるわけないだろ！」

「わかんないよ！　でも、私たちしかいないなら私たちが王都を守るしかないって。先生たちが有志を募って、それで抗戦してるんだけど全然抑えられなくて……だから、せめてお城だけでもって」

「街の人たちは？」

「訓練校に避難してる。そっちは聖堂騎士の人たちが守ってくれてるから大丈夫だと思う」

「聖堂騎士が？」

「フォルネア様が手を貸してくださったの」

「クティが……そうか」

聖堂騎士は教会の私兵だ。基本的に他大陸の戦闘には関与しないが、教会幹部からの指示であればその限りではないという。

以前、モノセロスが前庭に現れた時もそうだが、クーティリアスが来てからというもの中立であるはずの教会がリヴェティアに過剰な援助をしている気がする。緊急事態なのでこちらとしてはとても助かるが、他大陸から肩入れし過ぎていると思われないか、指示を出しているクーティリアスの立場が心配になった。

「それよりベル、ディザイドリウムに行ってたんじゃなかったの？」

「いや、色々あって……」

続きを話そうとしたとき、エリアスとリズアートの姿が頭に浮かんだ。

「俺は城に……あいつんところに行かないといけないんだ」

「あいつって……姫様のこと？」

その問いかけにベルリオットがうなずこうとした、その時。先ほどから断続的に響いていた戦闘音がぴたりと止んだ。代わりに訓練生及び教師によるどよめきが聞こえてくる。

すぐさま周囲を見渡すと、楕円形の陣からそろって距離を置いたシグルたちが目に入った。その動きは統制が取れているとしか思えない。一体も飛びだしてくることなく、ただじっとこちらに睨みを利かせている。

「やれやれ、予定外のことも起こるものだな。まあ、だからこそここにわしが配置されたということか」

しゃがれた不快な声とともに、シグルの群れの中からゆらりと人が現れた。深淵を思わせる真っ黒な外套にフードを目深に被ったその姿はひどく不気味だ。

「余興はここで終わりだ。お前たち」

呼びかけに応じて一人、また一人とシグルの群れの中から次々に現れる。

合計十一人。全員が同じ黒ずくめの格好だった。

「……黒導教会」

誰かが呟いた。黒一色の衣服はシグルを想起させるため、好んで着る者はほとんどいない。そんな中で黒ずくめの法衣を着る者など限られてくる。

黒導教会。

シグルを神と崇める邪教である。リヴェティアを取り巻く、この異様な状況に黒導教会が絡んでいるのだとしたら説明はつかないまでも納得はいく。

最初に現れた黒ずくめの男が両腕を左右に広げたのち、掌を下に向けた。

「神よ！　真なる園、漆黒の世界へと我らを導き給え！」

その叫びとともに黒導教会の者たちは流れるように胸元から掌大の黒色結晶を取り出すと、あろうことか口に含んだ。途端――、

「ぐぷ――ッ！」

顔がゆがみ、眼球が飛び出し、口から汚物が吐き出された。さらに体がまるで雑巾を搾ったようにねじれ、ぐちゃりと不快な音を鳴らして弾ける。直後、その肉体だったものを取りこむように黒い靄(もや)

が現れた。やがて黒い靄はふくれ上がり、うごめくように輪郭を整えていく。

ベルリオットは思わず目を見開いた。

黒い靄によって形勢されたものがモノセロスだったのだ。それも十体。

さらに中央には人の二倍はあろうかという四肢のある生き物がいた。二足で立つ人型だ。深い紫色の眼球以外、全身黒色。後頭部からは細長い角のようなものが垂れ下がっている。

見たことのないシグルだった。いや、そもそもシグルなのだろうか。

モノセロスが十体も現れた時点で、教師、訓練生の瞳が絶望の色に支配されていた。膝をつく者や腰を抜かしてしまう者。中には悲鳴をあげて逃げだす者までいた。

「ベリアルですか。これは少々厄介ですね」

そう呟いたのはメルザリッテだ。

「ベリアル……？　メルザ、あれを知ってるのか？」

「はい。ベリアルはモノセロスよりもさらに上位のシグルです。その力はモノセロスの比ではありません。特筆すべきは知能を持ち、シグルを統べる力を持っていることでしょうか」

「なんでそんなのがっ」

ナトゥールが悲鳴じみた呻きを漏らした。

「おそらく先ほどの黒水晶を呑みこむことで人に扉の役割を持たせ、狭間に侵入したというところでしょうか。あんなものがあったなんて……不覚でした」

言って、メルザリッテが険しい顔をする。

恐慌状態にあるナトゥールとは違い、ベルリオットの頭にはほかの疑問が浮かんだ。

「メルザお前……なんでそんなこと知ってるんだ？」

モノセロス以上のシグルなど聞いたことがない。いや、自分が知らないだけなのかもしれないが、少なくとも常識範囲ではないはずだ。

こちらの問いにメルザリッテは答えなかった。いや、声が届いていないのか、彼女はうつむきながらなにかぶつぶつと呟いている。

「極力、手を出してはならないのですが……致し方ないでしょう」

面を上げたメルザリッテの瞳にいつになく鋭い光が宿っていた。ぴんと背筋を伸ばしながら彼女はシグルのほうへと歩いていく。その堂々とした後ろ姿からは恐怖をいっさい感じられない。

一瞬、呆然と見つめてしまったが、ベルリオットはすぐに意識を取り戻した。先ほど現れたすべてのモノセロスが突進しはじめていたのだ。そこへ、ただのメイドでしかないメルザリッテが自ら向かっている。彼女の意図はわからないが、このまま行かせるわけにはいかない。

「おい、メルザ――」

ふいに信じられないものがメルザリッテの身体を包みこんだ。

深紅のアウラ。ベルリオットが使っていたものと同じ色。いや、それよりももっと濃度が高い。さらに彼女は本物と見紛いそうになるほど美しい赤色の翼を背から生やしていた。はためいた翼によって辺りに熱風が放たれる。そこに含まれる豊かな燐光が彼女の纏うアウラの質の高さを存分に物語っていた。

青みがかった特徴的な銀髪が周囲を取り巻く燐光によって真っ赤に染められている。まさに炎を連想させるその姿にベルリオットは思わず見とれてしまいそうになった。が、それよりも早くメルザリッテが動いた。

消えた、という表現がしっくりくるほど素早い動きで陣の外へと躍り出る。突如として現れた赤のアウラ使いに近くにいた訓練生や教師がどよめいていた。

危険を察知したのか。横並びで突進していたモノセロスがメルザリッテに向かって様々な角度から飛びかかった。瞬間、地面から幾つもの巨大な結晶柱が突き出た。凄まじい勢いだった。先端が尖ったそれらは瞬く間にすべてのモノセロスを串刺しにする。

しかし身動きがとれなくなっただけで消滅には至らなかったようだ。モノセロスたちはその場で慟哭をあげながらもがき続けている。

メルザリッテが飛翔し、それらを見下すように睥睨する。と、目にも留まらぬ速さで右手を外側から内側へ、また内側から外側へと払った。その間、人大の無骨な結晶の刃がモノセロスに向かって無数に放たれ、ことごとくがその頭部へと突き刺さった。

悲鳴じみた咆哮をあげ、モノセロスが次々に消滅していく。やがて最後の一体が砕け散ると、メルザリッテは悠々と地面に降り立った。

圧倒的な強さ。そしてこの世のものとは思えないほどに美しいその姿。

記憶の中――ガリオンの襲撃を受けた時に助けてくれた赤のアウラ使いの姿と完全に重なった。

「メルザ……お前があの時の赤のアウラ使いだったのか……」

「この件が終わりましたらすべてをお話しします。ですからベル様は、今為すべきことをなさって下さい」

こちらに背を向けたまま、メルザリッテが言った。

先ほどの問いはおそらく肯定だ。それ以上のことを訊きたい気持ちは少なからずあったが、彼女が口にした〝今為すべきこと〟という言葉によって寄り道をしていた思考が正される。

シグルの群れ、というよりベリアルに向けてメルザリッテが構える。その両手に燐光が集まっていく。現れたのは単調ながらも洗練された造形の剣。両手に一本ずつ握られたその剣は、今までに見たどんな結晶武器よりも美しかった。

「ここは、このメルザリッテ・リアンにお任せを。あなた様が望むのであれば、一人として死者を出さないことを誓いましょう」

ただのメイドであれば、そんな言葉は蛮勇としか思えなかっただろう。だが、メルザリッテはあの〝赤のアウラ使い〟だ。《赤光階級(ルーブラ・クラス)》の力は自分が身を持って体験しているし、どういうわけか彼女の戦闘技量はおそろしいほどに高い。なにより彼女は自分にとって誰よりも信頼できる家族である。

その彼女が任せてくれと言ったのだ。信じるほかなかった。

「わかった、みんなを頼む。あとメルザもちゃんと無事でいろよ！」

「……承知しました」

肩越しでも、メルザリッテが微笑んでいるのがはっきりとわかった。それを知れたことが嬉しくて自分も微笑んでしまうが、ベルリオットはすぐに顔を引き締め、大城門へと向かって駆け出した。

後方から激しい戦闘音が聞こえてきたが、決して振り返らなかった。

前庭を駆け抜けながら、ベルリオットは最近起こった不可解な事件を思い出していた。

王都内で存在するはずのないガリオンに強襲された件。南方防衛線に遠征した折、《安息日》を迎えたにもかかわらず出現したモノセロスの件。国王暗殺事件。

それらに共通するのはシグルが出現していること。またリズアート……王族が居合わせたことの二点が挙げられる。その二点だけを見れば、シグルが意図的に王族を狙っている、と考るのが有力だろう。しかし知能がないとされるシグルが明確な意図を持って誰かを狙っているなんてことは信じがたかった。

ただ、つい先ほど黒導教会が明らかにシグルを統率していた。それはシグルの行動に意図を持たせられることを証明できる最大の材料となる。とはいえ日陰者の黒導教会だけでは成し得なかった襲撃が多い。

リヴェティア民の中に手引きした者がいると考えるのが妥当だ。

ベルリオットはすでに、すべてを企てた犯人の目星がついていた。

王女の動向を知りえた人物。ディザイドリウムの宰相に虚偽の密告ができる人物。

それらを可能にするのは、一人しかいない。だが、信じたくない自分がいた。なぜならその人物は父を亡くして以来、ずっと気にかけてくれていた、あの人だからだ。

リヴェティア騎士団団長。グラトリオ・ウィディール。

――なぜ、あなたがっ！

✧

その一瞬、リズアートは驚愕に目を見開いた。

〝彼〟が、何の前触れもなくイオルの後頭部を掴むと、全体重を乗せて地面に叩き伏せたのだ。

「ぐは――っ」

不意打ちだったためか、それとも抵抗する気がなかったためか、イオルはされるがままだった。

もっとも、抵抗したところでイオルがどうにかできる相手ではない。

〝彼〟の名はグラトリオ・ウィディール。リヴェティア騎士団団長にしてリヴェティア最強の騎士である。

あまりに唐突だったため、リズアートは目の前で行われた惨事にすぐさま反応できなかった。いかに騎士同士であっても、このような仕打ちは度を超えている。まるで罪人を扱うようではないか。そもそもイオルがなにか不始末をしたわけではないはずだ。グラトリオの暴力行為を許すわけにはいかない。

「グラトリオ!?　あなたなにをっ」

あえて聞こえないふりをしているのか、こちらの叫びを無視したグラトリオがなおもイオルの顔を地面にこすりつける。

「まさかお前が裏切るとはな、イオル。よもや陛下の美貌に惑わされでもしたか？　ん？」

イオルが必至に口を横にずらすと、土混じりの唾液を吐き出した。

――裏切る。

その言葉からリズアートは先ほどイオルが言っていた〝あの方〟を思い出した。突然の事態に一瞬忘却してしまったが、グラトリオが現れた時のイオルの怯えた様子。そして目の前の所業。それらは〝あの方〟の正体がグラトリオだということを明確に告げていた。

イオルが顔を苦痛にゆがめながら、その瞳に悲しみを宿す。

「団長、もうおやめに……っ！」

「なんだその目は？　お前は自分の立場がわかっているのか？」

残虐な仕打ちとは裏腹にグラトリオの声や表情はまるで作業を行うかのように冷めきっている。

リズアートは自身の中で熱いものが沸々とこみ上げてくるのを感じた。

「やめなさいグラトリオ！　それ以上は許しません！　あなたとて元老院に睨まれたくはないでしょう！」

イオルは元老院の遠戚にあたる。彼の身になにかあれば、全大陸に大きな影響力を持つ元老院が動くだろう。それはグラトリオとて望むことではないはずだ、と思ったのだが……。

グラトリオは元老院の言葉を聞いてもいっさい動揺を見せなかった。

「陛下はどうやら勘違いをしておられるようだ」

「どういうこと……？」

「そもそもこれはとうに元老院から見捨てられた身。これが死のうが奴らがなにかを言ってくることはない。言ってきたとしても、それはこれの身を案じてではなく、なんらかの利権が絡んでいなければありえない。つまり、これが陛下の護衛を任されたのはこの私の独断であり、元老院の指示によるものではない」

イオルの強引な昇進は元老院の後ろ盾あってのことだと思っていた。

それが違った。イオルに権力を持たせることが目的でなければ狙いはいったい――。

「なぜ、という顔をしておられますな。すべてはログナート卿を陛下から引き剥がすため。あやつは実力はもちろんのこと頭も切れる。私の計画が……そう、陛下をもてなす最高の舞台を邪魔されかねないと思い、退場して頂いたのですよ」

その発言は、つい先刻のイオルの言葉を思い出させた。

――陛下はあの方にお命を狙われているのです！

それが真実ならば、あの方……つまりグラトリオにリズアートは命を狙われているということになる。

恐怖するよりも、なぜグラトリオが、という疑問が脳内を支配した。彼とは上手く付き合えていた。恨まれるようなことはしていないはずだ。少なくともリズアートはそう思っていたため、なおさら頭が混乱した。

「そこまでして、どうして私を――」

「どうしてだと……？　きさまがそれを言うかぁっ!!」

眼を血走らせ、グラトリオが叫んだ。

普段、彼は悠然たる態度を滅多に崩さない。だからこそ、その取り乱した姿にリズアートは戦慄を覚えた。

「リヴェティアが私にしてきた仕打ちを忘れたとは言わせんぞ」

語調を落ち着かせたものの滲み出る怒りは隠せていない。

グラトリオが震える唇で続きを紡いでいく。

「十年……十年だぞ？　それほどの時が経ったというのに、なぜ王家は、騎士団は……いや、リヴェティアすべての民が、今も亡くなった奴の名などにすがっている!?　なぜ死んだ奴のことなどを讃え続ける!?　私は奴が亡くなってからもリヴェティアに尽くしてきた！　団長として騎士を率い、リヴェティアを守ってきたのも私だ！　なのになぜだ！　なぜ誰も私を見ようとしない！　私は……」

過呼吸気味になったグラトリオが今にもはち切れそうな青筋を立てる。

「私はライジェルの代役などではないっ!!」

それは言葉通り。十年もの間、彼が積み重ねてきた妬みが凝縮された悲痛な叫びである、と直感的ながらリズアートはそう思った。

ライジェル・トレスティング。

グラトリオの同僚だった者であり、先代の騎士団団長だった者でもある。その剣の腕は全大陸間でも比肩する者はいないと言われたほどで、後に人々から《剣聖》と呼ばれるようになった。

実力だけでなく誰に対しても——例え王相手であっても分け隔てなく接するその人柄は粗雑ながら

も多くの者を魅了し、信頼を得た。レヴェン国王もそのうちの一人であり、ことあるごとにライジェルの名を出していたものだ。

リズアートも幼い頃に暇を見つけては遊んでもらった。その時は友達感覚でしかなかったが、時を経て彼の経歴を知った時に評価が尊敬へと変わった。

集めた人心で言うなれば国王すら敵わないのではないか。それほどの圧倒的な存在感を持っていた。ゆえに彼が亡くなった今でも、ライジェルがいれば、と口に出さないまでも誰もがそう思っていることは否めない。仕方のないことではあるが、引き合いに出される身としてはたまったものではないだろう。

現騎士団団長であるグラトリオは悠然とした態度の裏に、ずっと押しこめてきたのだ。

ライジェルと比べられることの辛さを——。

その想いにリズアートは気づけなかった。彼の前でライジェルを惜しんだことは一度や二度どころではない。グラトリオもライジェルの死を惜しんでいると思っていた、なんてことは言い訳に過ぎない。〝誰も私を見ようとしない〟という彼の言葉はまさにその通りだ。

「グラトリオ、あなた……」

「私に同情するか。しかし、これを聞いてもそのような目ができるかな」

落ちつきを取り戻したのか、不敵な笑みを浮かべたグラトリオがまるで歌でも歌うかのように滑らかに言った。

「レヴェン国王の暗殺を計画したのは、この私だ」

リズアートは思わず全身が硬直してしまった。

グラトリオがお父様を……？

衝撃の事実が正常な思考を阻害する。いや、衝撃ではない。予想はできたはずだ。これまでの話から察するにグラトリオは王家……いや、リヴェティアそのものを憎んでいる。

レヴェンは何者かによる謎の遠隔攻撃で暗殺された。それを計画したのがグラトリオだという。

あの時誰よりも早く敵に向かって行ったのは演技だったというのか。あの怒り狂う姿が演技だったというのか。とんだ茶番だ。そしてその茶番によって父は殺された。

沸々と怒りがこみ上げてくる。全身を動かさんと血が煮え滾る。荒くなる呼吸とともに本能の赴くままアウラを取りこもうと――したところでとっさに自制が働いた。

もし女王という立場でなければ、ただの娘だったなら、間違いなく危険も顧みずに飛びかかっていただろう。だが、この命はもはや自分一人だけのものではない。

王の血は《繋ぐ力》としてリヴェティア大陸そのものを背負っているのだ。

ここで死んではならない。

抑えなさい……抑えるのよ、リズアート……っ！

血が出るほどに下唇を噛み、握り拳を作った。痛みが冷静さを取り戻させてくれる。

「おや、おてんばな陛下のことですから、これを聞いた途端斬りかかってくるかと身構えていたのですが……どうやら杞憂だったようだ」

「あなたに挑んで勝てると思うほど馬鹿じゃないわ」

冷静になっただけで怒りがなくなったわけではない。

リズアートはグラトリオを思いきり睨みつける。

「陛下……どうかお逃げ――」

「黙れ」

そう短く冷淡に告げながら、グラトリオがイオルの背に足裏を押しつけた。声にもならない呻きがイオルの口から漏れる。

「あ、あなたの道にもはや私の目指すべき道はありません……」

「黙れと言っている」

「たしかに私は傀儡です……すでに敷かれた道の上しか歩けない。歩いてこなかった。ですが……っ！」

涙ながらにイオルが訴え続ける。

「陛下は道を示して下さった！　この足で歩くことを許して下さった！」

「傀儡風情がっ！　好き勝手に歩けるとでも思ったか！」

ついに激情したグラトリオがアウラを纏い、イオルを力の限り踏みつけた。地面に穴が作られるほどイオルの身体が減りこむ。

信じてくれた一人の臣下のために、たとえ敵わないと思っていても挑みかかることが王として正しいのかもしれない。だが、その信じてくれた臣下は自分のことなど端に置いて逃げろと言ってくれた。

彼は知らないかもしれないが、リズアートにはこの場から今すぐにでも逃げなければならない理由がある。生きて《飛翔核》の元へと行かなければならない。

すでに正午は過ぎている。《運命の輪》がリヴェティア大陸から遠ざかる前に《飛翔核》にアウラを注がなければ大陸は下降し続け、やがてシグルがはびこる地上へと落ちてしまう。そしてそれは繋ぎの役割を持つ自分が死んでも同じ結果になる。

一瞬の逡巡を経て、リズアートはグラトリオに背を向け駆け出した。

悔いる想いはあれど自分は行かなければならない。走りながらアウラを纏い、脇目も振らずに飛翔した。中庭と《飛翔核》への入り口がある王室礼拝堂は同じ階層だ。時間はさほどかからない。だが、追いかけてくる相手はあのグラトリオだ。普通に競ったのでは勝ち目がない。

なら、とリズアートは喉が痛むほど叫ぶ。

「誰か！　誰か騎士を呼んで！　早く！」

城内を全力で飛び回るなんて初めてのことだった。こんな姿を誰かに見られでもすればはしたないと思われかねない。ただ、おかしかった。ひと気がまったくないのだ。

城内の異変を感じはじめて間もなく、礼拝堂への最後の角を曲がった、瞬間。

「――っ」

リズアートは視界に飛びこんだ光景に絶句した。騎士が見るも無残な姿で転がっていたのだ。一目で死体とわかるほど多量の血が溢れ出ていた。離れたところにも死体が幾つか転がっている。見慣れた侍女の身体もあった。三年前から世話をしてくれていた人だった。

声が出ない。思考が働かない。自分が追いかけられているということも忘れ、リズアートは思わずその場に立ち尽くしてしまった。

背後に気配を感じた。すでにグラトリオが追いついていたのだ。

「逃げたのは良い判断です、陛下。しかしあなたに用意された正解はもうない。絶望しか待っていないのですよ」

グラトリオはいつでも追いつけたのではないか。この惨劇を見せるために泳がしたのではないか。

そう、リズアートは思った。

「力ある騎士は外縁部へ。そして残った騎士はご覧の通りです」

「あなた……本当に……」

堕ちるところまで堕ちたのね、と振り向きざまに憐れみの目を向けた。

瞬間、心窩に強烈な打撃を加えられた。逆流した胃液を吐き出しながら、リズアートはくずおれた。

苦しい。なにもできない。

乱雑に髪を掴まれ、顔を上げられた。

「騎士の命などこれから起こることを考えれば瑣末な問題です。……では行きましょうか、陛下。あなた様を最高の舞台へと招待しましょう」


グラトリオに髪を掴まれたまま、リズアートは王城第三階層まで引きずられた。

謁見の間からテラスへ。そこから通じる天空の間へとグラトリオがゆっくりと歩む。

道中に見た死体の数は優に十を超える。おそらくまだほかにもあるのだろう。乱暴に運ばれたため、身体の節々が痛かった。先ほど受けた打撃で肋骨の下部を確実に折られている。頭部に至っては髪を引っ張られっぱなしで痛みよりただ熱かった。

「なにが目的なの……」

ぽつり、とリズアートはこぼした。

「王にでもなるつもり？　けどあいにくね、あなたのような下衆がなれるほど王の資格は安くないわよ」

《繋ぐ力》がなければ王にはなれない。それをグラトリオは知らないはずだ。なにもかも彼の思惑通りに進んでいるのが気に食わなくて、せめてもの抵抗を見せたかった。だが――、

「王、か。初めはそれもいいと思っていたが……違う。そもそも王に成り代われぬことぐらい陛下がもっとも存じているはずでしょう」

返ってきた言葉は予想外のものだった。グラトリオが勝ち誇ったように微笑む。

「なにを驚くことがあるのです。私とて無駄に十年も団長を務めていない。それぐらいは突き止めている」

今思えば騎士団長であるグラトリオに、レヴェンが王家の秘密を教えていないのは不思議な話だった。もしかするとレヴェンは本能的にグラトリオの裏を感じ取り警戒していたのかもしれない。

それに《繋ぐ力》はなにもリヴェティア王家に限ったことではなく、他大陸の王家にも通じる。騎士団長という立場を使って他大陸から情報を仕入れることぐらい難しくはないだろう。

グラトリオは王家を恨んでいる。その復讐の果てに王に成り代わろうとしているのだと思ったが、

彼は違うという。では、いったいなにをしようというのか。

リズアートが思考を巡らせる中、グラトリオが足を止めた。

「目的、と言いましたな……」

言いながら、グラトリオが髪をさらに強く引っ張ってくる。リズアートはされるがまま顔を上げた。

「私が望むのはリヴェティア大陸の崩壊。ただそれだけだ」

「あ……あっ……」

天空の間からは前庭を含め王都全体を見渡せる。その王都が大城門前から前庭を除いてうごめく黒い粒で埋め尽くされていた。黒い粒がシグルなのだということを、リズアートはすぐに理解した。

「陛下はこの特等席で崩壊する様子を見られるのですから私に感謝して欲しいものですな」

あちこちで煙があがり、断続的に轟音が響いている。

なぜ、シグルがこんなにも王都に入りこんだのか。決まっている。グラトリオが手引きしたのだ。

リズアートは見ていられなくてとっさに目を背けた。だが、グラトリオに無理やり正面を向かされる。今度は目を閉じた。が、まぶたすらも持ち上げられた。

「見ろっ、見ろぉっ！　見ろぉおおおっ!!」

「いやっ……いやっ！」

「どうだ、どんな気持ちだ！　きさまが愛した大陸が目の前で滅びていくのはいったいどんな気持ちなのだ！　是非とも私に教えて頂きたいっ！」

グラトリオの叫びなど聞こえなかった。目の前の惨劇に、ただただリズアートは心を焼かれるような想いだった。大粒の涙が頬を伝って流れていく。

お父様……ごめんなさい……ごめんなさい……っ！

父から正式に譲り受けたわけではない。グラトリオによって殺されたレヴェンに代わり、急遽リズアートは王となった。望んだ形では到底なかったが、それでも王になったことには変わらない。その責務を立派に果たしてみせようと思っていた。なのに――。

私はリヴェティアを守れなかった……っ！

悔しい想いが、今も流れる涙のように際限なく溢れ出てくる。

「いい顔だ！　その絶望に満ちた顔こそが私を満たしてくれる！　私を解放してくれるっ！」

グラトリオの恍惚の叫びが纏わりつくように耳朶に触れる。

誰か助けて。誰か――。

「………ベル、リ……オット……」

無意識に出た名前だった。

リズアートは自分でも驚いた。この状況で近場にいない人物を口にしたこともそうだが、ずっと護衛を務めてくれていたエリアスではなく、彼の名前が出たことが意外だったのだ。しかし今はもう、この状況をどうにかしてくれるのはきっと彼しかいない、という思いが心の中を強く支配していた。

「ベルリオットが……なんとかしてくれる……」

根拠などない。だが、言葉にするだけで力が湧いてくるようだった。

不思議と涙が止まった。しっかりと王都全体を視界に入れられた。目の前の惨劇に心から向き合えた。

まだ大丈夫。まだ大陸が落ちたわけじゃない。なによりまだ私は生きてる……！

希望が胸の中に芽生えはじめる。

グラトリオが鼻で笑った。

「アウラが使えた時ならまだしも、また出来損ないに戻った今では奴にどうにかできる力などない。大事をとってディザイドリウムに送ってやったが、今思えばここで陛下と同様に見物させてやるのも悪くはなかったな」

言葉ほど口惜しいという感じは見られなかった。

しかし、リズアートがしかと睨み返すと、グラトリオは眉間に皺を寄せた。

「よもや惚れたか。たかが寝屋をともにした程度で心奪われるとは……陛下も年頃の女というわけか」

惚れたわけではない、と思う。ただ、彼のことを心に思い浮かべると不思議と力が湧いてくるのだ。

自分はグラトリオに負けたかもしれない。だが、心だけは折れたりしない。それを証明するためにも、どうにかできるわけではないとわかっているのに最後の抵抗にとその言葉を口にする。

「ベルリオットはあなたなんかに負けないわ……なんたってあなたがずっと勝てなかったライジェルの血を引いてるのだから」

「その名を口にするなぁああああっ!!」

「ぐっ」

空いた手で首を絞められた。みちみちと指が減りこんでくる。息ができない。視点が定まらない。

「思い上がるなよ！　今、お前の命が私の手の内にあることを忘れるな！　いつでも殺せる！　ただきさまは絶望を味わうために生かされているのだ！」

唾がかかりそうなほどの距離でグラトリオが叫ぶ。

その狂騒状態から、いかにライジェルという存在が彼の中で比重を占めているのかが窺い知れた。彼を取り乱させることができた。だが、それだけだ。本当はなにもできていない。

自分の無力さを感じるとともに、ついに思考が働かなくなってきた。

耳元で喚くグラトリオの声が遠のいていく。視界もうっすらと黒ずみ、暗転していく。

ああ、私、死ぬのかな……本当になにもできなかったな……ごめんね、お父様……ごめんね、みんな……。


――リズアートッ！


突如として意識に割りこんできたその声は、今、この場にはいないはずの人物のものだった。

だが、リズアートは幻聴でもなんでもないと確信していた。

……やっぱり来てくれた。

その思いで胸が満たされた時、意識が途絶えた。

「リズアートッ！」

天空の間に着くなり、ベルリオットは目を剥いた。

国王暗殺事件の折、天空の間の最先端部は破壊されたため、道が途中で切れている。その切れ端で
リズアートがグラトリオに首を絞められていたのだ。

彼我の距離は大また二十歩程度。ここまで近づけたのはグラトリオがなにかを叫んでいたからにほかならない。なぜこんなことに、という疑問は二の次だった。

目の前でリズアートが殺されそうになっている。ただそれだけで充分だった。

駆けた。全身を深く落とし、這うような疾駆。腰から剣を抜く。左後ろに流すように構える。通路の横幅は狭くない。落下の可能性を意識の外に追いやる。

グラトリオがこちらに気づいた。驚愕に目を見開いている。だがそれも一瞬ですぐさまリズアートを手放したのち、両腕を交差させて身構える。

構わずベルリオットは仕掛けた。跳躍からの大上段。全体重を乗せた剣を振り下ろす。渾身の一振りは、しかし肉を斬り裂くことはなかった。甲高い金属音が響く。阻んだのはグラトリオを包むアウラの鎧だ。彼の背からは噴き出すように紫の光翼が姿を現している。

「ぬんっ」

片腕を振り払われ、ベルリオットは剣ごと突き飛ばされた。何度か地面に体を打ちつけたのち、ようやくその勢いが止まる。すり傷のひりひりと焼きつくような痛みを感じながらゆらりと立ち上がる。

相手との位置関係を確認すると、先ほど詰めた二十歩の距離を戻されてしまっていた。

「なぜお前がここにいる？　ディザイドリウムに行っていたはずだ」

「エリアスが戻れって言ったんだ。そいつが危ないって」

「ログナート卿か。やはり奴を離しておいて正解だったか……しかし、街には黒を置いておいたはずだが」

黒、とは黒導教会のことだろう。

「やっぱりあれもあんたの仕業か。あいつはメルザが相手してくれてる」

「やはり、あのメイドか……」

「メルザのこと、気づいてたのか」

「並々ならぬ実力を隠しているのは気づいていた。それも踏まえ、お前を向わせれば一挙両得だと思っていたが……どうやら失敗に終わったようだな。だが、いまさら来た所でもう遅い。ましてやアウラも使えないお前が来たところでなんの役にも立たんぞ」

「それはどうかな。力、戻ってるかもしれないぜ」

言って、ベルリオットは泰然と構えた。剣を持っていないほうの左手を開いたり閉じたりしてみせる。いつでもアウラを使える、という意思表示だった。もちろんはったりだ。

グラトリオが瞳を揺るがせ、一歩後退さった。が、効果はそこまでだった。彼は踏みとどまると、すぐに平静を取り戻した。

「いや、ありえないな。もし使えるのなら先ほどの攻撃で使っていたはずだ」

「油断させるためかもしれないぜ」

「ならばその話をする必要はないだろう。それにもしきさまがアウラを……そう、あの赤のアウラを扱えたとしても私には勝てん」

《紫光階級》では、おそらく《赤光階級》には対抗できない。もちろん勝敗を分かつのがアウラの質だけでないことは百も承知だ。それでもベルリオットは客観的に見ても剣の腕ならばグラトリオに劣っていない自信があった。彼もそれを充分に知っているはずだ。なのに――。

なんだ、あの余裕は？

得たいの知れない恐怖を感じ、背筋に悪寒が走った。こちらが警戒するのをよそに、グラトリオが唐突に澄んだ瞳を向けてきた。

「私がなぜ、こんなことをしているのか理由を訊かないのか」

それは長年、ベルリオットの後見人を務めてきた者の目だった。ずきりと胸が痛んだ。

「正直、最初はなんで団長がって戸惑いはあった。けど実際にそいつが倒れてるのを見て……今、大陸が下降し続けてることも王都がシグルに襲われてることも、全部あんたのせいだって……！　それだけわかりゃ倒すのに理由なんていらねえだろ！　話したいってんなら――」

実は話している間も攻撃の機会を窺っていた。が、まったくと言っていいほど隙がなかった。実際にはいくらでもあるのかもしれないが、今の自分の実力ではその隙に到達する前に殺される。撃ち合わなくてもわかる殺気をひしひしと感じていた。

アウラが使えないうえに相手が団長じゃ、分が悪いってもんじゃない……。

勝てないというのは本能的に理解している。だが、逃げる選択肢はない。

「——俺に倒されてから全部吐き出せばいい！」

「アウラも使えぬ分際で生意気な口を叩くなよ、ベルリオットっ！」

こちらが先に踏み出した。左横に剣を流しながら疾走する。

アウラを纏ったグラトリオに走るという行為は必要ない。合わせた両手に濃紫の結晶武器——長剣を生成しながら、まるで通路上を滑るように向かってくる。その勢いや恐るべきもので瞬く間に距離が縮まる。

気づけばグラトリオの顔が眼前に迫っていた。野獣のごとき厳しい面の右下、燐光を撒き散らす紫結晶の剣が映る。おそらくは右下から左上への逆袈裟、あるいは右からの横薙ぎだ。

まともに撃ち合えば確実にこちらの剣が折れる。身体能力でも敵わない。ならば、とベルリオットは踏みとどまった。グラトリオが重心に置いた右足——踏みこみ足から距離が空く。生まれた空間、眼前の中空に剣を置く。切っ先を相手の胸に向ける。両手で思いきり柄を握り、次に襲いくる衝撃に備える。

その間にも紫結晶の剣は迫っていた。予測通りの横薙ぎだ。ベルリオットは自身の剣を相手の剣の下腹に潜らせ、沿わせた。耳をつんざくような音が鳴り響く。力の多くを受け流しているはずなのに凄まじい衝撃が四肢を軋ませる。

視界の中、紫結晶の剣尖が右から左へと流れていく。間合いは計っていた。だが、ここまでぎりぎりだとは思いもしなかった。背筋が凍る感覚を必死にこらえる。

グラトリオが目を瞠っていた。攻撃を読まれていたことだけではない。攻撃直後に生まれた硬直を感じて驚いているのだろう。その一瞬の隙をベルリオットは待っていた。すかさず踏みこみ、先ほど中空に置いたままの剣を咆哮とともに突き出す。切っ先が相手の胸に吸いこまれていく。

「なっ⁉」

聞こえたのは肉を貫いた音ではなかった。カツン、とたったそれだけの乾いた空虚な音だった。グラトリオの胸に切っ先は届いている。だが、いくら押しこめど押しこめどそれ以上は進まない。薄い紫の光膜によって剣の侵攻が阻まれている。

グラトリオが剣を下げたのち、さも残念だと言わんばかりに見下ろしてくる。

「剣の腕はさすがだな。だがそれだけだ。斬れない敵が相手では勝ち目がないぞ、ベルリオットよ」

「くそっ！」

ベルリオットは剣を引き、踏みこみなおした。

この剣でガリオンを斬った、あの時の感覚を思い出せッ！

叩き斬るのではなく斬り裂くことを強く意識した。左下から右上へと斬り上げる。描いた剣跡をなぞるように振り下ろし、薙ぎ、薙ぎ、斬り上げ――。

甲高い音が無常に響く。斬れない。二歩後退り、もう一度勢いをつけて飛びこんだ。上段から首筋へと斜めに斬りかかる。が、またもや相手に触れることすらできなかった。あれだけの薄い膜だというのにまったく攻撃を徹せない。アウラという力の強大さを再認識させられ、ベルリオットは思わず呻いてしまう。

「そん、なっ……」

「いくらやっても無駄だ。お前が斬ったというシグルはガリオンだろう。あんな雑魚と私のアウラが同じだと思ったか」

言いながら、グラトリオが自らの首元に向けられた剣を握ると、まるで細い棒を折るかのように砕いた。

あっけなかった。無理かもしれないという考えは少なからずあった。だが、それ以上に絶対に斬れるという自信があったため、ベルリオットは目の前の現実を受け入れがたかった。深い絶望がこみ上げてくる。

「興が醒めたわ」

グラトリオに顔面をわし掴みされたのち、ぐいと持ち上げられた。こめかみに指先が減りこまれていく。

「ぐぁっ――はな、せ……っ」

引き剥がそうとしてもびくりともしなかった。グラトリオの腕を殴るが、逆に自分の拳に激痛が走った。当然だ。生身の人間がアウラを纏った人間に力で勝てるわけがないのだ。

脚が中空を踊る。もがき続けると唐突に腹に拳を突きこまれた。一度ではなかった。何度も何度も抉るように心窩を殴られる。なにか熱いものが喉をのぼってきたかと思うや、口から血が飛び出た。

口からでは間に合わず鼻からも噴出する。生ぬるい感触が顔面下部を覆う。

何度殴られたか。意識が飛びそうになった時、ぞんざいに放り投げられた。幸いと言っていいのか、前庭に落とされたわけではなかった。すぐに地の感触を覚える。刹那の安堵が押し寄せてきた。だが、次にグラトリオの口から吐き出された、自分が生かされた理由にベルリオットは戦慄する。

「お前が死に行くさまを陛下に見させるのも良かったが、あいにくと気を失っておられるのでな。お前に陛下の死にざまを見届けさせてやろう。なに、父親と同じ場所で死ねるのだ。陛下も本望だろう」

「やめ、ろ……っ！」

上手く声が出なかった。ベルリオットは全身を奮い立たせる。うつ伏せの体勢から腕を突き立ててなんとか上半身を持ち上げる。震える脚を動かし、四つんばいになる。ようやく顔を上げた時、グラトリオがリズアートの頭をまるで物のように掴み、天空の間の中空に突き出している姿が目に入った。

血の気が引いた。天空の間は王都を見渡せるほど高い場所にあるのだ。一般の家屋を基準にすれば十階建て以上に相当する。そんな場所から無意識の人間が落とされれば確実に命はない。

リズアートを揺らしながらグラトリオが嘲(あざけ)り笑う。

「なんだ、聞こえんぞ」

「や、め……ろっ！」

「そうか、やめて欲しいのか。仕方ないな……では」

グラトリオがリズアートの頭を掴んだ手を通路側へと引き寄せた。その行動にベルリオットはわずかでも安堵してしまった。表情筋を緩ませてしまった。それを待っていたと言わんばかりにグラトリオが血走った眼を見開き、人間とは思えぬほど醜悪な笑みを浮かべる。

「やめると思ったか」

リズアートが天空の間から放り投げられた。直後、ベルリオットの全身に痺れにも似た衝撃が走った。気づいた時にはリズアートのほうへと跳んでいた。

「馬鹿が！　アウラも使えぬのに自ら身を投げたか！」

頭上からグラトリオの罵声が飛んでくる。その通りかもしれない。飛べもしないのに自ら身を投げ出すなんて馬鹿のすることだ。だが、身体が勝手に動いてしまったのだ。動け、と。リズアートを助けろと脳が命令したのだ。

「リズアートッ!!」

浮遊感にとらわれる中、ベルリオットはリズアートを見据える。彼女が投げられてから即座に飛んだとはいえ、飛べない者が空中の距離を縮められるはずがない。ましてやもともと離れていたこともあり、懸命に手を伸ばしても届きそうになかった。

地面に落ちるまでほんのわずかな間しかない。嘲るように下から風が吹きつけてくる。

届かないのか。この手は彼女に届かないのか。どうして届かない。決まっている。力がないからだ。どうして力がない。いや、自分は力を持っていた。それなのに失くしてしまった。

理由はきっと力の使い方を間違っていたからだ。ただ自分のためだけに力を振るっていた。結果、人を傷つけてしまった。

ならば、力を持つ前に戻ればいいのではないか。戻って、力を求めたあの時の感情を思い出せばいいのではないか。

赤いアウラを纏えたあの時、自分はなにを考えていただろうか。南方防衛線でモノセロスを前にした映像が思い起こされる。そばには気を失い倒れたリズアートとナトゥールの姿。動けるのは自分のみ。王城騎士でも勝てなかったモノセロスが迫りくる。どう見ても絶望的な状況の中、自分は――

護りたい。

ただそれだけを考えていた。

そうか。そうだったのか……。

そんな単純なことで良かったのか。ベルリオットは悩んでいた自分が馬鹿らしくなった。青臭いと笑われるかもしれない。面と向かって誰かに言えば笑われるかもしれない。だが、それが騎士であり、ベルリオット・トレスティングという自分自身だ。なにも恥じることはない。

ふと頭の中に誰かの声が直接響いてきた。温かくて力強い、そして懐かしい声だ。

――力が、欲しいか――

ああ、欲しい。

――なぜ、力を求める――

護りたい。ただそれだけなんだ。

――単純だな。だがいい答えだ。お前には力がある。誰よりも気高く、空を翔ける天上の力が。さあ、叫べ。お前は、その言葉を知っているはずだ――

その不思議な声は、よく知っている人物のものだった。

こんな時に親父の声が聞こえてくるってどうなんだよ。でも……。

声に導かれるように熱いものが胸の中に形となって現れる。

知っている……俺はこの言葉を知っている。

ずっとずっと昔、ライジェルから教えてもらった言葉。風を呼ぶ言葉。

胸の中から溢れ出るままに任せ、ベルリオットは叫ぶ。


「――――アウラ・ウェニアースッ!!」


風が吹き荒れた。

無数の激しい風の流れに周囲を覆われる。それらは鋭い音を鳴らしながら全身を包みこんでくるが、傷つけるようなことはしてこなかった。それどころか優しく肌を撫でてくる。眠気を誘うような心地良さを感じた時、全身を覆っていた風が弾けるように散った。

どくんと心臓が跳ねた。体中に力の奔流が押し寄せ、一気に流れ出ていく。次いで背中を叩かれたような衝撃に見舞われた時、それは現れた。

ずっと思い描いていた。夢に出ることもあった。絵を描く時はずっとこれだった。

蒼き翼。

荒々しい力強さの中に包みこむような温かさも感じる。気づけば、全身が青い燐光に包まれていた。

青いアウラだ。見たこともない。だが、ベルリオットは強く確信した。

これが、これこそが俺の護るための力なのだ、と。

見据える先、リズアートが地に激突する寸前だった。だが、彼女のそばに行きたい、と脳に命令するだけで中空を翔け抜け、彼女を両手に抱けた。

手が届いた。ずっと届かなかった距離を、今、縮められたのだ。彼女の柔らかな肌を堪能しながら強く強く抱きしめる。

ベルリオットはそのまま飛翔しながら前庭中央へと向かう。まるで自分が風になったかのように全身が軽かった。ふわり、と地に下り立つ。途端、わずかな振動が足から腹へと伝わり、激痛が全身を駆け巡った。痛んだのは先ほどグラトリオに殴られた箇所だ。自身が負った傷の深さに戦慄を覚えるも、ベルリオットは奥歯を強く噛んで痛みを思考の外へ追いやった。

リズアートが呻き声を漏らした。眉間に皺を寄せたかと思うや、恐る恐るといったようにそのまぶたが開けられる。

「ベル……リ、オット……？　やっぱり、来てくれたのね」

たどたどしい口調だったが彼女の表情はとても穏やかだった。

「体、大丈夫か？」

「ええ、なんとか……それよりも……」

こちらの背後を見やりながら彼女は目を輝かせる。

「それがあなたの翼なのね。綺麗……」

「前にあなたが描いた絵。あの時、ぴったりだって思ってたから」

「驚かないのか」

「そうか……俺の、護るための力だ」

言ってから、少しだけ恥ずかしくなった。だが、リズアートは馬鹿にするでもなく、ただただ優しく微笑んでくれた。彼女を寝かせながら、ベルリオットは天空の間へと目を向ける。そこにはグラトリオが立っている。驚いているのか、はたまた様子を見ているのか彼に動きはない。

「決着、つけてくる。あの人は俺が倒さなくちゃならない」

リズアートの目にかかった一房の髪を払いながらベルリオットは問いかける。

「一人で待てるか」

「もうっ……子どもじゃないんだから」

はにかんだリズアートだったが、すぐに真剣な表情へと変わる。

「心配してくれるのは嬉しいけど待つわけにはいかないわ。私が《飛翔核》に行かないと……大陸はこのまま下降し続けるの」

「なんでお前が……」

「王に課せられた使命よ」

「けどその体じゃ――」

「ベルっ！」

聞こえた声は大城門側からだった。訓練校の制服を着た褐色の少女がこちらに飛んでくる。親しみあるその姿を見間違えるはずがない。ナトゥールだ。

そばに下り立った彼女にベルリオットは問いかける。

「トゥトゥ？　どうしてここに」

「リズ様を助けて上げてくださいってメルザさんに頼まれて」

「メルザのやつ……」

「ベル、それって――」

やはり青のアウラが気になるらしかった。だが、今は説明している暇はない。

「色々あって……な。それよりリズアートを頼む」

「う、うん。任せてっ」

ベルリオットは抱いていたリズアートをナトゥールに預けた。その時リズアートから意志の強い瞳を向けられた。こういう時は心配するものではないのか、とも思ったが、信頼してくれているのだと思えば納得できた。彼女の瞳を真っ直ぐに見つめながら力強く伝える。

「行ってくる」

「ええ」

青い燐光を散らしながら、ベルリオットは天空の間へと飛翔した。

✧

メルザリッテ・リアンは赤の燐光を散らしながら王都上空を翔ける。身に纏ったメイド服のフリルが風にあおられてばたばたと音をたてていた。戦闘に向いた格好とは決して言えないが、今はそんなことを気にしている場合ではなかった。

視界の中、人型の黒い影が映っていた。知能を持った上位のシグル――ベリアルだ。異様に長くて太い爪を振り上げながら、こちらに襲いかかってくる。

疾い。メルザリッテは両手に持っていた対の結晶剣を放ち、ベリアルの手に突き刺した。声にもならない敵の叫びが聞こえる中、新たに双剣を造りだして斬りかかる。両肩から斜めに斬りこみ、交差。胴を薙ぐようにまた交差。そこからさらに肩に向かって斬り上げ、敵の両肩に剣を突き立てる。再び双剣を造りだし、突き、突き、突き、突き、とひたすらに剣を突き出す。

だらしなく開けられたベリアルの口からけたたましい呻き声がもれた。敵は空中に浮いているが自らの意志で浮いているのではない。こちらの度重なる攻撃が落ちることを許さないのだ。

メルザリッテは横回転しながら勢い任せの横薙ぎを二度繰り出したのち、足裏を突き出して思いきり敵を蹴飛ばした。不恰好に遠方へと飛んでいくその姿を最後まで見ずに、すぐさま大城門側へと飛翔する。

ベリアルに気を取られている間に下位のシグルの群れが侵攻を再開していた。ストレニアス通りがまたもシグルによって黒く染められている。

メルザリッテは自身の周囲に数十本もの無骨な刃を造りだしたのち、それらを一斉に放った。多くのシグルが地面に串刺しになったのち、もがき苦しみながらその身を散らしていく。

その光景を見てか、大城門前にて防御陣を組む訓練校の教師や生徒たちが唖然としていた。メルザリッテは構わずに彼らの近くへと向かい、上空から叫ぶ。

「ストレニアス通りはすべてわたくしにお任せ下さいっ！　みな様はほかの場所を！」

「りょ、了解しましたっ！」

そう答えた彼らの姿は上官に対するそれだったため、メルザリッテは思わず苦笑してしまった。

大城門前から彼らが移動をはじめた時、隅のほうに知人の顔を見つけた。

「ナトゥール様！」

呼ばれ、びくりと体を震わせたナトゥールが振り向いた。一瞬、戸惑うような素振りを見せたのち、こちらに翔け寄ってくる。近くで見る彼女はどこか怯えているようだった。ただのメイドだと思っていた人間が見たこともない力を振るっているのだから無理もないだろう。

「メ、メルザさん。どうしたんですか？」

絞り出すようにしてナトゥールが声を出した。

「大陸が上昇していないのが気になります。どうか城に向かい、様子を見てきてはもらえないでしょうか。そしてリズアート様のお力に」

「大陸が上昇していないことと姫様になにか関係あるんですか？」

「はい、大ありです。ただ説明する時間が惜しいので……」

「わ、わかりました。私、行ってきます！」

疑うということを知らないのだろうか。そう思えるほど純真な表情でナトゥールはうなずくと、慌しく城方面へと向かっていった。メルザリッテは目を瞬かせながら彼女の背中を見送る。

極論、ベルリオット以外の人間がどうなろうが自分にとって知ったことではなかった。ただ、大陸を落とされることだけは避けたい。大陸が落ちるには〝まだ〟早すぎるのだ。

ふと近場の空気が乱れたのを感じた。そちらへ目を向けると、先ほど突き飛ばしたはずのベリアルの姿が映りこんだ。見たところすでに外傷は治まっているようだ。

メルザリッテはベリアルとの距離を詰め、なるべく大城門から距離を取った。

低音を無数に重ねたような不快な声でベリアルが叫ぶ。

「その力……きさま、やはりアムールか！」

「だとしたらなんだというのですか」

間を置かずにメルザリッテは低い語調で答えた。

「きさまらも我らと同様に狭間には手を出せないはずだ。だのに、なぜだ！」

「お前も現に今、狭間にいるでしょう」

「我の体は仮初。しかしきさまは違う」

「お前たちとは違い、我々には肉体的な成長がある。それだけのことです」

「……まさかきさま、送られてきたのかっ！」

ベリアルが驚愕に満ちた表情を浮かべる。

狭間とは人間が住む世界のことである。現在、狭間にはアウラがほぼ存在しない。もともとアウラが薄い場所だったが、それ以上に《運命の輪》が狭間に存在するアウラを吸っているのだ。《運命の輪》に蓄積されたアウラは大陸の《飛翔核》に注がれる。そして《飛翔核》を通じてアウラが満たされた大陸は浮遊することができ、狭間に居続けられる。つまり正確に言えば、浮遊大陸圏内を除いて狭間にはアウラがほぼ存在しない、となる。

アウラが薄い狭間内を強い生命力を持つ存在は移動できない。これは強い者ほど生命力——アウラを必要とするからである。ゆえに地上のシグルたちは総じて下位のモノしか普段は浮遊大陸に昇れず、強いモノは大陸が下降しなければ浮遊大陸に昇れないのである。

この原理は天上のアムールにも当てはまる。アムールはシグルより個体数が圧倒的に少ないためか、全体的な質が高い。つまり必要な生命力も多いため、狭間に行くことはほぼ不可能だ。だが、それを可能にする方法がある。

それが先ほどベリアルが口にした、赤ん坊の頃に狭間へと〝送る〟方法だ。幼子であれば生命力がまだ弱いため、アウラの濃度による影響を受けずに狭間を行き来できる。シグルとは違い、肉体的成長を持つアムールだからこそできる芸当である。

「そうか、そうだったのか……ならばきさまが一緒にいたあの小僧も同じか。……ふは、ふははははっ」

「なにがおかしいのです」

「いやなに、対峙してわかったがきさまの力は相当なものだ。そしてあの小僧ときさまとでは外見から判断してもきさまのほうが成熟していることは間違いない」

「だれがおばさんですか。どう見てもぴっちぴちでしょう。殺しますよ」

「……そのお前よりも――」

無視され、メルザリッテは思わず舌打ちした。

「小僧が強いということはないだろう。大方、我を足止めすれば小僧が奴を倒せるなどと考えたのだろうが……失敗だったな。奴は我より断然強いぞ」

高笑いするベリアルの表情は勝利を信じて疑わないという感じだった。その姿にメルザリッテは憐れみを感じてしまい、無意識的に表情から緊張を解いてしまった。半ば呆れ気味に、それでいて低い声を放つ。

「先ほどの言葉、少々訂正します。わたくしは送られてなどいません」

「有りえぬ。送ることでしか本当の意味で狭間には来られぬはずだ」

「あるでしょう。送らなくても済む方法が」

メルザリッテの言葉にベリアルの表情が徐々に険しくなっていく。やがて〝答え〟に行きついたのか、一気に顔を強張らせた。

「まさか――っ！」

「そう、創造主が人に《運命の輪》を与え、浮遊大陸が生まれてよりこの方。わたくしはずっと狭間にいました。すべてはのちにやってくるであろう大戦に備えるため。我が主を迎え入れ護りぬくため。

二千年の時をわたくしは狭間で生きたのです」

人が生まれ、育ち、老い、死に。また生まれ……。文化が発展していくさまもずっと見守ってきた。悠久の時をずっと待ち続けた。気が狂いそうになるほどの時をずっと待ち続けた。すべてはあの方に仕えるため。愛しいあの方に仕えるため。

メルザリッテ・リアンはずっと待ち続けてきたのだ。

「そこまでの価値が先の小僧にあるとでも言うのか！」

ベリアルが狼狽えながら言葉を発した、その時――。

王都に突風が吹き荒れた。それは凄まじい速度でメルザリッテの身体をかすめ、王城側へと向かっていく。世界が揺れたと言ってもおかしくはない衝撃だった。風の通った軌跡を彩るように多くのアウラがちらちらと輝きを見せる。

「ば、馬鹿な……青の光（カエラム）だとっ！　あの小僧にそんな力が……」

メルザリッテの背後を仰ぎ見ながら、ベリアルが口をだらしなく開閉していた。

青の光。それはもっとも上質なアウラの色だ。

ああ……ついにこの時が来たのですね。

ずっと待ち続けてきたのだ。振り返らずとも蒼翼を背負いしその気高き姿を容易に想像できた。

涙が溢れ出そうになるのを堪えた。主の覚醒を祝福せんがため、メルザリッテは吼える。

「あのお方こそが我らがアムールの長、ベネフィリア様が唯一の子にして滅び行くこの天と地と狭間の世界の希望となられるお方、ベルリオット様であらせられる」

剣を突きつけ、低く言い放つ。

「たかがベリアルに毛が生えた程度。我が主に敵うと思わないでください」

ベル様……すべてのアウラはあなた様とともにあります。どうか、御武運を。


ベルリオットは飛翔しながら右手にアウラを集めはじめる。思い描くのはいつも使っていた長剣だ。しかし必要以上に青の燐光が集まり、収束していく。やがて生成されたのは切れ味鋭いといった言葉とは縁遠い無骨な長剣だった。ひどく言ってしまえば鉱石を適当に砕いた程度にしか見えない。

赤のアウラとは随分と勝手が違うようだ。いや、要領は同じだが、力加減が難しいと言ったほうが正しいかもしれない。

「行かせるかっ!!」

得体の知れない青のアウラに戸惑っていたのか、これまで静観していたグラトリオが背から光翼を荒々しく噴出させ、天空の間から飛び立った。内城門をくぐろうとするリズアートとナトゥールのほうへ勢いよく向かっていく。

「それはこっちの台詞だ!」

ベルリオットは一瞬にしてグラトリオの経路に割りこんだ。互いの剣がかち合い、前庭に甲高い音が響きわたる。ぎりぎりと結晶同士がこすれる音を聞きながら、ベルリオットは先ほど自分が見せた移動速度に驚いていた。

全身がおそろしく軽かった。アウラが体内を流れ、外へと放出されるまでの感覚が細かに伝わってくる。本当に風そのものになったかのような錯覚を抱いてしまいそうなほどだ。

重なり合った青と紫の結晶剣の向こう側にグラトリオの慄く顔が映る。

「なんだ……なんなのだその青いアウラはっ！　そんなもの私は見たことがないぞ！」

「俺にもよくわからない。けど、これであんたとまともに戦える。いや、まともってのは違うかもしれないな」

「どういう意味だ？」

「たぶんこれが赤色ん時の比じゃないってことだよ」

「なんだと？　そんなことあるわけが――」

「降参してくれないか？　団長」

暗に勝てないと言われたためか、グラトリオが激情をあらわにした。

「調子に乗るなよ！　若造がぁあああああ――ッ!!」

ぐいぐいと力任せに剣を押しこんでくる。相手の意識をこちらに向けるためにあえて挑発したのだが、どうやらうまくいったようだ。ベルリオットは横目に内城門のほうを窺った。リズアートたちはどうやら無事に城内へと入れたらしく、その姿はもう見られない。

ベルリオットは剣を弾いてグラトリオから距離を取った。互いの高度は同じで、位置関係はこちらが城を背負う形だ。息つく間もなくグラトリオが空気を切り裂くように向かってくる。

「やっぱだめか……なら――」

ベルリオットも中空を翔けた。互いに剣を右肩に背負う格好だ。間合いは即座に縮まった。振り下ろされた二つの結晶武器がかち合い、がきんっと甲高い音を奏でる。

刹那の拮抗の中、歯軋りをするグラトリオの顔が映る。相手の表情を観察している場合ではないのに力の差が余裕を生み、視野が広くなっていた。ぐっと押しこむ力を加え、振りきる。

「うぉあああああっ」

「なにぃっ⁉」

青の剣が紫の剣を砕いた。グラトリオが驚愕に目を瞠っている。これまで最強と言われていた《紫光階級(ヴァイオラ・クラス)》の結晶があっさりと砕けたのだ。無理もないだろう。

生まれた一瞬の隙を逃さず、ベルリオットは振り抜いた剣を上方向へと切り返す。はっと意識を取り戻したグラトリオが即座に生成した盾を割りこませてくるが、青の剣はそれを難なく打ち砕いた。

ただ攻撃は防がれた。紫の結晶片がぱらぱらと舞い散る中、さらに追撃を加えるがまたも盾によって阻まれてしまう。

「ぐぬ――っ」

だが、相手の顔に余裕はない。ベルリオットは容赦なく連撃を繰り出した。幾度となく盾で防がれるものの徐々に押しこんでいく。それから十回ほど振り抜いた時、盾の生成速度をこちらの剣速が上回った。

「終わりだっ！」

あまりに剣が無骨な形状のため、斬るのではなく叩くに近かった。相手の心窩へと抉りこむ。口から胃液を噴出させたグラトリオが猛烈な勢いで落下していき、轟音とともに地面へと激突した。わずかに湿った土が辺りに荒々しく飛び散る。

その光景をベルリオットは上空から注意深く見つめていた。この程度で倒れるわけがない、と確信していたのだ。

予想通りグラトリオがゆらりと体を起こした。肩で息をしながら二の足で立ち、こちらを睨んでくる。

「どうやら……はったりではないよう、だな……」

「あんたがアウラの鎧を纏うように俺にもこの青いアウラの鎧がある。こいつの硬度は破壊されたあんたの盾で身をもって知ったはずだ」

言いながら、ベルリオットは無骨な剣を見せつける。

「なあ、本当に降参してくれないか?」

今度は心からの言葉だった。

もちろんグラトリオを許したわけではない。そもそもベルリオットが許したところでほかに彼を許さない人間は大勢いるだろう。だが、叶うならば彼を倒して無理矢理に罪を償わせるのではなく、本人から自発的に罪を償って欲しいと思ったのだ。

「相手を慮らんその甘さ……本当にあいつに似ているぞ……」

息も絶え絶えにグラトリオが言った。

「ただの出来損ないだからとこれまで捨て置いてやったが、やはりお前も奴の子だったというわけか……」

そこで彼の口にする〝奴〟の正体が、自分の父であるライジェルだということにベルリオットは気づいた。また、ライジェルを語るグラトリオから溢れ出んばかりの怨念を感じ取った。

なぜだ？　あんたは親父を尊敬していたはずじゃ――。

「いいだろう。あのような忌々しい力、二度と呼ぶまいと思っていたが……お前もライジェル同様、あの力で葬ってやる」

親父を……葬った……？

その意味をベルリオットはすぐに理解できなかった。

戸惑うこちらの様子など意に介さず、グラトリオが声高らかに咆える。

「来い、シグルよ！　その大いなる力を今一度我が身に貸し与え給え！」

足下。いや、遥か彼方の地底へ向けて叫んでいるようだった。突然、グラトリオの全身が痙攣しはじめた。さらに筋肉がはち切れそうなほどに膨張する。眼球が、ぐりんと上方向へ回転したかと思うや、あらわれた白目がすぐさま紫色に変わり、くすんだ光を放ちはじめる。

どこからともなく幾本もの黒い奔流がグラトリオの周囲に出現した。それは見ているだけでもぞっとするほど禍々しい黒色だった。荒々しい風を巻き起こしながら、黒い奔流はグラトリオの体へとなだれこんでいく。グラトリオによるけたたましい呻き声が辺りに響きわたる。

やがてすべての黒い本流が彼の体に取りこまれた時、辺りに巻き起こっていた風が弾けるように散った。

つい先ほどまでとは打って変わって風一つない静かな時間が訪れる。それがまた前庭に現れた存在をさらに際立たせた。怪しげに光る紫の眼球、過剰に膨張した筋肉。その身を包みこむ禍々しい黒のアウラ。およそ人の姿とは言えない化け物がそこに立っていた。

「シュゥゥ…………」

化け物がくぐもった吐息を漏らす。

大城門前で目にした黒導教会の者たちとは明らかに違う。彼らは肉体そのものがシグルと化していたが、目の前のグラトリオは人間の体を残したままだ。だが、どう見ても人間ではない。言うなれば黒のアウラを纏いし魔人といったところか。

ベルリオットは心臓が跳ねるのを感じた。全身が強張った。熱く煮えたぎった血が底から湧いて出るような感覚に襲われる。

――俺は、こいつを知っている。

遠い過去の記憶が映像となって脳裏に蘇った。ライジェルが亡くなる直前に見た黒い化け物。それと目の前のグラトリオの姿が重なっていき、完全に一致する。瞬間、脳が弾けたような感覚に見舞われる。

「あっ……あっ……」

ベルリオットはグラトリオの口にした〝ライジェルを葬った〟という言葉の意味をようやく理解した。思考が深い闇の底へと堕ちかけた時、グラトリオの咆哮によってはたと目が覚める。

「グァアアア――ッ!!」

グラトリオが飛翔し、恐ろしい速度で向かってきた。その手に握られた黒の剣がまるで血肉を食わせろと言わんばかりにぎらりと光る。

今から攻勢に出ても間に合わない。ならば、とベルリオットは右手に持った剣を胸の前で横に構え、刀身に左手を添えた。直後、すでに眼前まで迫っていたグラトリオから黒剣が振り下ろされた。互いの剣が激突し、耳をつんざかんばかりの音が鳴り響いた。襲いくる凄まじい衝撃に全身の骨という骨が軋む。

悲鳴のような音をあげながら結晶同士がこすれ合う。相手が勢いをつけていたせいか、緩やかに上空へと押しこまれていく。いや、勢いをつけていたからだけではない。先ほどまでのグラトリオよりも明らかに力が上がっている。結晶の強度も以前とは比べ物にならない。それを証明するかのように青の剣に黒の剣が食いこんでいた。向けられた鋭い眼光も手伝い、ベルリオットは思わずたじろいでしまう。

「先ほどまでの威勢はどこにいった？　これではお前もライジェルと同じように死ぬことになるぞ？」

グラトリオの口から音が幾つにも重なったようなひどく耳障りな声が放たれる。

挑発だとわかっていながら、ベルリオットは体が熱くなるのを感じた。

「うぁあぁっ！」

力任せに剣を振り抜いた。生まれた空間の中ですぐさま互いの剣が入り乱れ、結晶独特の衝突音が響く。譲ることのない撃ち合いにどちらともなく大振りをかまし、弾かれるようにして距離を取った。

「あんたが親父を殺した奴だったんだな……」

「そうだ。私に嬲られるしかなかったあの時のライジェルはひどく無様だったぞ。ずっと私の前を行っていた奴が足下で転がっているのだ。あれは最高の気分だった」

酔いしれるようにグラトリオが語る。そこにはライジェルへの純然たる嫉妬が感じ取れた。

最強と謳われたライジェルに勝てない、追い越せない。その想いが募り募ってシグルという負の存在を呼び寄せ、グラトリオを狂わせたのだとベルリオットは悟った。

「私が憎いか、憎いだろう！」

まるで憎まれることを望むかのように叫ぶグラトリオを前にし、胸の奥底からある感情がこみ上げてきた。それを明確に意識した途端、思わず苦笑してしまう。

「なにがおかしい……？」

「いや、嬉しくて」

「嬉しい……だと？　正気か？　自分の父を殺されたのだぞ！」

「ちゃんと親父のために怒れる自分がいることに気づいて嬉しいんだ」

ライジェルが殺されたと聞いた時、ベルリオットはとめどない怒りが全身から溢れてきた。それはずっと父を憎み続けていた自分にとって衝撃的なことだったのだ。

「あんたも知っての通り、俺もずっと親父を憎んでた。親父の奴、色んな英雄譚を残すだけ残して死にやがってさ。その功績がそっくりそのまま期待に変わって俺に向けられて。そんでアウラを使えない出来損ないだって知った途端、周囲の落胆具合ったら半端なくて……そりゃもう、なんで俺がこんな目に遭わなくちゃいけないいんだって。俺の怒りは全部親父にいったよ。どうしてそんな強かったんだ、すごかったんだって。今思えばとんだ見当違いだよな。でも幼い頃の俺は上手く心が整理できなくて……」

同情なのかもしれない。だが、それだけでは言い表せないほど胸中は複雑に絡み合っていた。その想いが表へと出る。

「だから……俺もあんたの気持ち、少しわかるんだ」

直後、グラトリオが全身を硬直させた。やがてわなわなと震えはじめる。

「……違う……違ぁああうっ！　お前などにっ、奴の子であるお前にっ、私が味わってきた苦しみがわかってたまるかっ!!」

その叫びが再開の狼煙となった。

ベルリオットは青のアウラを散らしながら。グラトリオは黒のアウラを散らしながら。互いにぶつかり合い、交差する。勢いそのままに後ろへ流れ、振り向き、二合目へと向かう。続いて三合、四合、五合目を撃ち終った時、青の剣が砕け散った。ベルリオットはすかさず新たな剣を造り出すが、やはりアウラが必要以上に集まり無骨な形を造ってしまう。

「どうやらまだその力を使いこなせていないようだな、ベルリオットよ！」

「くっ――！」

グラトリオの言うとおりだった。まだ、この青のアウラを使いこなせていない。

もっと……もっと鋭く。洗練された剣を、刃を想像しろ！

自らを叱咤しながら、ベルリオットは撃ち合いの最中に新たな剣を造り続ける。破壊されてはまた生み出し続ける。何度も繰り返すことで脳が無駄な思考を省いていく。削られ、細くなっていく剣はやがて洗練された形状へと変化を遂げる。

陽光を受け、青の剣が美しい輝線を描いた、その時――。

視界に粒状のほのかな白光がふわり、と浮かんだ。ベルリオットは異変を感じ取り、グラトリオともども中空にて動きを止めた。異変は自分の周囲だけかと思ったが、違った。王都中……いや、リヴェティア全土から無数の燐光が上昇している。

周囲を見回しながら、グラトリオが眼を剥く。

「こ、これはっ――」

まるで身体を優しく包みこんでくるかのような、この温かな空気は間違いない。《飛翔核》から大陸にアウラが注がれているのだ。

地鳴りとともに大陸が上昇しはじめる。浮遊するベルリオットと地上の距離が緩やかに縮まっていく。

「どうやら、あいつらがやってくれたみたいだな……どうする？」

「……ならば、お前もろとも陛下を殺すまでよ!!」

「やれるもんならやってみろっ!!」

再び撃ち合い、空へと昇っていく。

決め手が欲しい。なにか――。

その時ベルリオットの脳裏に遠隔攻撃を使うメルザリッテの姿がよぎった。通常、凝固したアウラの結晶は人の手を離れれば形状を維持できないと言われてきた。だが、彼女は手から離れても結晶としての形を維持させ、それをまるで弓で放たれる矢のごとく扱っていた。

自分にもあれができるのだろうか、とベルリオットは自問する。

そもそも手を介してしか、アウラを結晶化できないと言われていたのはなぜか。それは頭で思い描いた明確な想像を、もっともアウラに伝えやすいのが手だったからにほかならない。

――もし明確な想像を手を使わずに……体のどの部位も使わずに空気中のアウラに伝えられるとしたら。

――明確な想像を伝え続け、離れた場所にある結晶を固体として維持できるとしたら。

生まれた疑問を試すため、ベルリオットは生成する剣の強度向上を一旦意識の外へと追いやった。空いた脳内の思考回路を使い、集中する。

離れた場所に明確な想像を伝えるためには大気に満ちるアウラを感じられなければ話にならない。

そしてそれは、ベルリオットがずっと行なってきた訓練に似ていた。

優しく肌を撫でていく風を感じる。近くを流れる風。少し離れたところを流れる風。もっと離れたところを流れる風。どんどん外へ外へと広がっていく感覚が意識の一部を満たしていく。

「グァアアアアッ!!」

グラトリオとの撃ち合いが終わり、互いに背を向けた。その機を見計らい、ベルリオットは即座に意識をやや下方に向けた。その空間に明確な想像を伝える。思考を働かせるだけなのに表情筋にも力が入ってしまう。意識した場所に燐光が集まっていき――やがて結晶ができあがった。

やはり綺麗な刃ではなかったが、造れただけでも充分だった。一度、その結晶の刃から意識を切り離し、霧散させる。

やれるっ！

たしかな感触を得たベルリオットはすぐさま振り返り、再び向かってくるグラトリオへと向かう。直後、すでに片手に持っていた、壊れかけの剣を相手に向かって勢いよく投げた。そのまま意識を投げた剣へと向け、形状の維持を試みる。

「っ――！」

焼き切れるのではないか、と思うほどの激痛が頭部に走った。これほどまでに脳を刺激するのか。

ベルリオットは苦痛に顔をゆがめながら剣の形状、勢いを必死に維持し続ける。

「なにっ!?」

目を瞠ったグラトリオがとっさに飛行速度を落とすと、眼前まで迫った青の刃を黒の剣で打ち払った。

「はは……できたぜ……」

有効な一撃にはならなかったが、遠隔攻撃が可能であることを確認できた。とはいえ、とてもではないがメルザリッテのようにあれほど速く生成し、あれほどの数を飛ばすなんてことはできそうになかった。

「神の矢を使いこなすのか」

「神の矢って言うのか、これ。大層な名前だな」

「し、知らぬまま使ったというのか……！」

「メルザが使ってたのを見て、俺にもできるかなって」

「見ただけだと!?　……つくづくトレスティングの血は私に泥を塗ってくれる」

怒り狂ったようにグラトリオが憤怒の形相を浮かべた。かと思えば、なにやら低い声で笑いはじめた。

「だが、神の矢を使えるのがお前だけだと思うなよ、ベルリオットッ！」

グラトリオが振り払った左手から二本の刃が放たれた。驚異的な速度でそれは虚空を突き進んでくる。ベルリオットはとっさに剣を振り、二本の刃を砕いた。が、刃の破片によって頬を傷つけられた。

かすり傷だ。痛くはない。だが、外傷よりも精神的な損傷を被った。

「どうやら遠距離では私に分があるようだな」

「強がりなんじゃないのか、辛そうな顔してるぜ」

「それはお前とて同じだろう」

グラトリオの言うとおりだった。

脳を強く刺激したからか、連鎖するように腹部の痛みが蘇ったのだ。おかげで脂汗が全身に滲んでいる。顔に出さないよう我慢していたが、どうにも誤魔化せない域にまできているらしい。

接近戦を挑むしか、もう道は残されていないのだろうか。

神の矢は刃としての形状を維持することはもちろん、投擲した結晶の移動する空間を把握していなければならないことがなにより難しい。

投擲した結晶が重力に負け下がっていくなどという二方向の動きがなければ。

また形状をいっさい気にしなければ。

問題点を整理した途端、ある策が浮かび上がってくる。それは大きな賭けだが、最大の隙を作れるかもしれないものだった。

だが、やれるのか？　俺に？

そう自問自答した時、本当は誰よりも尊敬していたあの人の手が背中を押してくれたような気がした。

ああ、やれる……やれるさ……なんてったって俺は——。

対峙するグラトリオを見据えながら心の中で力強く叫ぶ。

——ライジェル・トレスティングの息子だからな。

それはずっと心の中に溜まっていたわだかまりをすべて吹き飛ばす言葉だった。

清々しい気分に満たされる中、ベルリオットは意識を遥か上空へと向けた。

✧

アウラが大陸に満ちはじめた時、リヴェティア全土に歓声が沸き起こった。防衛線で無限に湧き続けるシグルを相手にしていた騎士はもちろん、王都にて奮戦していた訓練学校の教師や生徒も同じく歓声をあげた。

王都内のシグルは大陸の上下に直接的に関係があるわけではなかったが、現に大陸が上昇しはじめた頃、その数は激減していた。それはメルザリッテ・リアンが奮戦していたからにほかならないが、訓練校の関係者が死力を尽くした影響も少なくなかった。

残りわずかなシグルを前に多くの訓練生が手を緩め、王城上空を見上げる。

「お、おい。あれ、ベルリオットじゃないのか！」

「青いアウラ……あんなの見たことないわよ!?」

「戦ってるのは誰だ？　シグル……いや、だ、団長じゃないか！」

「なんでベルリオットが団長と戦ってんだよ！　まさかこの騒動はベルリオットがやらかしたのか!?」

狼狽える訓練生たちに向かってモルス・ドギオンが叫ぶ。

「どう見たって団長のアウラのが悪もんっぽいじゃねぇか！　ありゃあ、ベルリオットが俺たちのために戦ってくれてんだよ。きっとそうに違いねぇ」

根拠がない癖にモルスの言葉にはやけに自信が込められており、多くの者が耳を傾けた。

「けどよ……あ、あれがベルリオットなのか……団長と互角だなんて……」

「なんつうか……すげぇ」

「綺麗……」

王都中の民が城の上空を見上げていた。青と黒のアウラがぶつかり合っては弾け、また交差する。螺旋を描きながら紺碧の空を彩り、昇っていく。

✧

「うっ……ぐ……」

イオル・アレイトロスは目を覚ました。

自分は生きているのだろうか、と疑問に思ったが、今も全身に感じる強烈な痛みが生きているなによりの証拠だった。現状を把握するために横たわったまま辺りに視線を巡らせる。気絶する前と同様、目に映る光景は王城の中庭だった。ただ、多くの燐光がふわふわと浮いている。

これは紛れもなく大陸が《安息日》を迎えた時に起こる現象だ。

イオルはほっと息をつくが、すぐに気を引きしめた。リズアートの身や王都の安全を確認するまでは休んでなどいられないと思ったのだ。ふらつく体に鞭打ち、なんとか二の足で立つ。アウラを纏えれば楽なのだが、どうにも上手く取りこめなかった。

改めて辺りを見回してみるが、やはりグラトリオの姿が見られない。ふと前庭のほうから凄まじい轟音が聞こえてきた。そこにグラトリオがいる確信はなかったが、行ってみるしかないと思った。壁に身を預けながら、ゆっくりと城内を歩いていく。

俺は……あの人を止めなければいけない。

イオルは、ある元老院議員の遠戚に当たる父とその妾の間に生まれた。庶子である。ただ、母は出産からまもなく自殺した。大方、正妻からやっかみを受けたのだろう。ほどなくして、母という最大の後ろ盾を失った子を手もとには置いておけないという理由からイオルは父の知人であるグラトリオに託された。

グラトリオは物心がついた頃から近くにいたため、イオルにとって父のような存在だった。忙しい身でありながら暇を見つけては剣を教えてくれたし、上手く剣を振れれば頭を撫でながら笑顔で褒めてくれた。それがなによりも嬉しくて、また褒めてもらうために懸命に剣の腕を磨いた。本当に幸せな時間だった。

だが、いつからだったろうか。急に人が変わったようにグラトリオが荒れだしたのだ。

同時期、ライジェルが謎の死を遂げたという伝聞が広まった。当時は犯人の見当などつきもしなかったが、屋敷で怨念のようにライジェルを恨む姿、また今回の計画に加担させられたことでイオルはいやでも答えに行きついてしまった。グラトリオがライジェルを殺したのだ、と。

黒導教会が裏に絡んでいることを知ったのはリズアート率いる部隊とともに南方防衛線に派遣された時だ。手引きを命じられていたのだが、そこに現れたのが黒導教会の信徒だったのだ。

戦慄した。自国の王女を手にかけてしまうかもしれない、と全身が強張った。だが、逆らえなかった。それだけ自分にとってグラトリオ・ウィディールという存在は絶対的だったのだ。

幸いリズアートは死なずに済んだものの、心の中には罪悪感が粘りつくように渦巻いた。やがて、このままでいいのだろうか、という疑問が募りに募り――。

反抗した結果が今の姿である。情けなくて涙が出そうになった。

内城門を通り抜け、前庭に顔を出した。直後、耳をつんざくような激突音が上空から降ってきた。

団長とあれは……ベルリオットだと⁉

黒のアウラを纏ったグラトリオと青のアウラを纏ったベルリオットが上空で激しく撃ち合っていた。ややベルリオットが押され気味ではあるが、ほぼ互角の戦いだった。

イオルは思わず見とれてしまった。あれほどまでに凄まじい戦いを見たことがなかった。

団長の黒いアウラはなんなんだ……それにベルリオットのアウラも見たことがない……。

そんなことを思いながらさらに視線を上へ向けると、二人の遥か上空に巨大な結晶塊を見つけた。

結晶が浮いている⁉　いや、あんな巨大なものが、しかも人の手を離れて浮いているなど……。

ありえないと思いつつも、あれを造り出したのがベルリオットであることをイオルは本能的に理解した。それに巨大結晶の色が青色であることがなによりの証拠だ。

団長はあれに気づいていない……？

グラトリオの位置をベルリオットが巧みに調整しているのかもしれない。先ほどから見上げる格好で戦い続けているのもそのためだろう。あの巨大結晶が攻撃手段であるならなぜ早く落とさないのか、と思ったその時、ベルリオットの苦しげな表情からイオルは悟った。

あれほど巨大なものだ。落とす機会がないのだろう。もし機会を見誤れば即座に気づかれ、無駄に終わってしまいかねない。

そんなことも考えずに造ったのか、馬鹿め。だが……！

――あれを当てられれば勝機は生まれる。

体を奮い立たせるにはそれだけの理由で充分だった。イオルは身を預けていた壁から離れると、体が悲鳴を上げることすら厭わずになけなしの力を振り絞った。

この身がどうなってもいい。それでも俺は……俺は……あの人を止めなければならない……っ！

周囲にアウラが満ちていたことが背中を押してくれたのか、イオルは《黄光階級(フラウム・クラス)》の壁を突破した。

紫の光に包まれながら勢いよく空へと飛び立つ。

✧

ベルリオットは己の読みの甘さを悔やんでいた。敵に気づかれぬよう、遥か上空に巨大結晶を生成するところまでは良かった。だが、それをぶつける機会をグラトリオが与えてくれなかったのだ。

「どうしたベルリオット！　剣が鈍ってきたのではないかッ!?」

もう数えきれないほど剣を撃ち合わせている。剣の腕はほぼ互角だが、ベルリオットは思考の大半を他方へ向けていることもあり、いっさいの余裕がなかった。

生成したものを空中に維持し続ける、というのは相当に脳を刺激するようだった。先ほどから頭を鈍器で叩かれているような感覚に襲われている。

これ以上はまずいか……っ！

最悪、このまま落としても意表を突くことぐらいはできるだろう。もう迷っている暇はない。ベルリオットは押しこまれている風を装い、グラトリオの位置を巨大結晶の真下へと誘導。すかさず巨大結晶の〝空中維持〟を解こうとした、その時——。

「うぉぉおおおおおおおおお!!」

下方から気迫のこもった叫び声が聞こえてきた。すぐさまそちらに目を向けると、身の丈の二倍はあろうかという大剣を握った騎士が映った。ベルリオットは思わず目を見開いてしまう。

あのつんつんに跳ねた硬そうな髪や気が強そうな目つきは間違いない。イオル・アレイトロスだ。

なぜイオルがいるのか。あの傷だらけの身体はどうしたのか。《黄光階級(フラウム・クラス)》だったはずではないのか。

頭の中に幾つもの疑問が浮かび上がってくるが、それらの答えが導き出されるよりも早く、イオルがグラトリオに肉迫し、攻撃を仕掛けた。だが——、

「ぬぅんっ！」

「ぐぁっ」

無残にも一振りでイオルの大剣は砕かれてしまった。グラトリオが冷酷な顔で吐き捨てる。

「この戦いはお前などが手出しできる次元にはない」

「ベルリオット！　やれぇえええええっ！」

不恰好な体勢で落ちながら、イオルが声を張り上げた。瞬間、ベルリオットははたと気づいた。

そうか。そのために、そんなぼろぼろの身体で来てくれたのか……。

口元が綻びそうになるのをこらえつつ、〝空中維持〟の思考を意識から切り離した。

グラトリオが不意打ちを警戒してか、素早くこちらに向きなおる。だが、ベルリオットが動いていないことを確認し、安堵しているようだった。

「どうやらお前の手助けに入ったようだが、無駄に終わったようだな」

「いや、最高の手助けだったぜ」

言って、ベルリオットが勝ち気な笑みを見せると、グラトリオがいぶかるように眉根を寄せた。瞬間、グラトリオに影が落ちた。さらに地響きにも似た轟音が上空から聞こえてくる。

ようやく異変を感じ取ったのか、グラトリオが弾かれたように天を仰ぎ見る。そこにはすでに避けきれないほど近くまで迫った――巨大結晶。

「な……んだこれはぁあああああっ!?」

「落っちろぉおおおおおおおおおおっ!!」

グラトリオがとっさに自身と巨大結晶との間に黒の剣を割りこませた。だが、圧倒的な質量をその場に押し留めることができず、地上へと追いやられていく。

「ぐぉおおおおおおおおっ!!　トゥレスティンフゥゥウウ!!　トゥレスティンフゥゥウウ――――ッ!!」

まるで呪詛のようにトレスティングの名を叫んでいる。それがさらなる黒のアウラを呼び寄せたの

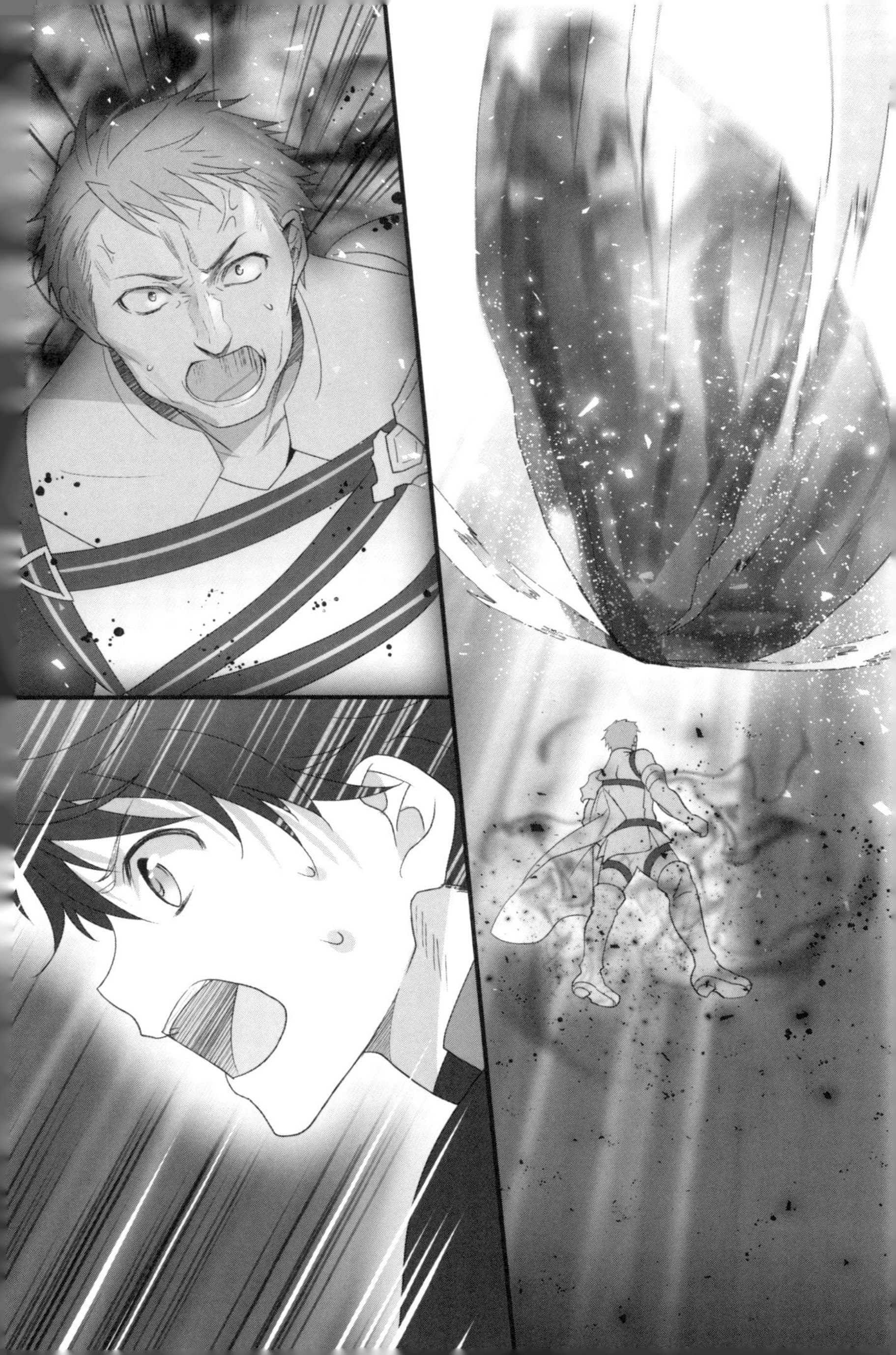

か。彼の全身からいっそう禍々しい黒い靄が噴出し、うねりながら巨大結晶の下部を包みこんだ。巨大結晶の落下の勢いが徐々に弱まっていく。

さらに黒い靄が巨大結晶の下部に噛みつくように抉りこまれた。まるで大地に張り巡らされた根のごとく亀裂が上部へと向かっていく。グラトリオが地上に激突する寸前――、

「グルァアアアアアァッ！」

巨大結晶が砕け散った。青色の細かな結晶片がぱらぱらと舞いながら陽光を反射しては静かに消えていく。

グラトリオがまるで勝利したかのように声高らかに叫ぶ。

「ふは、ふはははははっ！　やった……やったぞ……私の勝ちだ、ベルリオ――」

ベルリオットはすでに動いていた。グラトリオの意識が巨大結晶に向いた、その時から。

青の剣でグラトリオの心臓を後ろから貫く。

「――な……に……？」

肩越しに背後を窺ってきた。さらに剣をねじこむ。

「ぐぷぁっ」

グラトリオの口から大量の血が吐き出された。その身体を覆っていた黒のアウラがまるで風に吹かれた火のごとくふっと消滅する。同時、異様なほど膨張していた肉体が収縮し、一瞬のうちに彼は人の姿へと戻った。直後、だらんとその腕が垂れた。首が力なく折れた。つま先が下向いた。

ベルリオットは剣の重みが増したのを感じた。手、腕を通してかすかな温もりが伝わってくる。名

残惜しいと感じた想いを振りきるように剣を引き抜いた。まるで人形のようにグラトリオが力なく落ちていき、ばさりという音とともに地面に伏した。

しばらく見つめていてもまったく動かない。まるで時が止まったようだった。

ふと視界にイオルの姿が映りこんだ。彼はグラトリオに這い寄ると、人目も憚らずに慟哭する。

その光景を目にした瞬間、ベルリオットはようやく人を殺したのだと自覚した。


王城からびりびりと伝わってきていた禍々しい気配が完全に消滅した。

「ちぃっ、やられおったか……っ！」

「当然です」

忌々しいとばかりに顔をゆがめたベリアルを見ながら、メルザリッテは勝ち誇ったように笑んだ。

「さて、お前はどうしますか？　ほかのシグルはもういませんし、明らかにそちらが不利と思われますが」

すでにストレニアス通りのシグルは一掃し、ベリアルを王都の城壁外まで追いやっていた。雑魚に気を向ける必要もない。今ならたやすくベリアルを斃す自信があった。ただ、無駄な労力はかけたくない。

「ぐぬ……こんなはずではっ」

「逃げるのなら追いませんが」

「ほ、本当か……？」

「ええ。お前程度、逃がしたところでなんの損にもなりませんから」

メルザリッテは無表情で淡々と言い放った。

こちらが興味を持っていないことが充分に伝わったのか。

「……我らを甘く見ないことだ。やがて訪れる滅びの時が、きさまらアムールにとっても最後の時であることをゆめゆめ忘れるな」

苦々しい顔でそう吐き捨てたあと、ベリアルがこちらに背を向け、飛翔しようとする。

「あっ、手がすべりました」

メルザリッテは両手に持った一対の剣のうち片方を静かに放った。ぐさり、とベリアルの背に突き刺さる。

「なん――」

「手、手が勝手にっ」

茶目っ気たっぷりに言いながらもう一本の剣も投擲すると、またも小気味よい音が鳴った。二本の剣が背に刺さったベリアルが不恰好な体勢で落下していく。

メルザリッテは一対の剣を再生成しながら敵に肉迫したのち、さらに無数の連撃を見舞った。抵抗はいっさいなく、ただこちらが一方的に斬り刻むだけだった。

ふぅ、と息をつきながら剣を霧散させる。直後、ベリアルの身体が弾け飛んだ。肉片が黒煙と化し、すぅと色を失くして空気に溶けていく。

「本当に信じる人がいますか……って、人ではありませんでしたね」

くすりと笑いながら、メルザリッテは王城へと視線を向けた。

さて、我が主のもとへ戻るとしますか。


「えらくてこずらせてくれたな」

「まだだ……まだ終わっていない……っ！」

王都ディザイドリウム郊外にて、エリアス・ログナートは相手取った二十人の騎士のうち十六人もの騎士を斬り伏せてみせた。だが、そこまでだった。あちこちに刻まれた傷が立ち上がることを許してくれない。

膝をつきながら、エリアスはこちらを見下ろすビシュテーを睨みつける。

「立ち上がれもしない癖にまだ吠えるか。大人しく観念することだな」

とどめを刺せ、とばかりにビシュテーがディザイドリウムの騎士たちに合図した、その時だった。

「な、なにごとだ!?」

幾つもの黄色、紫色の光が王都側からこちらに向かって飛んでくるのが見えた。そのあとに一機の飛空船が続く。状況を掴めていないのか、ビシュテーたちが呆けている。

光の正体はディザイドリウムの騎士たちだった。色の濃度からしてかなり上位の騎士たちだろう。今まで相手をしていた者たちとは比べ物にならない。さすがにあれら全員を相手にするのは厳しい。

ここまでか……。

エリアスは思わず諦観を抱いてしまうが、すぐにそれは驚愕へと一変する。新たに現れた騎士たちが地上に下り立つや、先ほどまでエリアスが相手をしていた騎士たちに剣を向けはじめたのだ。

「な、なんの真似だきさまら!?」

「閣下。御身を拘束させて頂きます」

次々にビシュテー率いる騎士たちが拘束されていく。

「ふざけるな！　この私が理由もなくなぜ捕まらねばならん！　放せっ！　この無礼者めがっ！」

ビシュテーが暴れ狂うが、両脇をがっしりと押さえられているために逃げられないようだった。

事態が掴めぬままエリアスが呆けていると、一機の飛空船がビシュテーの近場に着陸した。やたらと豪華な装飾が施された飛空船だ。リヴェティア王家の物と比べても遜色が無い。同等か、それに準ずる位の者が乗っている可能性が高い。

飛空船から老齢の男が降りてくる。瀟洒なローブを羽織り、白髭を蓄えた彼はディザイドリウムの国王である。祭典にてその姿を何度も拝見したことがあるので間違いない。

続いて一人の青年が降りてくる。エリアスは思わず眼を剥いてしまった。ディザイドリウム騎士よりもさらに深い緑の騎士服を身に纏った彼は、リヴェティア騎士団序列二位のユング・フォーリングスだ。

なぜ彼がここにいるのか。その疑問は国王が動いたことで一時的に打ち消された。

国王が垂れ気味のまぶたを持ち上げると、侮蔑の目でビシュテーを射抜く。

「ビシュテーよ、残念だ。きさまが黒導教会と繋がっていたとはな」

「なっ⁉」

ビシュテーが眼を瞠った。

「へ、陛下。私が奴らと繋がっているなどと、そんな根も葉もないことを言われましても」

「我が友……レヴェンが教えてくれたのだよ」

「し、しかし証拠が！」

「いくら知己(ちき)からとはいえ、そのまま鵜呑みにするわけにはいかぬからな。もちろん裏は取っておる。お前の身辺を徹底的に洗わせてもらったぞ」

「馬鹿な……グラトリオか？　いや、フルエルか……奴め、恨むぞ……っ！」

ビシュテーが口惜しげな表情を見せるが、抵抗の意志はないようだ。膝をつき、うつむいた。

終わったのだろうか。エリアスが事態を把握しきれず呆然としていると、ユングが歩み寄ってきた。

「遅くなりました、ログナート卿」

「フォーリングス卿、なぜあなたがここに」

「私が陛下……先代の国王陛下より仰せつかった任をお忘れですか？」

ちょうどレヴェンが亡くなる前日、彼はユングにある任務を与えていた。たしか内容は、各大陸の王に黒導教会と繋がる人間を密告することだったはずだ。

「あ、あの時の……」

「ええ。ただ、なにぶん私の体はこの身一つ。そのうえディザイドリウムへの訪問は最後を予定していましたので……救助が遅れてしまったこと、どうかお許しください」

「い、いいえ。こうして私は無事に生きている。それだけで充分です。どうか頭を上げてください」

「感謝します」

どうにか生き延びられた。ほっと息をつくと同時に、エリアスは主君であるリズアートの顔が脳裏に浮かんだ。グラトリオがリズアートの命を狙っているため、急いでリヴェティアに戻らなければならない。

ただ、不思議と心配はしていなかった。彼が——ベルリオットがリズアートを助けに向かったのだ。なんの根拠もないというのに、その事実が不安を拭い去ってくれた。

西方の空を見つめながらエリアスは言う。

「戻りましょう、リヴェティアに」

✧

眼下では、グラトリオの亡骸を前にいまだイオルが放心している。ベルリオットは目をそらすと、彼から逃げるように内城門のそばに下り立った。

城内のほうから足音が聞こえてくる。見やれば、ナトゥールに肩を貸してもらいながらリズアートが歩いてくるところだった。ひどく憔悴しきった様子だったが、こちらと目が合うなりその顔に生気が宿った。

「ベルリオットっ！」

リズアートが近くまでくると、「グラトリオは？」と訊いてきた。ベルリオットは無表情で前庭のほうを見るよう視線で促した。その先の光景を見てすべてを悟ったか、リズアートが静かに口を開く。

「……そう」

その後、彼女はじっとこちらを見つめてきた。あなたは大丈夫なの、と揺れる瞳が告げてくる。ベルリオットは静寂を保っていた心がざわめいたのを感じた。

「俺が……やったんだ」

気づけば、そう言っていた。

自分の弱さを誰にも見せたくなかったのに気持ちを吐露しようとする口が止まらない。

「あの人を倒せば護りたいものを護れるって。最高の結果になるってそう信じて、覚悟して。でも……」

グラトリオを殺した感覚がまだ右手に残っていた。震えるその手を胸の前でぎゅっと握りしめる。

「この手に残ったのは人を殺した感触だけだった。それ以外、なにも感じなかったんだ」

護りたいものを護れた。そんな達成感はなかった。いや、実際はあるのかもしれないが、その人殺しの感触がほかのすべてを上塗りしてしまっている。

「ベルリオット……」

気遣うようなリズアートの声が耳に届く。

どんな言葉をかければいいのか、きっと彼女は迷っているのだろう。ベルリオットがしたことは人殺しにほかならない。これは事実だ。たとえ誰かを救うためだとしても覆らない。下手に励ませば、人殺しを肯定したことになる。

王女としてだけでなく、人としてもベルリオットが直面している問題に見解を示すことは責任が付きまとう。普通なら濁すのが妥当だ。しかしリズアートはなにも顧みず、意志のこもった言葉で答えてくれる。

「あなたが立ち上がらなければ私は死んでいた。リヴェティアが死んでいた。あなたが……その手が救ってくれたものは少なくないわ」

ベルリオットが作った握りこぶしをリズアートが優しく両手で包みこんできた。それを彼女は自らの頬に当てながら、力強くそれでいて弱さの感じられる声で静かに言葉を紡ぐ。

「助けてくれてありがとう。そして……ごめんなさい」

その言葉はベルリオットの中で感情を上塗りしていた靄を薄めてくれた。途端、一筋の涙が頬を伝った。

護りたいものを護れた嬉しさからか。人を殺してしまったことへの後悔からか。

ベルリオットには流れた涙の正体がよくわからなかった。

終章

一週間が経った。大きな損害を被った王都だったが、あれから着々と復興作業が進んでいる。ディザイドリウム王国による多大な支援も、それを手伝う大きな要因となった。

聞くところによると、先代国王であるレヴェンが亡くなった時よりディザイドリウム王はリヴェティア王国に援助をしたいと思っていたそうだ。しかし国の力は民の力。無償の援助はやはり難しかったらしい。

そんな折、今回の事件が起こった。そしてビシュテー宰相が主犯であるグラトリオと通じていたため、償いという形で援助することができたわけだ。皮肉な話だが、リズアートは遠慮することなく支援を受けた。

国王暗殺から始まった事件より、多くの者が前に進もうとしている。

ベルリオットも前に進まなければならない。だが、そのためには行かなければいけないところがあった。

少し強めの風が吹いていた。足首を覆い隠すほど自然のまま伸びきった雑草、辺りを囲む背の高い雑木たちが煽られ、ざわざわと音を立てる。ここはトーティベルの丘と呼ばれる場所で、王都リヴェティアと北方防衛線のちょうど中間に位置している。

ベルリオットは花束を手にしながら隆起した丘の上を見やる。そこにはこじんまりとした墓石が置かれていた。すでに添えられていた花束のほか、墓前に立つ一人の男が目に入る。

イオル・アレイトロスだ。彼はこちらをちらりと見やったが、なにも言わずにまた墓石に視線を戻した。

ベルリオットは静かに彼のもとまで行き、声をかける。

「いいか？」

「ああ」

短い返事だった。

ベルリオットは屈みこみ、墓石の前にそっと花束を置いた。

その際、墓石に書かれた文字が目に入る。

――グラトリオ・ウィディール、ここに眠る――

胸が痛んだ。間近で見ていられなくて、すぐさま立ち上がり、距離を取る。

イオルが言った。

「皮肉なものだな。ここにきたのが団長を手にかけた俺たちだけとは」

イオルが言った。そこに自戒の念は感じられず、ただ遠くを見るように墓石へと視線を向けている。

ベルリオットはなにも答えられず、イオルと同じように墓石を見つめることしかできなかった。

ふとイオルが風に乗せられるように語り出す。

「幼い頃、親に捨てられた俺は団長に面倒を見てもらっていた。俺の剣には、あの人の剣が詰まっている」

イオルにとってグラトリオがどれだけ大切な存在だったのか。それはグラトリオを殺した時にいやでも伝わってきた。あの光景を思い出すだけでもベルリオットは強い罪悪感に全身を縛りつけられる。

「あの人は俺にとって父代わりだった」

それまで淡々としていたイオルの声が途端に震えだした。

「だから俺は……」

イオルがこちらに顔を向けた。そこに涙はなく、ただただ意志の強い瞳で射抜いてくる。

「お前を超える。あの人の代わりに俺が……このイオル・ウィディールがトレスティングを超えてみせる」

言葉という名の衝撃が全身を突き抜けていった。

彼の決意を応援するかのように風が強く吹いた。草木が大きく揺れる。

「イオル……お前……」

これまでずっとベルリオットにとって、イオル・アレイトロスは高みの存在だった。その彼が自分を追いかけるという。不思議な感覚だった。

さらに彼はウィディールを継ぐという。その家名はリヴェティアに災厄をもたらしたとして今や大陸中に知れわたっている。あまりにも重い。重すぎる。だが、彼の瞳には揺らがぬ決意が宿っていた。

イオル……やっぱりお前はすごいぜ。

ただ矜持(きょうじ)が高いだけの男だと思っていたが、それは大きな間違いだった。

イオル・アレイトロス。いや、イオル・ウィディールは本当に強い。体も、心も。

だが、こちらとてトレスティングという名を背負っているのだ。負けるつもりはない。

そう瞳にこめて、ベルリオットはイオルを見つめ返した。

互いの間に短くも長い時が流れていた。やがてイオルがこちらに背を向けて歩き出した。

「行くのか」

「ああ」

未遂に終わったものの、イオルが女王暗殺計画の片棒を担いだのは事実である。

イオル自身が進んで行ったわけではないことや、将来性の高い優秀な騎士であることから、リズアートが周囲の反対を押し切り無罪としたのだが、真面目なイオルはそれを善しとしなかった。おそらくリズアートの立場を危ぶんでのことと思われるが、彼はリヴェティアを去ることを選んだ。本当に不器用な人間だった。

イオルが紫のアウラを纏ったのち、無言で飛び去っていく。

その後ろ姿を見送りながら、ベルリオットは心の中で告げる。

誰がなんと言おうとお前の故郷はリヴェティアだ。だから、早く帰ってこいよ。

ずっと嫌な奴だと思っていたのに、今では仲間意識が強く芽生えていた。不思議な感覚だった。

イオルの姿が見えなくなると、ベルリオットは改めてグラトリオが眠る墓石に目を向けた。先刻とは違う。今度は真っ直ぐに見ることができた。

草木が風に揺られ、さざめく音が聞こえる。

事件が終結してからずっと引っかかっていたことがあった。グラトリオはその嫉妬心からライジェルを殺したが、ベルリオットの後見人に名乗り出る必要はなかったのではないか、と。

犯人であることを疑われないように、との思惑があったのかもしれない。だが、危険を冒してまでするほどの必要性は感じられなかった。

もしかするとグラトリオはライジェルを殺したことを後悔していたのではないだろうか。もちろん先の事件を鑑みれば、彼の中に後悔などという感情があったとは考えにくい。

とはいえ、今回の事件には黒導教会が関与していた。邪の者に嫉妬心を焚きつけられ、彼は狂気に陥った可能性も考えられる。

だがベルリオットには、そんな論理的に導き出された答えなど必要なかった。

ただただ、信じたいと思った。ライジェル殺害をグラトリオが悔い、自らの意志でベルリオットの後見人になったのだ、と。

だが、礼は言わない。なぜなら彼はライジェルを殺したのだ。そしてベルリオットもグラトリオを殺した。色んな感情が胸の中でない交ぜになっている。

なにも表に出てこなかったため、無言で立ち去ることを選んだ。

青く光るアウラを纏った。勇壮な翼を背にベルリオットは飛翔する。

見上げること、見下ろすこと。人は常に自分の位置を決めたがる。自分がそうだったように。

なにが正しいのか、なにが悪いのかよくわからなかった。だから空を翔けた。一心不乱になって翔けた。そうすればいつか答えに辿りつけるような気がしたのだ。

空は青い。どこまでも続く。

この世界に終わりなんてないと思った。

《了》

特別収録

幼馴染の心配事

七大王暦一七三五年・八月二十八日

「寄宿舎の中ってこんな風になってたのか」

騎士訓練学校の寄宿舎の中をベルリオットはナトゥールのあとについて歩いていた。

五百人ほどの訓練生が暮らしている場所とあって相応に大きな建物だ。階層は三つと多くないが、その分横に長い。訓練校と同じぐらい幅広な廊下はゆったりとしており、すれ違いざまに誰かとぶつかるなんてことはまず起きそうになかった。

「訓練校に五年も通ってて一度も来たことないなんて、きっとベルぐらいだよ」

「そうは言っても来る理由がなかったからな」

ベルリオットは後ろ髪をかきながら、ちらちらと辺りに視線を巡らせる。

「しっかし話には聞いてたが、お世辞にも綺麗とは言えないな」

「うっ、それは……」

多くが木造とあって傷んだ箇所がひどく目立っていた。隅のほうへ目を向ければカビを見つけることもできる。寄宿舎は王都北西の外側に位置しているため、そばに外壁が聳えている。それが日射しを遮り、カビの侵略を手伝ってしまっているのだろう。

ナトゥールが苦笑する。

「一応、持ち回りで掃除してるんだけどね」

「さすがに長年かけて染みついたものは落とせないってことか」

「そういうこと」

以前、寄宿舎の衛生面についてエリアスが苦言を呈していたが、まさしく彼女の言うとおりだった。改装や改築、立地の見直しについて一度本気で考えたほうが良いのでは、とベルリオットは思ってしまう。

「それにしても……なあ、トゥトゥ。さっきから気になってしかたないんだが」

部屋の扉や廊下の角、柱等などに身を隠す格好で幾人もの女生徒がこちらの様子を窺っているのだ。寄宿舎に足を踏み入れた時点ではこのようなことはなかった。これほど注目されるようになったのは、いま歩いている廊下に入ってからだ。ひどく居心地が悪い。

「だってこの辺りは女子の部屋が集まってるからね」

「集まってるからね、じゃないだろ！　いいのかよ、俺男だぞ……？」

「大丈夫だよ。男女間の部屋の行き来が禁止されてるのは夜だけだし」

「そのわりには警戒されてるように見えるんだが」

「昼間でもこっちに来る男子なんていないからかも」

「だめじゃねえかそれっ」

ベルリオットが抗議の声をあげると同時、ナトゥールが足を早めた。そのまま逃げるのかと思われたが、彼女はすぐに振り返ってそばの部屋を指し示す。

「ついたよ。ここが私の部屋」

✧

　ベルリオットは通された部屋に入るなり、少し狭いなと感じた。ベッドのほかに箪笥や本棚、低めの机が置かれただけで空間の大半が埋まってしまっている。

「さすがトゥトゥの部屋って感じだな」

「さすがってどういう意味？」

「いや、同じ建物とは思えないぐらい綺麗だって意味だ」

　目を凝らせば傷んだ箇所は見つけられるが、廊下ほど老朽化を感じなかった。かび臭さも感じない。むしろ部屋に漂う香りのためか、草原の上にいるような爽やかな気分に見舞われる。

「あはは……入った当初はここもすごかったけどね」

「頑張ったわけか」

「うん。でも、あんまり見られると恥ずかしいから程ほどにして欲しいな」

　照れくさそうにそう言うと、ナトゥールは部屋の隅に設けられた小さな台所へと向かった。棚から花柄のティーポットや茶葉を取り出しはじめる。

「お茶、用意するから適当に座ってて待ってて」

　ベルリオットは言われるがままその場に座りこんだ。床に敷かれた絨毯は少し硬めだが、くつろぐには充分だった。近くの机に片腕を預けながら、ベルリオットは台所に立つナトゥールを見やる。

「それで今日は急にどうしたんだ？　これまで部屋に呼ぶなんてことなかったのに」

「うん……最近少し思うところがあって」

ふと作業の手を止めたナトゥールが、その視線をすっと下げる。

「ベルがどこか遠いところへ行っちゃうんじゃないかって、そんな気がして」

「遠いとこって。別に俺はどこかに行くつもりなんてないけどな」

「うん、わかってる。わかってるけど……そうじゃないの」

彼女にしては珍しく要領を得ない返答だった。その顔を翳らせているものがいったいなんなのか。

それがわからなくて、ベルリオットは次の言葉が出てこなかった。

そんなこちらの様子を見てか、ナトゥールが少し慌てたように話しはじめる。

「ごめんね、うまく言葉にできなくて。ただ今日はね、一緒にお茶でも飲みながらお話しできたらいいなって、そう思ったの」

言い終えるや彼女は笑ったが、強がっているのが見え見えだった。

なにか言葉をかけなければならない。そんな使命感のようなものがベルリオットの中に湧き上がってきた、そのとき――。

窓の外がなにやら騒がしいことに気づいた。しかもその喧騒はどんどん大きくなっていく。

ベルリオットはナトゥールと目を合わせたのち、すぐさま窓から外の様子を窺った。

玄関前の広場に人だかりができていた。全員が訓練生で数はおよそ三十といったところか。彼らは円を作るようにして中央で向き合う二人の訓練生を囲んでいる。ここからでは詳しい状況はわからないが、なにやら穏やかではない雰囲気だ。

「喧嘩っぽいな」

「なんだかそんな感じだね」

「寄宿舎っていつもこんな感じなのか？」

「ううん、そんなことないんだけど……どうしよう、ベル」

「どうしようって言われてもな」

男同士の喧嘩なんて放っておけばいいだろう、というのが本音だ。しかし、ナトゥールの不安そうな顔を見せられては放っておくわけにはいかなかった。

「まあ、とにかく行ってみるか」

✧

ナトゥールとともに寄宿舎の外に出たベルリオットは思わず顔を顰めてしまった。騒ぎの中心に近づいたこともあるが、先ほどよりも喧騒が大きくなっていたのだ。訓練生の数も明らかに増えている。

彼らの注目を集めているのは、いまも中央で向かい合う二人の訓練生だ。

学ぶ教室は違うが、どちらも同期だったために顔を知っていた。ひょろっとした体格のほうがトーリ、肉づきの良いほうがギランという。

「交わした約束を守らないなんて騎士として恥ずかしくないのか?」

「俺だって譲れねえもんがあるんだよ! 大体、あの決闘だってほとんど差なんてなかっただろうが!」

「敗者が勝者に口答えするなんて見苦しいぞ」

トーリから蔑むような目を向けられ、ギランが見てわかるほどに怒りをあらわにしていた。

そんな彼らを焚きつけるように少なくない数の訓練生が野次を飛ばしはじめる。

「なあ、これどういう状況なんだ?」

ベルリオットは近くの訓練生に声をかけた。

「見てのとおり喧嘩だ。あいつら昔っから仲悪くてさ。ことあるごとに言い合いしてんだけど、ついに四日前に決闘したんだよ。そんでトーリが勝ったんだが……決闘前にある約束をしてたみたいでな」

四日前と言えば、ちょうどベルリオットが外縁部遠征から帰ったあと、屋敷で寝たきり状態になっていた頃だ。知らないのも当然だった。それにしても——。

「約束?」

「ああ、負けたほうが勝ったほうの言うことをなんでも聞くっていう」

「典型的だな」

「まあ、それで決闘が終わってからトーリが色々命令してたみたいなんだが……もともと決闘のほうも僅差だったこともあるだろうけど、ついにギランが我慢できなくなったみたいでな」

その言葉の直後、トーリが周囲の訓練生にわざと聞こえるような声で叫んだ。

「さあ、早く俺の足を舐めろよ！　さあ、さあ、さあっ！」

瞬間、ギランの顔面にくっきりと血管が浮き上がった。呼応するように彼の身が濃い緑のアウラで包まれる。それを見たトーリが待っていたとばかりににたりと笑った。同じく濃緑のアウラを纏うと、ギランを指差しながら言う。

「いいか？　しかけてきたのはそっちだからな」

「そんなことはどうでもいい。いまはただお前をぶっ飛ばしてぇ！」

アウラを使っての私闘は固く禁じられているが、いまの彼らには瑣末な問題のようだった。互いに結晶剣を生成し、切っ先を向け合う。途端、野次を飛ばしていた訓練生たちの顔に不安の色が滲みはじめた。

「げ、まじでその気になりやがった！」

「こんなとこ舎監に見つかったらやばいぞ！」

「おい、誰かあいつら止めろよ！」

「んなこといったってどっちも序列上位だぜ？　俺には無理無理っ」

訓練校の序列ではトーリが十一位、ギランが十三位とかなり高い部類だ。だが、彼らよりもさらに高い序列に位置する訓練生が寄宿舎には存在する。ナトゥールだ。彼女の序列は四位とトーリやギランよりも高い。

ナトゥールが足を前に踏み出したのをベルリオットは逃さなかった。すかさず声をかける。

「おい、まさか行くんじゃないだろうな？」

「だって止められるの私しかいないから」

彼女の実力を出しきれば彼らを止めることは容易だろう。だが、その手は見てわかるほど震えていた。無理もない。これは訓練校の模擬戦などではなく憎悪のこもった争いごとだ。下手に止めればとばっちりを受けかねない。

ベルリオットはナトゥールの肩に手を置いた。

「トゥトゥはそこで待ってろ」

「え……ちょ、ちょっとベル⁉︎」

戸惑うナトゥールをよそに、ベルリオットはアウラを取りこんだ。放出と同時に背から光翼が噴き出すと、同心円状に渦巻いた風が辺りへと勢いよく散った。

突如として現れた赤い燐光を前に近場の訓練生たちがどよめいていた。

ベルリオットは両手に一本ずつ剣を生成するやいなや、地を這うように翔ける。

すでにトーリとギランは互いの距離を詰めていた。その手に持たれた結晶剣が咆哮とともに勢いよく振り下ろされる、瞬間。ベルリオットが間に割りこみ、両手に持った剣でどちらの攻撃も受け止めた。

「べ、ベルリオット⁉︎」

「なんでお前がここに……⁉︎」

「俺は喧嘩ぐらいいいと思うんだが、それじゃ困る奴がいてな」

トーリたちは初めこそ驚きを隠せないといった様子だったが、すぐにその顔を引きしめた。どうやら止まる気はないらしい。

「つい最近まで落ちこぼれだった奴が調子に乗りやがって！」

「邪魔すんじゃねえよ！　俺はこいつをぶんなぐってやんなきゃ気がすまねえんだ！」

ベルリオットは深く腰を落とした格好で二方向からの攻撃を受け止めている。圧倒的に不利な体勢だが、押しこまれる気がまったくしなかった。それどころか少し力を入れただけでトーリとギランが弾き飛んでしまう。だが、二人とも頭に血が昇っているのか、すぐに立ち上がって向かってくる。

ベルリオットは素早く体を横回転させた。そのまま手に持った双剣で薙ぎを見舞い、迫りくる二本の緑結晶剣を刻んだ。切り離された刀身の上半分が地面へと落ちていく最中、弾ける。

緑の燐光が中空を舞う中、ベルリオットは威嚇するようにトーリたちを睨みつける。

「どうする？　まだ続けるなら容赦しないが」

ようやく力の差が歴然であることを思い知ったらしい。トーリとギランがぼう然としながら、その場にへたりこんだ。それを確認したのち、ベルリオットが軽く息を吐きながらアウラを霧散させた。

「ベルっ、怪我は――」

一瞬、ナトゥールの声が聞こえたが、それ以上は耳に届かなかった。これまで静観していたのか、はたまた唖然としていただけなのかはわからないが、周囲の訓練生たちが歓声をあげたのだ。トーリやギランを押しのけるようにして一斉に駆け寄ってくる。

「まさかトーリたちを一瞬でやっちまうなんて！」

「すげえよ！　さすがあのモノセロスを倒しただけあるぜ！」

「格が違いすぎる！」

一瞬にして周りが訓練生で埋め尽くされてしまった。四方からぐいぐいと押しこまれる。

「なあ、いまの赤いアウラもっかい見せてくれよ！」

「ちょっとなに言ってんの。ベルリオットはこれからあたしらと来るんだから」

「先輩たち邪魔ですっ、どいてください！」

いつの間にやら彼らに付き合うことが前提で話が進められていた。

ベルリオットは半ば呆れ気味に眼前のやり取りを聞いていると、少し離れた場所に立つナトゥールと目が合った。助けを求めようかと思ったが、すぐに口を閉じた。彼女が困ったように笑ったのち、こちらに背を向けて歩きだしたのだ。

「あ〜、みんなには悪いけど先約があるんだ」

ベルリオットは気づけばそう口にしていた。残念そうな声をあげる周囲の訓練生を押しのけ、ナトゥールのそばへと駆け寄る。

「おい、トゥトゥ！」

「ベル……？　どうして」

振り返ったナトゥールが目をぱちくりとさせる。

「どうしてじゃないだろ。なに一人でどっか行こうとしてんだよ」

「だってベル、みんなに誘われてたし……」

そうぼそりとこぼしながら、彼女はうつむいた。

どこか寂しさを宿したその瞳を目にし、ベルリオットは胸になにかがすとんと落ちるのを感じた。

……そういうことか。

赤いアウラという強大な力を得たことがきっかけでベルリオットの周りには多くの訓練生が集まるようになった。そんな中で、おそらくナトゥールは自分という存在が必要なくなるのでは、と感じているのだろう。

彼女がそのように考えてしまうのも無理はない。それほどアミカスという種族の立場は社会的に弱いのだ。

ただ、ベルリオットにとって友人であるかどうかに種族の立場などいっさい関係なかった。見るべきところはもっとほかにある。ベルリオットは大きく息を吐いたのち、告げる。

「あのな、この際だからはっきり言っておくが、俺は俺だ。アウラを使えるようになったからってなにか変わるわけでもないし、どこかへ行くつもりもない。これまで通りお前の友人としてやってくつもりだ」

「ベル……」

こちらの意思を伝えてもナトゥールはまだ不安を拭いきれないようだった。そんな彼女を安心させるため、ベルリオットはおどけてみせる。

「それにトゥトゥがいないと授業のノート見せてもらえないしな」

「それじゃなんだか良いように扱われてるみたいだよ」

「冗談だ冗談」

「もう、一言余計なんだから」

言って、ナトゥールがぷくっと頬を膨らませるが、まったくと言っていいほど恐くなかった。むしろ可愛いと思ってしまったぐらいだ。

それから彼女はなにやら気持ちを入れ替えるように息を吐いた。「でも」と口にしたのち、はにかむような笑みを向けてくる。

「ありがとね、ベルっ」

《幼馴染の心配事・了》

◆あとがき

はじめまして、夜々里春です。この本を手にとっていただき、誠にありがとうございます。私について知りたいと思って下さる方はこの世に存在しないと思われますので早速本について語りたいと思います。

この本は「小説家になろう」というウェブサイトで連載していた作品を修正、加筆したものです。そして連載開始は二〇一二年八月。狙いすましたかのように発売日のちょうど三年前ですね。驚きです。とはいえ、連載開始と同時に執筆を始めたわけではなく、一章に関しては連載開始の半年ほど前に完成していました。どこかの新人賞を目標にするでもなく、ただの趣味として書き上げて満足していたのです。

ただ、時間が経つにつれて多くの人に読んでもらいたい想いが強まってしまって……いまさら新人賞に応募しようにも余裕で規定オーバーの文字数。どうしようと頭を抱えていたのですが、「小説家になろうってサイトがあるぞ」と友人が勧めてくれまして。それがきっかけとなり投稿に至りました。

――天と地と狭間の世界イェラティアム。この作品のタイトルですが、「イェラティアム」についてなんぞやと首を傾げられた方もいるのではないでしょうか。お察しの通り造語です。しかし、ニュアンスで作ったわけではなく実はある単語を三つ繋げています。わかりますでしょうか。わかったらすごいです。なにしろ私もわかりませんから。

と言うのも設定を作ったのがかなり前のことで、そのうえ放置していたのです。それから幾度かの

ＰＣ買い替えを経て、ふと「ハイ・ファンタジーものを書きたい」と思い立って設定を掘り返してみたところ名称の語源データがどこにも見当たらなくて。データの移動に失敗していたのでしょうね。真っ青になりました。

作り直そうかとも思いましたが、一度作った名称とあって自分の中でハマっていてもう変えられず。最終的には「語源がわからないなんていかにもファンタジーっぽいじゃないか」などとわけのわからないことを自分に言い聞かせ、幾つかの名称とともに「イェラティアム」を残した次第です。

この作品の世界観は「空」と「風」、そして「翼」をテーマに構築したものです。そんな根幹イメージを村上ゆいち様が小説という決して広くない空間に、とても鮮やかで素敵なイラストとして描いて下さいました。本当にありがとうございます。

私の色々な我侭を菩薩のごとく寛大な心で聞いてくださった担当のE様、この本に携わって下さったスタッフの皆様にも厚く御礼申し上げます。また作品発表の場を設けてくださった「小説家になろう」様、連載中に応援して下さった読者の皆様にも沢山の感謝を。皆様の励ましがあったからこそ、この作品を本として世に送り出すことができました。

そして最後になりましたが、この本を手にとって下さったあなたにも心より感謝を。

願わくは、この作品に触れたすべての方に幸運の風が届きますよう。

夜々里春

天と地と狭間の世界
イェラティアム

発 行
2015年8月15日 初版第一刷発行

著 者
夜々里 春

発行人
長谷川 洋

発行・発売
株式会社一二三書房
〒102-0072 東京都千代田区飯田橋2-14-2 雄邦ビル
03-3265-1881

デザイン
Okubo

印 刷
中央精版印刷株式会社

作品の感想、ファンレターをお待ちしております。
〒102-0072 東京都千代田区飯田橋2-14-2 雄邦ビル
株式会社一二三書房
夜々里 春 先生／村上ゆいち 先生

Printed in japan, ISBN 978-4-89199-330-6

※本書は小説投稿サイト「小説家になろう」（http://syosetu.com/）に
掲載された作品を加筆修正し書籍化したものです。